Daniel Kessler

# Game Over 23.01.2020
W€tt€n, Knast & COVID-19

Daniel Kessler

# Game Over 23.01.2020

W€tt€n, Knast & COVID-19

Rediroma-Verlag

Bibliografische Information der Deutschen Nationalbibliothek:
Die Deutsche Nationalbibliothek verzeichnet diese Publikation in der Deutschen Nationalbibliografie; detaillierte bibliografische Daten sind im Internet über http://portal.dnb.de abrufbar.

ISBN 978-3-98527-291-4



Umschlagillustration:
Dr. med. Ralf Schnelle, Stuttgart



www.rediroma-verlag.de
12,95 Euro (D)

**Inhalt**

## Vorwort

Das Buch gewährt einen tiefen Einblick in das Leben und meine Sucht. Minutiös beschreibe ich meine Kindheit, meine Wettsucht und den Alltag im Gefängnis. Meine Kindheit verläuft zwar nicht wie im Bilderbuch, meine Eltern trennten sich, meine Mutter ist Alkoholikerin und mein Vater stirbt früh, doch in meiner Großmutter finde ich immer wieder familiären Halt. Es war ein Kick gewesen zu versuchen, mit immer höheren Einsätzen die Verluste wieder gut zu machen. Auch wenn diese Strategie niemals aufgegangen ist. Heute ist mir klar: „Am Ende gewinnt immer der Anbieter. Dass die Spielsucht im Strafrecht bisher nur wenig Berücksichtigung findet, ist ein weiteres Thema „Ich erwarte von unserer Politik, dass das pathologische Glücksspiel irgendwann einmal in unserem Strafrecht Anerkennung finden wird. Es gibt viele unseriöse Angebote um junge Menschen ins Wetten und damit in die Sucht zu locken. „Ich wünsche niemandem auf dieser Welt selbiges, wie es mir widerfahren ist." Die Zeit alleine in der Zelle hat mir die Augen geöffnet. Gerade die Passagen über das Leben im Gefängnis sind in meinem Buch besonders intensiv geschildert. Denn sie sind aus dem Blickwinkel eines Menschen geschrieben, der noch nie mit Gefängnissen zu tun hatte. Der Corona-Lockdown erwischte mich voll. Monatelang konnte ich meine Familie nicht sehen, weil jeglicher Besuch im Gefängnis verboten war. Diese Zeit ist sehr hart gewesen. Einige Jahre muss ich noch Schulden begleichen, bis irgendwann ein Schlussstrich gezogen werden kann.

Wer mit mir spricht, der spricht mit einem Mann, der geradezu erleichtert wirkt. Erleichtert darüber, dass ich endlich offen zu meiner Sucht stehen kann. Sie hat dadurch die Gewalt über mich verloren. „Meine Inhaftierung kam, so blöd es klingen mag, für mich genau zum richtigen Zeitpunkt."

**Datenschutzhinweis**

Zum Schutze der mir begegneten Strafgefangenen und Bediensteten während meiner Haftzeit habe ich sämtliche in meinem Buch genannten Namen frei erfunden. Die beschriebenen Straftaten und Handlungen entsprechen jedoch den persönlich in Haft erlebten Tatsachen.

Mein Buch basiert auf dem Grundrecht der freien Meinungsäußerung (Art. 5 Abs. 1 GG), das die Wahl des Ortes wirksamer Meinungsäußerung einschließt. *„Geschützt ist die Wahl des Ortes und der Zeit einer Äußerung. Der sich Äußernde darf diejenigen Umstände wählen, von denen er sich die größte Verbreitung oder die stärkste Wirkung seiner Meinungskundgabe verspricht (BVerfGE 93, 266 (289) = NJW 1995, 3303 – Soldaten sind Mörder). Ob die Äußerung im privaten Kreis, öffentlich oder gegen Entgelt abgegeben wird oder aus welchem Grund sie erfolgt, ist unerheblich (BVerfGE 30, 336 (347) = NJW 1971, 1555 – Sonnenfreunde).“* BeckOK GG/Schemmer, 48. Ed. 15.8.2021, GG Art. 5 Rn. 9

Dieses Buch widme ich meiner Ehefrau, meiner Tochter, Familienhund Emma und meiner Großmutter, welcher ich sehr vieles in meinem Leben zu verdanken habe, auch wenn es immer wieder zu kleineren Meinungsverschiedenheiten zwischen uns kam, da auch meine Großmutter die Folgen meiner Spielsucht deutlich zu spüren bekam.

**Danksagungen**

Rechtsanwältin Lisanne Bühler, Stuttgart, für die professionelle Verteidigung im Strafverfahren sowie im Strafvollzug.

*

Sozialpädagogin (M.A), Anja Nigl, Drogenhilfe Ulm/Alb-Donau e.V. als externe Suchtberaterin der Justizvollzugsanstalt Ulm.

*

Das Team der Caritas Ulm-Alb-Donau für die wöchentlichen Gesprächsgruppenabende im Bezug auf das Glücksspiel.

*

Notarzt und mein Buchcoverdesigner Dr. med. Ralf Schnelle (Olaf Cartoons), Stuttgart, für seine fantastische künstlerische Leistung.

*

Alle Freunde*innen, Bekannten, Verwandten und Kollegen*innen, die mich während meiner Inhaftierung tatkräftig unterstützt haben.

**ICH DANKE EUCH ALLEN!**

## Der Beginn eines abwechslungsreichen Lebens

Es war Sonntag, der 04. September 1988 in der St. Anna Klinik Stuttgart Bad-Cannstatt. Als erstes von zwei Kindern meiner Eltern erblickte ich das Licht der Welt. An mein Kleinkindalter kann ich mich natürlich kaum bzw. gar nicht mehr erinnern. Aus Erzählungen weiß ich aber zum Beispiel, dass ich als krabbelndes Kind regelmäßig unserem Haushasen auf der Spur war und dessen Kot genüsslich verschlungen haben soll. Eigentlich wurde für meine Ernährung bestens gesorgt, aber vielleicht hatte es ja einen gewissen Geschmack? Das Auskochen der Milchflaschen war laut Erzählungen die Spezialität meines Vaters. Dies ging so weit gut, bis eines Tages die Küche in Flammen stand. Er hatte die Flaschen im Topf vergessen.

Im August 1991 erblickte meine Schwester das Licht der Welt. Unsere Familie war nun komplett. Wir wohnten in einer mittelgroßen Eigentumswohnung in Esslingen-Berkheim. Meine Mutter kümmerte sich um den Haushalt. Sie hatte in jungen Jahren eine Ausbildung zur Friseuse abgeschlossen. Mein Vater war zunächst als Elektromeister aktiv. Wechselte dann aber zu einer großen Firma, welche unter anderem Lackierroboter für die Automobilindustrie herstellt. Auch mein Großvater war in selbiger Firma angestellt, ihn würde man heutzutage als Teamleiter bzw. Verkaufsleiter bezeichnen.

Schon als Kleinkind faszinierte mich die Luftfahrt. Dies lag höchstwahrscheinlich daran, dass Esslingen-Berkheim buchstäblich in der Einflugschneise des Flughafens Stuttgart liegt. So war es mir möglich, täglich und fast rund um die Uhr Flugzeuge beim Starten und Landen zu beobachten. Bei unserem fast wöchentlich stattfindenden Sonntagsspaziergang ging es auf die benachbarten Felder zum „Hexenhaus“, ein rot/weiß bemaltes Backsteinhaus in der Dimension eines Gartenhauses. Das Hexenhaus war mit einem Stacheldrahtzaun umrandet ein paar Funkantennen und Hindernislichter waren auf dem Dach befestigt. Meine Eltern erzählten mir immer wieder, es wäre das Hexenhaus wie im Märchen von Hensel & Gretel. Heute weiß ich, es handelte sich um ein Messgebäude, welches zum Flughafen Stuttgart gehörte.

Die Zeit verging wie im Fluge, ich wurde größer und reifte heran. Meine Eltern beschlossen, nachdem meine Uroma, welche von mir „Ticktack-Oma“ genannt wurde, aus Altersgründen ins Pflegeheim ziehen musste, deren Haus in Hemmingen im Landkreis Ludwigsburg abzureißen und unser eigenes Einfamilienhaus auf diesem Grundstück bauen zu lassen. Zu diesem Zeitpunkt war ich knapp fünf Jahre alt. Meinem Vater war es äußerst wichtig, alles abzureißen aber den alten Gewölbekeller unbedingt bestehen zu lassen.

Wie man es sich vorstellen kann, läuft es auf Baustellen nicht immer rund. Wir hatten aber das Glück, dass mein Großvater ebenfalls im selben Ort ein Eigenheim bewohnte. Folglich machte er sich täglich ein Bild vom Baufortschritt. Ich erinnere mich noch sehr gut an das Richtfest. Alles war neu. Es erwartete mich ein großes Kinderzimmer im ersten Stock inklusive eines Balkons – ein Traum! Auch die Örtlichkeit unseres Neubaus war relativ nah im Ortskern gelegen. Meinen Kindergarten und die Schule konnte ich in rund fünf Minuten zu Fuß erreichen. Ich muss dazu sagen, in beiden Richtungen gab es ein kleines „Hindernis". Denn auf dem Weg zum Kindergarten lag die aus meiner Sicht noch heute beste Eisdiele der Welt. Auf dem Weg zur Schule konnte ich bei der benachbarten Bäckerei stoppen, hier gab es außer den üblichen Backwaren auch Süßigkeiten und köstliches Eis zu erwerben. Dieselbe Bäckerei belieferte in der großen Pause auch die Schule mit Backwaren und Getränken. Ich hatte aber üblicherweise immer ein Vesperbrot mit in den Schulranzen eingepackt.

Meine Einschulungsfeier ist mir noch genau im Kopf. Es war an einem Samstag und begonnen hatte die Feier mit einem Gottesdienst in der hiesigen evangelischen Laurentius Kirche. Jede/r Schüler*in sollte zum abschließenden Segnen persönlich zur Pfarrerin kommen. Das wollte ich aber einfach nicht und weigerte mich vehement unter Tränen, die Sitzbank zu verlassen. Mit läutenden Kirchenglocken pilgerten die Schüler*innen mit der Festgemeinde zur Grund- und Haupt- mit Werkrealschule Hemmingen. In der Gemeinschaftshalle, welche an den Schulkomplex angrenzt, wurden alle neuen Schüler*innen mit deren Gästen mittels eines Theaterstücks willkommen geheißen. Nach der Ansprache durch den Bürgermeister und dem Rektor der Schule wurde ich meiner Schulklasse zugeteilt.

Mein Interesse für die Theater AG wurde immer größer und so durfte auch ich ab der dritten Klasse in der Theater AG teilnehmen. Bei der Einschulungsfeier meiner Schwester führte ich mit der Theater AG ebenfalls nach geltender Tradition ein Theaterstück auf. Meine Rolle war es, den Vater einer Mäusefamilie zu verkörpern.

Während meiner Grundschulzeit lernte ich meine anderen Mitschüler*innen besser kennen. Zum Großteil kannte ich diese bereits schon aus der gemeinsamen Zeit im Kindergarten. Am engsten pflegte ich den Kontakt mit Markus, Steffen, Stefan und Marc. Allerdings gab es während meiner Grundschulzeit schon einige Ausgrenzungen unter den Schüler*innen. Es bildeten sich damals schon diverse Grüppchen unter meinen Mitschüler*innen. Auch ich wurde öfters als Außenseiter dargestellt, denn ich hatte eben nicht die teuren aktuellsten Markenkleider wie andere besessen. Darauf legte ich aber auch keinen besonderen Wert. Viel mehr lag es mir daran, gute Leistungen in der Schule zu erbringen. Mein Großvater verdeutlichte mir immer wieder: „Du musst in der Schule gut sein, um später einmal einen guten Beruf erlernen zu können."

Mein Kumpel Steffen lebte auf dem elterlichen landwirtschaftlichen Anwesen samt Milchviehzucht. Steffens Vater war der damalige stellvertretende Kommandant unserer örtlichen freiwilligen Feuerwehr. Die Eltern von Stefan betrieben ein Fliesenfachgeschäft im Industriegebiet außerhalb der Ortschaft. Markus lebte zusammen mit seinem Bruder und den Eltern in der sogenannten Varnbüler-Hochhaussiedlung, gleich am Ortseingang gelegen. Man kann diese Bauwerke auch als „Skyline" von Hemmingen bezeichnen. Am Ende der vierten Klasse trennten sich allerdings unsere Wege. Für Steffen und Stefan begann die fünfte Klasse in der Realschule im benachbarten Schwieberdingen. Mein Kumpel Markus und ich verblieben in der hiesigen Hauptschule.

Nur wenige Wochen nach Beginn des neuen Schuljahrs kam Stefan wieder zu uns zurück. Die Anforderungen in der Realschule waren für Stefan zu hoch gewesen. Im angrenzenden Industriegebiet wurde ein bekannter großer Lebensmitteldiscounter aufgebaut. Nach der Eröffnung trafen wir uns dort an dem einen oder anderen Nachmittag zu einer geselligen Runde. Überwiegend waren aber Markus, Marc und ich vor Ort gewesen. Schon gewohnheitsmäßig deckten wir uns mit Keksen, Limonade und anderen Leckereien beim genannten Discounter ein. Wir tauften unsere Treffen spaßeshalber dann die IFT, „Internationalen-Fress-Tage“.

Wie man es von Heranwachsenden kennt, kommt mit der Zeit das Thema Zigarettenrauchen auf. Ich wollte jedoch damit noch nie etwas zu tun haben. Marc und Markus besorgten sich allerdings Zigaretten und begannen heimlich zu paffen. Versteckt hatten die beiden die Zigarettenschachteln dann kontinuierlich hinter einem Lüftungsrohr in der Tiefgarage des Discounters.

Marcs Eltern waren begeisterte Technikfanatiker, daher durften wir Jungs regelmäßig bei Marc zu Hause gegeneinander über das heimische Netzwerk Computer spielen. Durch die im Jahr 2000 unter anderem von Steffen, Stefan, Markus und mir gegründete Jugendfeuerwehr standen wir weiterhin in regelmäßigem Austausch. Jeden Montagabend außer in den Ferien trafen wir uns zum gemeinsamen Übungsdienst am Feuerwehrgerätehaus. Einmal pro Monat trafen wir uns zum Sportabend in einer der beiden örtlichen Sporthallen. In den Schulferien besuchten wir unter anderem auch die verschiedensten Zeltlager, welche durch die Kreisjugendfeuerwehr Ludwigsburg bzw. Landesjungendfeuerwehr Baden-Württemberg organisiert waren. Wir nahmen beispielsweise auch regelmäßig am Schwimmturnier, dem Kreispokalturnier oder am Fußballturnier auf Kreisebene erfolgreich teil. Ich freute mich immer riesig, wenn es wieder Montag war und der Übungsdienst in der

Jugendfeuerwehr anstand. Na gut, bei den Sportabenden war ich nicht immer anwesend gewesen.

## Die Alkoholerkrankung meiner Mutter

Bis zum Beginn der sechsten Klasse hatte ich ein abwechslungsreiches unproblematisches Leben. Mitten in der sechsten Klasse ließen meine Schulleistungen und das Interesse an Freizeitaktivitäten inkl. meiner Freunde allerdings stark nach. Der Grund hierfür ist aus heutiger Sicht auf die schwere Alkoholabhängigkeit meiner Mutter zurückzuführen. Als meine Schwester und ich mittags von der Schule nach Hause kamen, bot sich uns regelmäßig ein grausames Bild. Meine Gebärerin war immer häufiger noch im Schlafanzug, ungewaschen und mit einer extremen Alkoholausdünstung im Bett liegend anzutreffen. Meine Schwester und ich waren dazu gezwungen selbst zu schauen, ob sich etwas Essbares für uns im Kühlschrank befand, wir versorgten uns nach der Schule eigentlich immer selbst. Nach außen hin versuchten wir, unsere Situation so gut wie möglich zu verheimlichen. Wir wollten diese Problematik auf keinen Fall für Außenstehende Publik machen, zumal unsere Familie sonst höchstwahrscheinlich dauerhaft ein Gesprächsthema gewesen wäre, man hätte sicherlich andauernd mit dem Finger auf uns gezeigt.

Als sich unsere schulischen Leistungen dramatisch verschlechtert hatten und auch die Klassenversetzung gefährdet war, konnten wir das Desaster nicht mehr verheimlichen. Inzwischen kamen unsere damaligen Klassenlehrerinnen auf unsere Eltern zu, um zunächst über die schulischen Leistungen von meiner Schwester und mir zu sprechen. Mein Vater nahm das Zepter in die Hand und klärte unsere Pädagoginnen über die zu Hause herrschende Situation auf. Zunächst änderte sich an meinen schulischen Leistungen aber nichts. Da mein Vater sehr häufig auf Geschäftsreise im fernen Ausland unterwegs war, konnte er sich demnach nicht immer um meine Schwester und mich sorgen. Zusätzlich nutzte meine Mutter sodann auch jegliche Gelegenheit, um während der Abwesenheit meines Vaters Alkohol in jeglicher Art zu konsumieren.

In unregelmäßigen Abständen besuchte uns unsere Großmutter mütterlicherseits und kümmerte sich ein wenig um den Haushalt bzw. um die anfallende Gartenarbeit. Ob sie bei ihren Besuchen allerdings etwas von der Alkoholsucht meiner Mutter wusste, weiß ich nicht.

Derweil besaßen wir unseren ersten Computer. Mein erstes Computerspiel, welches ich mir von meinem Taschengeld erwarb, war der Microsoft Flugsimulator 98. Fast täglich, nach Erledigung meiner Hausaufgaben, flog ich am Computer durch die von Pixeln dargestellte Welt. An eine Bildauflösung in HD oder sogar 5K war zum damaligen Zeitpunkt noch nicht zu denken. Im Laufe der Zeit interessierte ich mich zunehmend für unseren Computer und die Technik, welche in ihm verborgen war. Am örtlichen Schreibwarenladen investierte ich mein Erspartes in eine Computerfachzeitschrift inkl. einer beiliegenden CD-ROM. Das Ungeschickte an der Sache war, dass unser Computer zwar ein CD-Laufwerk besaß, dieses aber nur für das Format einer normalen CD-ROM ausgelegt war. Die Magazinbeilage war allerdings eine kleinformatige CD-ROM und daher nicht für unser Laufwerk geeignet. In der Hoffnung, trotzdem vom Inhalt der CD-ROM profitieren zu können, schob ich den Datenträger ins Laufwerk hinein. Heraus kam die CD-ROM allerdings nicht mehr, sie verschwand in den tiefen des Laufwerks. Ich konnte mein Missgeschick einige Zeitlang gegenüber meinem Vater verschweigen, doch einige Wochen später bemerkte auch er das Problem und versuchte vergeblich das Laufwerk zu reparieren. Nach seinem gescheiterten Reparaturversuch beschaffte mein Vater letztendlich ein neues Laufwerk, welches nun auch für kleinere CD-Formate geeignet war. Erwartungsgemäß musste ich mir einige Tage lang immer wieder etwas von meinem Vater bezüglich des Laufwerks anhören.

Leider verging kein weiterer Tag, an welchem meine Mutter einmal nüchtern war. Ich musste beobachten, wie die gesamte Situation immer weiter eskalierte. Zum Teil versteckte meine Mutter ihre Alkoholflaschen im Kleiderschrank oder im Nachttisch, aber auch in der Waschküche und im Gewölbekeller fanden wir zunehmend leere versteckte Flaschen. Mein Vater zog vernünftigerweise die Notbremse und entschloss sich, sich von meiner Mutter zu trennen. Durch einen unserer Familie bekannten Rechtsanwalt wurde dann alles Nötige für die Scheidung erarbeitet und die dafür erforderlichen Maßnahmen eingeleitet. Damit mein Vater das Getrenntleben nachweisen konnte, zog er in unseren zum Wohnraum umgebauten ehemaligen Hobbyraum. Hierbei handelte es sich um ein Zimmer mit abgegrenztem Bad inkl. Dusche, Waschbecken und WC.

Nachdem die Scheidung durch das Amtsgericht Ludwigsburg rechtskräftig war und das Sorgerecht für meine Schwester und mich wie beantragt auf meinen Vater übertragen worden war, packte meine Mutter ihre Sachen und zog aus. Zunächst lebte sie in der Hochhaussiedlung in direkter Nachbarschaft zu meinem Kumpel Markus. Jedoch verschwand meine Mutter nach einiger Zeit plötzlich von der Bildfläche. Seit diesem Zeitpunkt habe ich meine Mutter bis heute nie mehr persönlich gesehen. Durch unseren damaligen Hausarzt konnten wir in Erfahrung bringen, dass sie sich wohl kurzzeitig zur Alkoholentwöhnung im Zentrum für Psychiatrie in Winnenden befand. Auch eine stationäre Therapie habe sie zum damaligen Zeitpunkt laut unseres Hausarztes angestrebt.

Meine Großmutter väterlicherseits war zum damaligen Zeitpunkt frisch gebackene Rentnerin. Sie freute sich regelrecht auf einen entspannten restlichen Lebensabschnitt im Rentnerdasein. Sie erklärte sich jedoch sofort dazu bereit, zu uns nach Hemmingen zu ziehen. Während mein Vater montags bis freitags geschäftlich eingespannt war, sorgte meine Großmutter sich um meine Schwester und mich. Während wir in der Schule waren, kümmerte sie sich um den anfallenden Haushalt. Ihr Tun war für mich ein Volltreffer, ich hatte endlich wieder eine Perspektive vor Augen. Von meinem Großvater war sie bereits jahrelang geschieden gewesen, allerdings kamen die beiden durch ihre Anwesenheit immer häufiger ins Gespräch und unterstützen sich gegenseitig, auch die bisher angespannte Beziehung der beiden lockerte sich mit der Zeit allmählich. Für mich war es einfach ein anderes Gefühl, plötzlich nach der Schule u.a. ein warmes Mittagessen auf dem Tisch stehen zu haben. Zudem war der komplette Haushalt gemacht und sie unterstützte uns so gut wie möglich am Nachmittag bei unseren Hausaufgaben.

Unsere Leistungen in der Schule wandelten sich mit der Zeit wieder zum Besseren. Meine Schwester wechselte nach der vierten Klasse ebenfalls in die örtliche Hauptschule.

Für mich als Evangelist stand die Konfirmandenzeit an. Wöchentlich mittwochs besuchte ich zusammen mit Marc, Steffen und Stefan den Unterricht beim evangelischen Pfarrer. Markus war ein Jahr älter als ich und hatte das Ganze bereits ein Jahr zuvor schon hinter sich gebracht. Bevor allerdings am Nachmittag der christliche Unterricht begann, trafen wir uns des Öfteren vorab auf eine Runde Computerspielen bei Marc zu Hause, denn Marc wohnte nur zwei Gehminuten vom Marktplatz und dem evangelischen Gemeindehaus entfernt. Das eigentliche Highlight während der Vorbereitungen zur Konfirmation war das gemeinsame Konfi-Wochenende. An diesem wollte ich allerdings nicht teilnehmen und nach einigen längeren Diskussionen mit meinem Vater und meiner Großmutter durfte ich als einziger der Konfirmanden*innen glücklicherweise zu Hause bleiben. Denn zu Hause fühlte ich mich sicher und gut aufgehoben. Eine Woche vor meiner Konfirmationsfeier wurde ich vom Pfarrer darüber informiert, dass meine Mutter sich bei ihm im Pfarramt gemeldet hatte. Das Fernbleiben von meiner Konfirmationsfeier teilte sie dem Pfarrer in diesem Gespräch mit. Eigentlich rechnete ich schon damit, dass sie nicht kommen würde, trotzdem war ich ein kleines bisschen traurig und enttäuscht über ihre Entscheidung. Trotz alledem war es ein gelungener Gottesdienst und eine anschließend harmonische Konfirmationsfeier im engsten Kreis meiner Familie. Auf was wir Konfirmanden*innen uns aber mit am meisten gefreut hatten, war die Freistellung vom Schulunterricht am darauffolgenden Schultag.

Am Ende der neunten Klasse waren meine Leistungen dann so gut, dass ich, ohne die Prüfung der Hauptschule machen zu müssen, direkt in die Werkrealschule, also in die zehnte Klasse, überspringen konnte. An einer Prüfung musste ich jedoch in der neunten Klasse trotz des Überspringens noch teilnehmen. Es galt zu einem beliebigen Thema in einer kleinen Gruppe ein Projekt zu erarbeiten und dieses dann anschließend zu präsentieren. Mit Stefan und Sebastian entschied ich mich für das Thema, wer hätte es gedacht: „Der Flughafen Stuttgart". Markus beschäftigte sich in seiner Gruppe mit dem Thema „Dinosaurier" und auch Marc war in der Dino-Projektgruppe mit involviert. Meine Projektgruppe wollte ein Highlight in unserer Schule sein, deshalb hatten wir uns überlegt von einer am Flughafen Stuttgart ansässigen Cateringfirma einen Bordverpflegungs-Trolley auszuleihen, genau jenen, wie er im Bordservice in Flugzeugen verwendet wird. Zusammen mit meinem Großvater machte ich mich auf den Weg, um den besagten Trolley bei der Firma Gate Gourmet abzuholen.

Am Abend vor der Präsentation kreierten wir zusammen mit meinem Vater ein flugzeugtypisches Frühstück. Angerichtet wurde dies auf dem von der Cateringfirma uns zusätzlich bereitgestelltem Geschirr und den Tabletts. In unserem Getränkefachmarkt, welcher der Nachbar von Stefan war, besorgten wir uns verschiedene Getränke in kleinen Flaschen, eben typisch solche, wie man sie im Flugzeug bekommt. Natürlich durfte auch der klassische Tomatensaft inkl. Pfeffer in unserer Auswahl nicht fehlen.

Seit einigen Jahren sammelte ich Flugzeugmodelle überwiegend von der bekannten Firma Herpa. Als Mitbringsel von seinen zahlreichen Geschäftsreisen versorgte mich mein Vater regelmäßig mit passenden Flugzeugmodellen. Mein Vater war ein leidenschaftlicher Heimwerker und baute mir aus Holz einen Modellflughafen mit sämtlichen originalgetreuen Rollwegmarkierungen, aber das absolute Highlight daran war die Landebahn, welche mittels Leuchtdioden realitätsgetreu befeuert war. Auch das Flughafenmodell nahmen wir selbstverständlich mit zur Prüfung. Während unserer Prüfungspräsentation haben wir den anwesenden Lehrer*innen und unserem Rektor wie geplant dann ein kleines Frühstück aus dem Trolley serviert. Alle Beteiligten waren begeistert und das Resultat unserer Projektarbeit wurde mit der Note 1,0 bewertet.

Ein Jahr später schloss ich meine schulische Laufbahn mit dem Abschluss der Mittleren Reife erfolgreich ab. Die Abschlussfahrt der zehnten Klasse führte uns zusammen mit der Parallelklasse in die Bundeshauptstadt Berlin. Einen Teil der angefallenen Reisekosten hatten wir durch einen Kuchenverkauf auf dem Wochenmarkt decken können.

Ein großes und auch wichtiges Thema während der zehnten Klasse war, wie würde es nach der Schule für mich weiter gehen? Was waren meine Interessen und welcher Beruf interessierte mich eigentlich? Unsere Klasse besuchte unter anderem das Berufsinformationszentrum. Aber auch Eltern von Schüler*innen unserer Schule stellten uns ihre verschiedenen Berufe vor. Hierdurch gewann ich verschiedene Einblicke in die mir zum Teil noch unbekannten Berufsbilder. Das Internet war zum damaligen Zeitpunkt durchaus verfügbar, allerdings hatten wir zu Hause zunächst nur eine 56K-Leitung mit Modem und eine dementsprechend lange Ladezeit. Vom Berufsinformationszentrum konnte man sich CD-ROMs und Videokassetten mit Details und Erklärungen zu verschiedenen Berufsbildern zusenden lassen. Es war nicht möglich, sich wie zur heutigen Zeit einfach, kurz und schnell per PC oder Smartphone zu informieren und sich gleichermaßen auf eine Ausbildungsstelle zu bewerben.

Meine zweite große Leidenschaft war schon als Kleinkind alles, was sich mit der Eisenbahn beschäftigte, egal, ob im Modell oder später dann auch im Simulator am heimischen Computer. Wegen meines Interesses an der Eisenbahn bewarb ich mich nach einem vorangegangenen freiwilligen Ferienpraktikum um eine Ausbildungsstelle als Kaufmann für Verkehrsservice bei der Deutschen Bahn AG. Aus meiner Klasse war ich gleichzeitig dann auch der Erste mit einer Einladung zum Vorstellungsgespräch in der Hand. Mit schlotternden Knien machte ich mich auf den Weg in Richtung Stuttgart, die Fahrkarte zur Anreise lag der Einladung bereits kostenfrei bei.

Entlang des Gleises 16 am Stuttgarter Hauptbahnhof waren zum damaligen Zeitpunkt noch das Verwaltungsgebäude sowie die Kantine für die Mitarbeiter*innen der Deutschen Bahn AG, das „DB-Casino" sowie die Fundstelle und weitere Stellen untergebracht. Infolge der Umbauarbeiten zwecks Stuttgart 21 ist hiervon heute nichts mehr zu sehen. Bei Herrn Eismann sollte ich mich zum Vorstellungsgespräch melden. Ich machte mich auf die Suche nach seinem Büro, vor seiner Bürotür traf ich auf schon einige andere wartende Mitbewerber*innen. Alle Bewerber*innen wurden in einen großen Konferenzraum geführt. Es folgten die Begrüßung durch Herrn Eismann und ein Vortrag zur Ausbildung bei der Deutschen Bahn AG, anschließend bekam jede/r Bewerber*in 30 Minuten lang Zeit, um eine Präsentation über seinen eigenen Lebenslauf zu gestalten. Nach Ablauf der 30 Minuten präsentierte man das Ergebnis vor Herrn Eismann und seinem Kollegen. Anschließend wurden durch die beiden noch verschiedene zur Ausbildung passende Fragen an die Bewerber*innen gestellt. Meine Frage lautete: „Herr Kessler, was stellen Sie sich unter Vertrieb bei der Deutschen Bahn AG vor?"

Meine Antwort kam wie aus der Pistole geschossen: „Verkauf von u.a. Bahnleistungen."

„Gut! Das reicht uns", war die Antwort.

Am darauffolgenden Tag wurde ich bereits mit Spannung durch meine Mitschüler*innen erwartet. Ich versuchte, alle aufgekommenen Fragen zu beantworten die meisten interessierten sich über den Ablauf solch eines Vorstellungsgespräches. Zum Ergebnis konnte ich allerdings noch nichts sagen, denn erst eine Woche später wollte man mir die Entscheidung schriftlich mitteilen. Täglich schaute ich erwartungsvoll in unseren Briefkasten. Als dann endlich der lang ersehnte Brief der Deutschen Bahn AG im Briefkasten lag, begann mein Herz zu rasen. Hastig öffnete ich den Umschlag, der erste Schritt in Richtung Ausbildungsvertrag war geschafft. Für die darauffolgende Woche wurde ich zum Eignungstest eingeladen.

Am Abend vor dem Eignungstest war ich nervös und aufgeregt. Im Internet recherchierte ich noch zum Thema Eignungstests und deren Abläufe, denn mein Ziel war es, diesen Test unbedingt zu bestehen. Eine externe Firma war mit der Durchführung des Eignungstests beauftragt worden. Vor Ort traf ich auf einige schon beim Vorstellungsgespräch kennengelernte Bewerber*innen. Nach einem nahezu vierstündigen Test mit verschiedenen Aufgabengebieten wurde mit jedem/r Teilnehmer*in im Einzelnen das Testergebnis besprochen. Mein Testergebnis hatte zum Weiterkommen gereicht.

Gleich im Anschluss daran wurde ich durch einen dort ansässigen Betriebsmediziner untersucht. Alle bei mir erhobenen Werte lagen im Normbereich. Einige Tage nach bestehen des Eignungstests lag dann auch schon mein Ausbildungsvertrag zum Gegenzeichnen im Briefkasten. Im Nachhinein musste ich gestehen, es war bis Dato die einzige Bewerbung, welche ich geschrieben und versendet hatte.

Auch das Leben meines Vaters wandelte sich zwischenzeitlich wieder zum Positiven. Er hatte eine neue Bekanntschaft gemacht, welche aus einem kleinen Dorf in der Nähe von Hannover kam. Er hatte sie durch einen ehemaligen Ausbildungskollegen kennengelernt. Zunächst reiste mein Vater überwiegend an den Wochenenden mit dem Zug zu ihr nach Niedersachsen. Nach ein paar Monaten beschlossen die beiden, dass sie zu uns nach Baden-Württemberg ziehen würde. Sie war Mutter von drei Söhnen unterschiedlichen Alters. Zunächst aber gab es unter ihnen Meinungsverschiedenheiten bezüglich des Umzugs ihrer Mutter nach Süddeutschland. Meine Schwester und ich verstanden uns gut mit ihr, natürlich konnten wir kleinere Streitigkeiten untereinander nicht verhindern, aber das gehörte nun auch mal mit dazu. Schließlich war es für alle Beteiligten eine neue Situation. Nach ihrer Eingewöhnungsphase arbeitete sie überwiegend morgens als Helferin in unserem örtlichen Pflegeheim.

Kurz vor Beendigung meiner Schulzeit verstarb dann plötzlich und unerwartet an einem Sonntag mein Großvater. Zu meinem Großvater hatte ich ein sehr gutes Verhältnis, fast jedes freie Wochenende verbrachten wir zusammen bei ihm und verfolgten gemeinsam mit großer Begeisterung die Liveübertragungen der Fußball Bundesliga im Fernsehen. Mein Großvater und ich waren treue Fans des VfB Stuttgart 1893 e.V. Einige Jahre besaß mein Großvater zwei Dauerkarten für das Gottlieb-Daimler-Stadion, welches später zur Mercedes-Benz-Arena unbenannt wurde. Schon in Jungen Jahren begleitete ich ihn ab und zu ins Stadion. Vor seinem Ableben versprach er mir, dass, sobald ich die 10. Klasse mit Erfolg absolviert hatte, er mit mir vor Beginn meiner Berufsausbildung nach Sri Lanka reisen würde. Mein Großvater war ein sehr großer Fan und Kenner dieses Landes, jährlich war er, um Urlaub zu machen, für einen längeren Zeitraum vor Ort gewesen. Durch seine langjährigen Reisen hatte er sehr viele einheimische Freunde*innen. Um selbst Urlaub zu machen, reisten diese mit ihren Familien regelmäßig zu ihm nach Deutschland. Er zeigte seinen Gästen zum Beispiel das Allgäu oder das Hofbräuhaus in München und fuhr mit ihnen zur Zugspitze, damit sie einmal echten Schnee in der Hand halten konnten. Als es zur Weihnachtszeit im Jahr 2004 zu den schweren Tsunamis kam, verloren viele seiner Freunde*innen wegen der massiven Überschwemmungen und Stürmen ihre Hotelanlagen und Privatunterkünfte. Als Aufbauhilfe spendete mein Großvater den Betroffenen viel Geld direkt zu ihnen nach Sri Lanka.

## Vater und Sohn auf der Reise nach Fernost

Mein Vater hatte auf Grund meines verstorbenen Großvaters die Idee, er fliege, da es mit Sri Lanka nicht klappt, mit mir nach China. Dort zeige er mir die Kultur, das Land und Leute. In Shanghai und Peking kannte er sich auf Grund seiner geschäftlichen Beziehungen bestens aus. Auch dem mittleren Sohn seiner Bekanntschaft bot mein Vater an, uns auf der abenteuerlichen Reise nach Fernost zu begleiten.

Unsere Reise begann leider nicht wie gebucht mit dem Flug vom Flughafen Stuttgart über Amsterdam Schiphol nach Shanghai Pu Dong. Der Grund für die Verzögerung war eine Kollision durch ein Flughafenfahrzeug am Stuttgarter Flughafen mit unserer Fokker, welche uns nach Amsterdam fliegen sollte. Durch die königlich-niederländische Fluggesellschaft wurden wir zunächst auf einen Flug nach Paris Charles de Gaule umgebucht. Während wir in der Flughafenlounge Kaffee und kleine Snacks genossen, wurde uns durch eine Mitarbeiterin der Fluggesellschaft mittgeteilt, dass wir in Paris eine sehr kurze Transferzeit auf den Anschlussflug nach Shanghai haben würden. Nach der Landung in Paris wurden unsere Namen bereits durch die Lautsprecherdurchsage für den Weiterflug ausgerufen. Am Gate angekommen, stand schon die Boeing 777 für unseren Weiterflug nach Asien zum Boarding bereit. Gebucht hatte mein Vater unsere Flugreise in der Business-Class, denn eigentlich sollte von Amsterdam aus eine Boeing 747 zum Einsatz kommen. Die Besonderheit zur damaligen Zeit war, dass sich bei der niederländischen Fluggesellschaft die Business-Class im Oberdeck der

Boeing 747 befand. Mein Vater kannte das von seinen zahlreichen vergangenen Geschäftsreisen bereits und wollte uns diesen Luxus nicht vorenthalten.

Mit ein paar Stunden Verspätung waren wir endlich auf dem Pudong International Airport gelandet. Unsere Koffer fanden wir allerdings nicht auf dem Gepäckband wieder. Mit Hilfe der Fluggesellschaft wurde nach unseren Gepäckstücken gesucht. Unsere Koffer waren beim kurzen Transfer in Paris nicht mit umgeladen worden, erklärte uns eine Mitarbeiterin der Gepäckermittlung. Indessen bekamen wir von der Airline ein paar Dollar, um uns für die ersten Tage mit dem Nötigsten eindecken zu können. Die vermissten Koffer wurden uns nach circa drei Tagen per Kurierdienst direkt in das Hotel nachgeliefert.

In einer S-Kurve windet sich der Fluss Huangpu durch Shanghai. Am Ostufer erstrecken sich die Boulevards und Wolkenkratzer Pudongs – eine moderne Stadtlandschaft, die erst in den letzten Jahrzehnten entstand. Ich staunte nicht schlecht, als ich vom Bund (Wort für Uferbefestigung) aus die großen Gebäude Pudongs vor mir sah. Der Oriental Pearl Tower ist 468 Meter hoch, bekannt ist dieser durch seine kugelförmigen Aussichtsgondeln. In Form einer Pagode gibt es noch den 421 Meter hohen Jin Mao Tower, und das World Financial Center hat die höchste Aussichtsplattform auf 474 Metern. Wir entschieden uns für eine Besichtigung des Oriental Pearl TV Towers. Die Auffahrt erfolgte in einem modernen Aufzug und war rasend schnell, bemerkenswert dabei zu sehen war die Aufzugswärterin, denn mit Beginn der Auffahrt erzählte sie auf Chinesisch Details zum Fernsehturm und exakt mit dem

Öffnen der Aufzugstüren war der kleine Vortrag wieder beendet.

Durch die Geschäftsbeziehungen meines Vaters hatte er in Shanghai eine Dolmetscherin, diese war mit einem Kollegen meines Vaters verheiratet. Einen Tag lang nahm sie sich Zeit, um uns den Kern von Shanghai zu präsentieren. Auf einem der zahlreichen Straßenmärkte wurden uns spotbillige Fälschungen aller Art angeboten, vor allem T-Shirts, Fußballtrikots, Geldbörsen, Uhren, Krawatten, Schals und Handtaschen. Gut gemachte Fälschungen bekannter Marken erwarteten uns in Hinterzimmern, das Sortiment hatte man uns zuvor in Broschüren präsentiert. Aus reiner Neugier stimmten wir einem Besuch eines solchen Hinterzimmers zu. Dieses entpuppte sich dann als Wohnzimmer.

Als ausländische Besucher wurden wir auch oft mit der Zauberformel „DeeVeeDee" angesprochen. Die Mehrzahl der Läden in China vertreiben ungeachtet gelegentlicher Razzien unter der Hand auch Raub-Kopien. Auch die Software-Piraterie ist in China an der Tagesordnung, man bekommt alles vom Computerspiel bis zum kompletten Betriebssystem – oft jedoch mit Viren als Dreingabe. Nach erlebnisreichen Tagen in Shanghai buchten wir einen Inlandsflug nach Peking. Wir entschieden uns für den 1,5 Stunden langen Flug in der First-Class einer chinesischen Fluggesellschaft. Im Vergleich zu den Flugpreisen bei uns in Europa war dieser First-Class-Flugpreis vergleichbar mit einem Economy Ticket bei uns. Mit seinen Sehenswürdigkeiten und kulturellen Attraktionen entsprach Peking am ehesten dem, was ich von China erwartet bzw. schon im Film und auf Fotos zuvor gesehen hatte: Paläste und kaiserliche Gärten, geschwungene Dächer und Kunstschätze. Als größtes und besterhaltenes historisches Gebäudeensemble Chinas kann die Verbotene Stadt (Gu Gong) als bedeutendste Attraktion nicht nur der Hauptstadt, sondern des ganzen Landes gelten. Als Stadt in der Stadt bildete der Kaiserpalast einst das Herz des Kaiserreichs – durch Festungsmauern nach außen geschützt. Sofort fiel mir die von Bildern bekannte Steinfigur eines Löwen am Tor des Himmlischen Friedens auf. Imponiert hat mich vor allem das gigantische Bauwerk der Chinesischen Mauer. Wie ein mythischer Drache windet sie sich durch die Landschaft Nordchinas. Selbstverständlich besichtigten wir die Große Mauer, welche wir nach circa 80 Kilometer Autofahrt außerhalb von Peking erreicht hatten.

Mein Fazit der gesamten Reise lautete: Chinesisches Essen in Deutschland ist nicht vergleichbar mit den kulinarischen Highlights vor Ort. In China unterscheidet man nach Pekingküche, Shanghai Küche, Sichuan Küche, Hunan Küche und nach noch einigen Kochtraditionen mehr, die erst in ihrer Vielfalt die ganze Größe des Landes erlebbar machen. In China sind bei der Nahrungsaufnahme die gesundheitlichen Aspekte viel bedeutsamer als bei uns in Europa. Für nahezu jede Krankheit gibt es eine spezielle Diät, wobei manche Speisen als besonders zuträglich für bestimmte Teile des menschlichen Organismus gelten – ganz im Sinne des hiesigen Sprichworts „wer Medizin nimmt und nicht auf seine Kost achtet, an dem ist ärztliche Kunst verschwendet“. Chinesen*innen gehen beispielsweise in Zoohandlungen, um dort lebende Tiere zum Kochen zu erwerben. Ratte, Hamster oder Meerschweinchen sind bei ihnen eine beliebte Mahlzeit. Aber auch das noch warme Schlangenblut gilt als Spezialität. Gott sei Dank hatten wir solch ein außergewöhnliches Essen zu keiner Zeit unserer Reise verspeisen oder gar probieren müssen.

Als Höflichkeitsgeste lässt man in China am Ende des Mahls einen kleinen Rest in seiner Schale, sonst könnte dies durch den Gastgeber missverstanden werden als Vorwurf, es habe nicht genug zu essen gegeben. Niemals sollte man Stäbchen in der Reisschale stecken lassen. Das bedeutet Unglück.

Unsere Rückreise nach Deutschland verlief ausnahmsweise wie geplant. Vom Peking Capital Airport ging es mit einer Boeing 747, bei den Chinesen*innen auch „Peking Duck“ genannt, über Amsterdam zurück nach Stuttgart.

Zurück in der Heimat erwartete ich mit Freude und Spannung meine beginnende Ausbildung zum Kaufmann für Verkehrsservice bei der Deutschen Bahn AG. Gleich zu Beginn der Ausbildung fuhr unser Jahrgang zu einem Teambildungsseminar nach Regensburg. Die Anreise erfolgte vom Wohnort individuell und logischerweise mit der Bahn. In dieser Seminarwoche lernten wir uns untereinander durch verschiedene in Gruppen zu lösenden Aufgaben besser kennen. Freitags endete die Seminarwoche mit einem gemeinsamen Besuch im DB-Museum in Nürnberg, anschließend machten wir uns wieder auf die Heimreise. Mein gesamter Ausbildungsverlauf war, wie ich es mir vorgenommen hatte, unproblematisch. Meine Ausbildung gliederte sich in Blockunterricht an der Erich-Bracher-Schule in Kornwestheim sowie der Ausbildung im Betrieb am Hauptbahnhof Stuttgart. Während der Ausbildungszeit wurden wir auch in den anderen Bereichen der DB AG eingesetzt. So durfte ich für einige Wochen auch in den

Zugbegleitdienst hineinschnuppern. In meiner längsten Schicht fuhr ich mit dem ICE von Stuttgart nach Hannover und wieder zurück. Um die Aufenthaltszeit in Hannover bis zur Rückfahrt sinnvoll zu nutzen, traf ich mich mit dem Sohn meiner werdenden Stiefmutter auf eine Pizza nahe dem Hauptbahnhof. Weitere Ziele während meines Praktikums im Zugbegleitdienst waren unter anderem Mainz, Frankfurt, Zürich, München und Salzburg, alles jeweils in Tagestouren. Auf meiner Tour von Salzburg zurück nach Stuttgart erwischte ich sogar einen Fahrgast ohne gültigen Fahrausweis. Da sich der Fahrgast allerdings nicht sehr kooperativ verhielt, wurde er in Rosenheim von der Bundespolizei aus dem Zug entfernt.

In einem Internetforum für Train Simulator Enthusiasten lernte ich Alexander kennen. Wir bemerkten sehr schnell, dass wir viele Gemeinsamkeiten hinsichtlich unserer Hobbys aufwiesen. Zufälligerweise wohnte Alexander auch nur zwei Ortschaften weit von mir entfernt. Mittlerweile hatte ich den Führerschein für 125cc-Motorroller gemacht und einem Geschäftskollegen meines Vaters einen gebrauchten, aber gut erhaltenen Aprilia Leonardo 125cc Motorroller abgekauft. Mit meinem Roller konnte ich ab und zu nach Weissach fahren, um Alexander zu besuchen. Denn trotz der Bahnanbindung war es dennoch erschwert, Weissach mit öffentlichen Verkehrsmitteln zu erreichen. Gemeinsam plante ich mit Alex die Eisenbahnstrecke Weissach – Hemmingen – Korntal, für den Train Simulator von Microsoft nachzubauen. Ich kümmerte mich um sämtliche Streckendaten und stellte den Kontakt zur Betreibergesellschaft, welche zum damaligen Zeitpunkt die Württembergische Eisenbahngesellschaft war, her. Einmalig hatten wir die Gelegenheit, im Führerstand auf der Strohgäubahn mitfahren zu können. Per Videokamera hielten wir den Streckenverlauf fest. Alexander kümmerte sich mittels einer speziellen Software um die Modellierung der Gebäude und um den Bau der Bahnstrecke. Durch unsere Fotoaufnahmen war Alex imstande, die Gebäude durch die daraus generierten Texturen realitätsgetreu aussehen zu lassen. Alexander war ein Genie im Umgang mit der passenden Software, deshalb erstellte er uns auch originalgetreue Lackierungen der Triebfahrzeuge für den Train Simulator. Mit der Fertigstellung konnten wir dann im Simulator Triebfahrzeugführer auf unserer Heimatstrecke sein. Zu einer Veröffentlichung unseres Projekts kam es allerdings nicht.

Auch war Alexander begeistertes Mitglied in seiner örtlichen freiwilligen Feuerwehr. Zudem hatte er schon frühzeitig die Segelfluglizenz auf einem nahegelegenen Flugplatz absolviert. Nachdem er das Abitur mit sehr guten Noten abgeschlossen hatte wollte er direkt die Ausbildung zum Berufspiloten beginnen, jedoch fand er zunächst keine Anstellung. Um die Wartezeit zu überbrücken, entschloss er sich ein Jahrgang nach mir seine Ausbildung bei der Deutschen Bahn AG zu starten. Seine Bewerbungsunterlagen gab ich persönlich bei Herrn Eismann ab. Im Gegensatz zu mir, der im Vertrieb tätig war, spezialisierte sich Alex auf Grund seiner sehr guten französischen Sprachkenntnisse auf den Zugbegleitdienst. Überwiegend pendelte er als Zugbegleiter-Auszubildender im TGV zwischen Stuttgart und Paris. Nachdem er seine Ausbildung abgeschlossen hatte, wurde er zum Zugchef weitergebildet. Seine Leidenschaft für die Luftfahrt wollte er aber dennoch zum Beruf machen. Nach zahlreichen geschriebenen Bewerbungen bei verschiedenen Fluggesellschaften und mehreren Auswahlverfahren wurde er von der Schweizer Fluggesellschaft SWISS eingestellt. Seine Weichen für die Ausbildung als Berufspilot waren durch die Ausbildungszusage der SWISS gestellt. Die komplexe Ausbildung, welche auch einige Zeit in den USA stattfand, meisterte Alex ohne Probleme.

Heute ist er als Copilot auf den Flugzeugmustern vom Typ Airbus A319, 320 und 321 unterwegs. Seine Home Base ist der Flughafen in Zürich. Wohnhaft ist er arbeitsplatznah zusammen mit seiner Ehefrau im Grenzgebiet auf deutscher Seite. Auch ich durfte schon in den Genuss kommen und Alex im Cockpit als „Drittmann" nach u.a. Palma de Mallorca, Barcelona und Amsterdam zu begleiten. Dies erfolgte nach positiver Zustimmung des Kapitäns sowie einer vorangegangenen Anmeldung bei der Fluggesellschaft.

Mit Erfolg beendete ich meine Ausbildung zum Kaufmann für Verkehrsservice nach zweieinhalb Jahren durch verschiedene Prüfungen. In meinem Ausbildungsbetrieb der DB Vertrieb GmbH wurde ich sofort nach Beendigung der Ausbildung in ein unbefristetes Arbeitsverhältnis übernommen. Mein Einsatzort wurde das Reisezentrum im Stuttgarter Hauptbahnhof, in welchem ich überwiegend schon während meiner Ausbildungszeit eingesetzt war. Mit meinen Kollegen*innen sowie den Gegebenheiten vor Ort war ich bereits bestens vertraut. Nach einigen Monaten als Mitarbeiter im Reisezentrum Stuttgart Hauptbahnhof wurde ich auch an den Standorten Stuttgart-Universität und Stuttgart-Vaihingen eingesetzt. Von meinem damaligen

Teamleiter wurde ich gefragt, ob ich Interesse an einer Weiterbildung zum Sicherheitsbeauftragten habe. Dafür ging es für mich dann eine Woche lang ins Ausbildungszentrum nach Bad Hersfeld.

Meine Laufbahn bei der Freiwilligen Feuerwehr ging ebenfalls weiter. Zusammen mit Steffen, Stefan und Markus stand die Grundausbildung nach Feuerwehrdienstvorschrift an. Zweimal unter der Woche sowie am Samstag machten wir uns über mehrere Wochen auf den Weg ins benachbarte Gerlingen. Auf Landkreisebene fand dort die Grundausbildung statt. Durch meine Feuerwehrausbildung ersparte ich mir auch den Gang zur Bundeswehr. Ich verpflichtete mich bei der freiwilligen Feuerwehr Hemmingen zu meinem Wehrersatzdienst. Markus, Steffen und Stefan folgten demselben Weg. Auch die Musterung bei der Bundeswehr war dadurch hinfällig geworden. Durch einen regelmäßigen Nachweis wurden unsere Feuerwehrstunden von unserem Feuerwehrkommandanten an die zuständige Stelle im Landratsamt Ludwigsburg gemeldet.

Markus war allerdings in so manchen Dingen das „Küken“ in der Feuerwehrklicke. Er hatte, zum Beispiel sehr lange keinen Autoführerschein gehabt. Mit Markus kümmerte ich mich unter anderem um die Getränkeeinkäufe für unsere Wehr. Mit einem vollbeladenen Mannschaftswagen kamen wir wöchentlich vom örtlichen Getränkemarkt zurück.

Für Steffen, Stefan und mich stand der LKW Führerschein an, damit wir berechtigt waren die tonnenschweren Feuerwehrfahrzeuge zu bewegen. Durch die Gemeinde wurde uns der Führerschein bezuschusst. Im nahegelegenen Rutesheim hatten wir uns in der Fahrschule „Reich“

angemeldet. Unser Fahrlehrer „Manne“ war eine wahrliche Legende, coole Sprüche oder dumme Aussagen, das war seine Art. Die Ausbildung in der Fahrschule war mit Manne hoch amüsant. Bei einer meiner Fahrstunden tankten wir, bevor es auf die Autobahn ging, den LKW voll. Nachdem wir bereits mehrere Kilometer auf der A8 in Richtung Karlsruhe gefahren waren, fiel Manne ein, „ich habe meine BILD an der Kasse vergessen, dreh bitte um“. Ja, das war Manne und wir fuhren zurück zur Tankstelle nach Leonberg. Des Öfteren hielten wir auch kurzerhand bei Manne zu Hause an, damit er sich ein Eis oder Getränk hinunterschlingen konnte.

Nachdem ich den Führerschein schon einige Monate besaß und zwischenzeitlich auch die Ausbildung zum Maschinisten für Löschfahrzeuge in der Tasche hatte, war ich zusammen mit Markus und unserem damals noch sehr neuen Löschfahrzeug für eine Präsentation an unsere Schule gefahren. Zusammen mit ein paar Mitgliedern der Jugendfeuerwehr führten wir einen dreiteiligen Löschangriff auf dem Schulhof vor. Auf der Rückfahrt zum Feuerwehrgerätehaus passierte es, beim Linksabbiegen blieb ich auf Grund eines engen Wendekreises an einer Gartenmauer hängen. Die komplette linke Seite unseres LF 16/12 wurde durch den Unfall beschädigt. Nach einem Gespräch mit dem Kommandanten wurde das Fahrzeug komplett ausgeräumt und befand sich für einige Wochen zur Reparatur beim Hersteller in Ulm. Unter den Feuerwehrkammeraden*innen war mein Unfall natürlich ein Topgesprächsthema, welches ich mir noch sehr lange anhören durfte.

## Bauchschmerzen durch eine Gen-Mutation

Eines Morgens erwachte ich schon mit einem komischen Gefühl im Bauch. Untermalt wurde das Ganze mit zunehmend starken Schmerzen im Oberbauch. Nach der Einnahme diverser vorhandener Mittel aus der Hausapotheke machte ich mich auf den Weg zur Arbeit. Die Beschwerden wurden im Laufe des Tages nicht besser. Daher entschloss ich mich nach der Arbeit die Notfallpraxis in Ditzingen aufzusuchen. Vom diensthabenden Arzt wurde mir ein anderes Medikament gegen die Bauchschmerzen verordnet. Da sich das ganze aber weiterhin akut verschlechterte, fuhr mich meine Großmutter ins Kreiskrankenhaus nach Ludwigsburg. Während meines Aufenthalts in der Notaufnahme kam dann eine sehr starke Übelkeit und wiederholtes Erbrechen zu den Symptomen hinzu. Von den diensthabenden Ärzten*innen wurde ich zur weiteren Abklärung stationär aufgenommen. Meine Blutwerte zeigten sehr schnell eine schwere Entzündung der Bauchspeicheldrüse an. Eine derartige Entzündung der Bauchspeicheldrüse ist für mein damaliges Alter sehr untypisch und selten. Da ich weder Alkohol, Nikotin oder andere Stoffe konsumierte bzw. bisher konsumiert hatte, war die Ursache für die Entzündung nur sehr schwer zu erklären. Meine Ernährung war zu diesem Zeitpunkt nicht die gesündeste gewesen, aber nicht alleinig als Ursache auf die Pankreatitis (Bauchspeicheldrüsenentzündung) zurückzuführen. Es war die erste Episode einer solchen Entzündung.

Nach einer Woche durfte ich die Klinik in besserem Allgemeinzustand wieder verlassen. In relativ kurzen Abständen begannen die Symptome erneut. Beginnend mit starken Schmerzen im Oberbauch, begleitet von den sonst mir schon bekannten anderen Symptomen. Bei Beginn der zweiten Episode fuhr mich meine Großmutter allerdings direkt ins Kreiskrankenhaus nach Ludwigsburg. Eine erneute Aufnahme auf der zuständigen Inneren Abteilung geleitet von Prof. Dr. med. Caca war unumkehrbar. Nur wenige Tage nach meiner stationären Aufnahme wurde auch meine Schwester mit gleicher Symptomatik ins Kreiskrankenhaus Ludwigsburg eingeliefert. Die stationäre Aufnahme erfolgte auf Grund ihres Alters allerdings auf der Kinderklinik. Aber auch bei ihr wurde eine akute Entzündung der Bauchspeicheldrüse diagnostiziert.

Die behandelnden Ärzte*innen standen vor der Frage: Ist es Zufall oder steckt etwas anderes dahinter?

Man begann näher in unserem familiären Umfeld nachzuforschen. Denn auch bei meinem Vater war es in jüngeren Jahren bereits zu mehreren Bauchspeicheldrüsenentzündungen gekommen. Auf Rat der Mediziner*innen wurde bei meinem Vater, meiner Schwester und bei mir Blut abgenommen und die Proben in ein Labor nach Leipzig gesandt. Durch das Fachlabor in Leipzig wurden aufwendige Blutanalysen gestartet. Nach notdürftigen 14 Tagen konnte uns das Ergebnis mitgeteilt werden. Meine Schwester und auch ich litten an der Mutation des katonischen Trypsinogen A16V, welche nachweislich durch unseren Vater an meine Schwester und mich vererbt wurde. Nun konnten sich die Ärzte*innen im Klinikum Ludwigsburg auch die Entzündungen der Bauchspeicheldrüse erklären. Eine zunächst geplante Stent-Einlage in meinen Gallengang wurde kurzfristig wieder revidiert. Der Verlauf war nicht wie bei der ersten Episode, zusätzlich wurde mir eine Magensonde eingelegt und auf eine zunächst ausschließlich künstliche Ernährung aufgebaut.

Nach zwei Wochen konnte ich die Station verlassen, meine Schwester war schon früher wieder entlassen worden.

Das Haus meines verstorbenen Großvaters wurde umgebaut und gründlich saniert. Nach der Fertigstellung der Arbeiten konnten meine Schwester mein Vater mit neuer Ehefrau und ich dorthin umziehen. Meine Großmutter vermietete nach unserem Umzug ihre Eigentumswohnung und zog in mein ursprüngliches Elternhaus ein. Mit der Zeit kam es zu einigen Spannungen zwischen mir und meinem Vater. Daher entschloss ich mich, in einer Nacht-und-Nebel-Aktion zurück ins Elternhaus, welches ja mittlerweile durch meine Großmutter bewohnt wurde, zurückzuziehen. Gemeinsam mit Markus und Benedikt, ebenfalls ein Feuerwehrkamerad, transportierten wir mittels Feuerwehr-Mannschaftswagen meine Möbel und andere Habseligkeiten in mein ursprüngliches Elternhaus zurück. Einige Zeit später kam es auch zwischen meiner Schwester und meinem Vater bzw. unserer Stiefmutter zu anhaltenden Streitigkeiten. Meine Schwester folgte ebenfalls dem Weg zurück ins Elternhaus.

Nun waren meine Schwester, meine Großmutter und ich wieder vereint und hatten erneut denselben Wohnsitz. Allerdings kapselte sich meine Schwester immer weiter von mir und meiner Großmutter ab. Sie begann die Ausbildungen zur Zahnarzthelferin bzw. Friseuse aber nichts davon schloss sie jemals mit einem Gesellenbrief ab. Das Fräulein lebte immer weiter in den Tag hinein. Auf Grund von falschen Freunden*innen geriet sie immer mehr auf die schiefe Bahn. Ich erinnere mich noch genau daran, wie sie mir und meiner Großmutter ihren neuen Freund Kevin vorstellte. Kevin kann man sich als einen Typ, der klassisch rechtspolitisch veranlagt ist, vorstellen. Sein Auftreten und Aussehen spiegelten diese Beschreibung eindeutig wider. Des Öfteren kam es zu lautstarken Streitigkeiten zwischen Kevin und meiner Schwester. Im Nachhinein habe ich erfahren, dass er gegenüber meiner Schwester auch mehrfach handgreiflich wurde. Hilfe wollte sie aber dennoch nicht in Anspruch nehmen. Nach ein paar Wochen kam es zu obszönen Beleidigungen durch die beiden gegenüber mir und besonders auch gegenüber unserer Großmutter. Meiner Schwester war zu diesem Zeitpunkt anscheinend nicht bewusst, was sie unserer Großmutter eigentlich alles zu verdanken hatte. Sie war wahrlich fremdgesteuert und ihrem Freund hörig. Meine Schwester machte, alles was Kevin ihr befahl. Das vermeintliche Liebespaar kapselte sich immer weiter von uns ab. Zu Hause hielten sich die beiden nur noch sehr selten auf. Meine Großmutter und ich wussten teilweise tagelang nicht, wo sich meine Schwester aufhielt. Zu meinem Vater und zu unserer Stiefmutter hatte meine Schwester den Kontakt letztendlich auch abgebrochen. Kevin war irgendwann Geschichte, geändert hatte sich beim Verhalten meiner Schwester allerdings überhaupt nichts.

Keine Woche später schleppte sie einen anderen neuen Kerl ins Haus. Glücklicherweise verhielt sich dieser anständig und ordentlich gegenüber allen Anwesenden.

## Der unerwartete Tod meines Vaters

Es war sehr früh am Morgen, als unser Haustelefon klingelte, ich hatte gerade den Spätschichtrhythmus inne und war noch in der Tiefschlafphase. Auch meine Großmutter lag noch im Bett, bemerkte jedoch das klingelnde Telefon. Meine Schwester war wieder einmal nicht zu Hause.

Wie vom Blitz getroffen kam meine Großmutter zu mir geeilt. „Daniel, komm schnell. Wir müssen zu Deinem Vater fahren, irgendetwas stimmt mit ihm nicht!“

Noch im Schlafanzug hasteten wir zu meinem Auto und fuhren ins nur circa drei Minuten entfernte Haus am anderen Ende von Hemmingen. Vor dem Haus angekommen fiel mir als Erstes das offenstehende Garagentor auf. Die Ehefrau meines Vaters erwartete uns bereits in heulendem, verzweifelten und nach meinem Eindruck alkoholisiertem Zustand. Mein Vater lag regungslos in Rückenlage im Wohnzimmer vor dem Sofa auf dem Boden. Durch meine Erste-Hilfe-Ausbildung welche ich durch jährliche Auffrischungen in der Feuerwehr genoss, konnte ich einen Herz-Kreislauf-Stillstand bei meinem Vater feststellen. Den Notruf hatte meine Stiefmutter bereits zuvor getätigt. Trotzdem wählte auch ich nochmals den Notruf, um auf den Herz-Kreislauf-Stillstand hinzuweisen. Der Disponent am Telefon bestätigte mir: „Die Rettungskräfte sind schon auf dem Weg, können Sie erste Hilfe leisten?“

Meine Antwort lautete „ja!“, und ich legte auf. Allerdings ertastete ich eine schon eintretende Leichenstarre am Kiefer und entschloss mich daher dazu, nicht mit den Maßnahmen der Herzlungenwiederbelebung anzufangen. Diese Maßnahme hätte im voranschreitenden Stadium zu keinem

Erfolg geführt. In diesem Augenblick war mir bewusst, hier liegt mein verstorbener Vater vor mir auf dem kalten Fliesenboden. Das vorangegangene Ereignis welches letztendlich zum Tode geführt hatte, musste allerdings schon eine Zeitlang zurückgelegen haben. Meine Großmutter wartete zusammen mit ihrer Schwiegertochter in der zum Wohnzimmer angrenzenden Küche auf die Rettungskräfte. Die Berner meines Vaters, Ayla, brachten die beiden vorübergehend ins Schlafzimmer.

Kurze Zeit später trafen der Rettungswagen sowie die Notärztin bei uns ein. Durch das Rettungsteam wurde die Todesfeststellung mittels des Elektrokardiogramms und der Untersuchung durch die Notärztin bestätigt. Die Notärztin informierte uns darüber, dass in Kürze die Polizei hinzukommen werde. Der Grund dafür war, da keinerlei akute Erkrankungen oder Medikationen bei meinem Vater bekannt waren, handelte es sich in seinem Fall um eine unklare Todesursache. Sobald in Deutschland dieser Fall vorliegt, muss die Polizei verständigt werden, um ein eventuell vorausgegangenes Verbrechen ausschließen zu können.

Einige Zeit später klingelte es auch schon an der Haustüre. Eine Streifenwagenbesatzung betrat den Ort des Geschehens. Zunächst führten die beiden Polizeibeamten eine Begutachtung des Leichnams sowie des vermeintlichen „Tatortes“ durch. Außerdem fertigten die Beamten Fotoaufnahmen für ihre weiteren Ermittlungen an. Ich kam mir vor wie in einem schlechten Fernsehkrimi, aber, nein, es war die Realität! Ich verlor meinen Vater, für immer! Er wurde nur 46 Jahre alt. Plötzlich aus dem Leben gerissen.

Am Tag vor seinem Ableben besuchte er seine Mutter und mich noch zu Hause, alles war wie immer gewesen.

Wir besprachen zusammen, dass er mich und meine damalige Freundin in der kommenden Woche zum Flughafen nach Stuttgart fahren werde. Denn wir hatten unseren ersten gemeinsamen Urlaub gebucht, per Flugzeug nach Hamburg, dann weiter mit dem Mietwagen an die Nordsee, so war unsere Reiseplanung. Meine damalige Freundin litt an Multiple Sklerose (MS) allerdings befand sie sich in einem guten gesundheitlichen Zustand. Die Krankheit war bei ihr glücklicherweise noch nicht weit fortgeschritten. Wir kannten uns zu diesem Zeitpunkt erst ein paar Monate. Kennengelernt hatten wir uns über eine zur damaligen Zeit sehr bekannten regionalen Internetplattform (KWICK!). Zusammen mit ihren Eltern wohnte sie ebenfalls in Hemmingen unweit von mir entfernt.

Nach Abschluss der polizeilichen Befragungen aller Anwesenden wurde uns durch die Polizisten eröffnet, der Leichnam sei zunächst durch die Staatsanwaltschaft Stuttgart beschlagnahmt. Nach Freigabe der Staatsanwaltschaft können wir Angehörige dann in der Aussegnungshalle persönlich Abschied nehmen.

Nach mehreren unbeantworteten Anrufversuchen hatte ich endlich meine Schwester erreichen können. Nach kurzem Gespräch machte auch sie sich auf den Weg zu uns. Indessen meldete ich mich beim Arbeitgeber meines Vaters und übermittelte die traurige Nachricht. Auch bei meinem Teamleiter der Bahn rief ich sofort an und meldete mich bis auf weiteres situationsbedingt abwesend. Meine Stiefmutter informierte umgehend ihre Söhne in Niedersachsen vom Tod ihres Stiefvaters. Ihr Sohn welcher mich und meinen Vater auch schon nach China begleitet hatte, setzte sich mit seiner Cousine sofort ins Auto, um zu uns zu fahren. Für meine Großmutter war es mit einer der schlimmsten Momente in ihrem bisherigen glücklichen Leben. Einige Stunden später wurde der Leichnam durch die von uns beauftragte Bestattungsfirma abgeholt und sogleich auf den örtlichen Friedhof verbracht. Im Beisein meiner Schwester machte ich mich auf den Weg zu unserem Hausarzt. Dieser konnte uns nicht über bestehende lebensbedrohliche Erkrankungen bei meinem Vater aufklären, auch für ihn war der Tod ein Rätsel.

Zu Hause angekommen realisierte ich in aller Ruhe die Situation. Plötzlich stand ich wieder zusammen mit meiner Großmutter und Schwester alleine da. Viel Arbeit und Organisatorisches wird nun auf uns zukommen, waren meine ersten Gedanken, und wie wird alles weitergehen? Noch immer hatte ich das Bild aus dem Wohnzimmer vor Augen.

Um die Trauer zu bewältigen, versuchte ich mich durch Telefonate, unter anderem mit Steffen und Markus, abzulenken. Am Nachmittag trafen wir uns wieder zusammen im Wohnhaus meines verstorbenen Vaters. Die Ehefrau eines sehr guten Jugendfreundes meines Vaters brachte uns netterweise etwas Selbstgekochtes zum Abendessen vorbei. Hunger hatte ich kaum, denn der Schock und die Trauer überschatteten alles. Zwischenzeitlich hatten uns auch die beiden Hannoveraner erreicht. Gemeinsam besprachen wir, wie es die nun bevorstehenden Tage weitergehen sollte. Wir wussten auf Grund der Beschlagnahmung des Leichnams immer noch nicht, für wann wir die Beisetzung terminieren konnten.

Am nächsten Tag dann endlich der erwartete Anruf des Bestattungsinstituts: „Der Leichnam ist freigegeben, es liegen nach den durchgeführten Ermittlungen keinerlei Anzeichen für eine Fremdeinwirkung bzw. eine Straftat vor.“ So lautete der Abschlussbericht der ermittelnden Staatsanwaltschaft. Anschließend durften wir den Schlüssel für die „Leichenkammer“ beim Bestattungsinstitut abholen. Endlich durfte ich in aller Ruhe persönlich von meinem Vater ungestört Abschied nehmen.

Nachdem wir am Friedhof angelangt waren, schloss ich die Türe der „Leichenkammer“ auf. Man blickte in einen kleinen geschmückten, mit Kerzen ausgeleuchteten Raum. Ich erkannte einen kleinen Teil des Sarges, welcher um die Ecke stand. Da wir zu dieser Zeit Hochsommer hatten, wurde der Sarg durch den/die Bestatter*in mittels einer Plexiglashülle ummantelt, sodass eine ständige Kühlung des Leichnams gewährleistet war. Friedlich, schlafend, umhüllt von seinem Hochzeitsanzug, welchen er bei der Hochzeit mit meiner Stiefmutter getragen hatte, lag mein Vater im Sarg eingebettet vor mir.

Nach einiger Zeit hatte ich mich von meinem Vater verabschiedet und verließ die Kammer. Meine Großmutter und meine Schwester nahmen zusammen, getrennt von mir, Abschied.

Am selben Abend zog ich mich in unser Feuerwehrmagazin, für welches ich schon längere Zeit einen Schlüssel hatte, zurück. Hier wollte ich einfach nochmals in Ruhe abschalten. Ich kümmerte mich schon seit längerer Zeit federführend um die Internetpräsenz der Freiwilligen Feuerwehr Hemmingen. Wieder einmal hatte ich bis spät in die Nacht an der Website programmiert und diese gestaltet. Diese Form der Ablenkung tat mir trotz allem, was ich in den vergangenen Tagen erlebt hatte, sehr gut.

Nach einem beruhigenden Gespräch mit dem evangelischen Pfarrer und dem Bestattungsinstitut wurde der Termin für die Beisetzung festgelegt. Nun galt es, sämtliche Freunde, Bekannte, Kollegen und sonstige Kontakte, welche meinem Vater nahestanden, zu informieren.

Während der Durchsicht von diversen Unterlagen meines verstorbenen Vaters wurden wir auf einen Briefumschlag mit der Aufschrift „Testament“ aufmerksam. Wir waren überrascht, schockiert und fassungslos. Denn exakt eine Woche vor seinem Tod erstellte mein Vater noch ein handschriftliches Testament. Darin war alles genauestens bis ins kleinste Detail beschrieben. Er schrieb, wie sein Nachlass nach seinem Tod aufgeteilt werden sollte. Ahnte er etwas von seinem kommenden Tod? Wusste er mehr als wir? Plante man etwas Unschönes mit ihm? Das sind alles offene Fragen, welche man mir nie beantworten wird. Das Testament war zweifelsfrei durch meinen verstorbenen Vater geschrieben worden, dieser Sachverhalt wurde durch einen befreundeten Anwalt unserer Familie bestätigt. Trotzdem war es unverständlich, da es exakt eine Woche zuvor von ihm verfasst worden war. Nach der Aussage von meiner Stiefmutter hatten die beiden am Abend zuvor wie fast an jedem schönen Sommerabend Karten auf dem Balkon gespielt. Meine Stiefmutter war müde und ging zu Bett, mein Vater sagte zu ihr, er komme gleich nach, er rauche noch seine Zigarette zu Ende. Durch ein stumpfes Geräusch wurde meine Stiefmutter später wach. Sie stellte sofort fest, dass das Bett neben ihr leer war. Sie stand auf und schaute nach meinem Vater. Im Wohnzimmer entdeckte sie ihn augenscheinlich regungslos auf dem Boden liegend. Was allerdings letztendlich in dieser Nacht im August

2008 wirklich geschah und welche Ursache letztendlich zum Tode geführt hat, weiß bis heute niemand. Später in meinem Buch schreibe ich über meine Arbeit in der integrierten Leitstelle des Landkreis Ludwigsburg. In einem meiner Nachtdienste mit wenig Auslastung habe ich versucht den Todestag im System zu rekonstruieren. Leider waren die Tonbänder von damals auf Grund von Fristen bereits gelöscht gewesen. Sehr gerne hätte ich mir den damaligen eingehenden Notruf angehört um ggf. neue Erkenntnisse zur Todesnacht erlangen zu können.

Mein Vater war ein leidenschaftlicher Angler, er äußerte in seinem Testament unter anderem den Wunsch, er möchte eine Seebestattung in der Ostsee. Ohne zu zögern ermöglichten wir ihm diesen letzten Wunsch. Nach der Trauerfeier auf dem Hemminger Friedhof wurde sein Leichnam eingeäschert. Die in eine Urne gefüllte Asche wurde per Paketdienst zu einer Rederei an die Ostsee gesandt. In Kiel trafen wir uns einige Wochen später zur Seebestattung wieder. Daran nahmen nur meine Stiefmutter, ihre Söhne und ich teil. Meine Großmutter und Schwester wollten aus verschiedenen Gründen nicht mitreisen.

Im Hafen wartete der zuständige Kapitän auf uns. Leinen los! Nach einer geschätzten halbstündigen Fahrt auf rauer See erreichten wir die durch eine Boje gekennzeichnete Stelle, an welcher Seebestattungen zugelassen waren. Der Kapitän hielt eine kleine Ansprache und im Hintergrund lief eine zuvor gewählte Musik. Am Seil befestigt ließ der Kapitän die Urne ins Meer eintauchen. Nach kurzer Zeit war die Urne in den Tiefen der Ostsee verschwunden. Der Kapitän wendete das Boot und wir schipperten zurück in den Hafen von Kiel. An Land wurde uns eine Seekarte mit genau eingezeichneter Position der Seebestattung überreicht. Es ist uns durch die Seekarte jederzeit möglich, wieder an exakt diese Stelle zurückkommen.

Meine Stiefmutter machte sich mit ihren Söhnen wieder auf den Rückweg nach Hannover, für mich ging es mit einem Reisebus zunächst zum Flughafen nach Hamburg und von dort aus per Flugzeug nach Stuttgart.

Wochen und Monate vergingen seit dem Tod meines Vaters. Ich wollte mich beruflich neu orientieren und eine neue Herausforderung meistern. Die Arbeit im Reisezentrum wurde mir einfach zu eintönig. Einerseits auf Grund der zahlreichen Beschwerden von Kunden, viel größer wurde mit der Zeit aber auch der Druck durch die Teamleiter hinsichtlich der Umsätze. Man wollte um jeden Preis das beste Reisezentrum von Deutschland sein, es gab hierfür den Wettbewerb „Reisezentrum des Jahres". Neben Umsätzen spielten hierbei auch Bewertungen von Testkäufern sowie die Sauberkeit im Reisezentrum eine tragende Rolle. Intern entdeckte ich eine Stellenausschreibung im regionalen Infomanagement der DB Vertrieb GmbH. Zum Vorstellungsgespräch wurde ich eingeladen, weiter kam ich jedoch nicht. Im Internet stöberte ich nach neuen Jobangeboten. Durch Zufall stieß ich auf die Ausschreibung einer Firma, welche sich mit IT-Programmen für Reisekonzerne beschäftigte. Prompt bekam ich eine Einladung zum Vorstellungsgespräch. Es handelte sich um ein familiengeführtes Unternehmen, in welchem auch Vater, Tochter und Sohn mitarbeiteten. Ich hatte einen guten Eindruck von der Firma. Ein Familienunternehmen mit kurzen Wegen, wenn es um Entscheidungen ging, und kein Großkonzern, wie ich es bisher gewohnt war.

Ich bekam einen Arbeitsvertrag im Softwaresupport. Spezialisiert war die Firma zu dieser Zeit auf die Programmierung bzw. Planung von angepasster Software für Unternehmen in der Reisebranche. Durch die Wirtschaftskrise im Jahr 2009 wurde auch in dieser Firma immer weniger Umsatz generiert. Kunden sprangen von wichtigen umsatzbringenden Supportverträgen ab. Nach Adam Riese muss derjenige als erster gehen, der zuletzt eingestellt wurde. Leider war ich dieser Mitarbeiter, zumal ich mich auch noch in der Probezeit befand.

Ohne Vorankündigung war ich zum ersten Mal in meinem Leben arbeitslos geworden. Ordnungsgemäß meldete ich mich umgehend per Telefon bei der Bundesagentur für Arbeit arbeitssuchend. Es war ein Freitagnachmittag, als ich die Kündigung erhielt. Am darauffolgenden Tag stand für meinen Lieblingsverein den VfB Stuttgart 1893 e.V. ein Auswärtsspiel beim 1. FC Köln auf dem Spielplan. Kurzentschlossen rief ich Markus an und berichtete ihm von der Kündigung. Ich schlug ihm vor, gemeinsam mit dem Auto nach Köln zum Auswärtsspiel zu fahren. Markus und ich besaßen in der Meistersaison des VfB Stuttgart im Jahr 2007 sowie schon in der Saison zuvor eine Dauerkarte in der Cannstatter Kurve der Mercedes-Benz-Arena. Sehr häufig bis zuletzt reisten wir dem VfB zu seinen Auswärtsspielen hinterher. So lernten wir beide schon zahlreiche Stadien innerhalb Deutschlands in der 1. und 2. Liga kennen.

Aber wo bewerbe ich mich nun? Wie ein Geistesblitz kam mir die Idee: Eine Arbeit im Rettungsdienst kann ich mir gut vorstellen. Daraufhin informierte ich mich über die verschiedenen Ausbildungsmöglichkeiten der damaligen

Berufsbilder des Rettungsassistent*in / Rettungssanitäter*in. Durch mein Engagement in der Freiwilligen Feuerwehr hatte ich sowieso eine „helfende Hand“, somit war die Vorstellung, im Blaulicht-Milieu meine neue Berufung zu finden, gegeben. Aber zunächst wurde ich auf der Internetseite des Robert-Bosch-Krankenhauses Stuttgart auf eine interessante Stellenanzeige aufmerksam. „Mitarbeiter*in für den Schreibdienst gesucht“. Blind und ohne genau zu wissen, worum es sich hierbei handelt, schickte ich meine Bewerbung per Mail ab. Nach einigen Wochen meldete sich die zuständige Personalabteilung telefonisch bei mir. Meine Bewerbung habe Interesse geweckt, und schon am darauffolgenden Tag fand das Vorstellungsgespräch in der Klinik statt. Gesucht wurde Ersatz für eine sich für längere Zeit in Mutterschutz bzw. Elternzeit befindende Mitarbeiterin. Der Einsatzort würde überwiegend in der Klinik Schillerhöhe in Gerlingen nahe Stuttgart sein, teilte man mir im Gespräch mit. Nach einem interessanten und ausführlichen Gespräch waren wir uns einig. Schon am kommenden Montag könne ich mit meiner Arbeit beginnen, hieß es vom personalverantwortlichen Leiter.

In meiner neuen Arbeit fand ich Spaß und Abwechslung meine Hauptaufgabe bestand darin, von Ärzten*innen diktierte Befunde in Briefe zu verfassen. Mit manchen medizinischen Fachbegriffen tat ich mich in der ersten Zeit sehr schwer, aber ich gewöhnte mich schnell daran. In meiner Abteilung waren ausschließlich Frauen beschäftigt, einen Mann in der Abteilung hatten sie sich auch niemals vorstellen können. Meine Arbeitszeiten durfte ich mir einteilen, meistens war ich schon früh am Morgen gegen 6:00 Uhr im Büro, um nachmittags früher nach Hause gehen zu können. Von meiner damaligen Freundin hatte ich mich zwischenzeitlich getrennt, unsere Interessen waren einfach zu verschieden.

## Der lange Weg zu meinem Traumberuf im Rettungsdienst

Mein Ziel, einmal im Rettungsdienst zu arbeiten, verfolgte ich eifrig weiter. So meldete ich mich über die Malteser Stadtgliederung Kornwestheim zum Wochenendkurs „Rettungssanitäter*in“ an. Eine große Herausforderung, denn die Ausbildung fand ausschließlich an eigentlich freien Samstagen & Sonntagen statt und dies jede Woche, außer an Feiertagen. Die vielen auch anstrengenden Wochenenden waren schnell vorüber und schon standen für meinen Lehrgang die Abschlussprüfungen an. Der Prüfungsablauf bestand daraus, zunächst eine umfangreiche schriftliche Prüfung zu bestehen. Im zweiten Teil zog man Karteikarten, auf welchen Prüfungsthemen geschrieben waren. Ich zog „Gynäkologische Notfälle“ und „Abdominale Traumata“. Jetzt hatte ich kurz Zeit, um mir zu den gezogenen Themen Gedanken zu machen. Vor der Prüfungskommission, bestehend aus Ausbilder*innen und einem Arzt mit der Zusatzqualifikation Notfallmedizin, trug ich mein Erlerntes zu den gezogenen Themen mündlich vor. Einem Thema spendete ich als Hauptthema zwanzig Minuten und dem anderen als Nebenthema zehn Minuten meiner dreißigminütigen Redezeit. Nach der Beantwortung von fachbezogenen Rückfragen war auch dieser Teil der Prüfung geschafft.

Am nächsten Tag standen noch die praktischen Prüfungen auf dem Prüfungsplan. Hier galt es als internistisches Fallbeispiel, ein toxisches Lungenödem zu erkennen und nach gelernten Algorithmen abzuarbeiten. Nach einer kurzen Pause stand ein chirurgisches Fallbeispiel an, eine stark blutende Wunde am Unterarm musste von mir zügig und fachgerecht versorgt werden. Jede/r Teilnehmer*in musste laut geltender Prüfungsverordnung zudem bei einer Reanimationsprüfung von Baby, Kind oder Erwachsenem (wurde vorgegeben) seine Fähigkeiten unter Beweis stellen. In meinem Fall handelte es sich um die Reanimation einer Erwachsenenübungspuppe.

Nachdem sämtliche Prüfungsergebnisse ausgewertet waren, stand die Urkundenübergabe an. Leider bekam ich an diesem Abend keine Urkunde überreicht. Laut Prüfungsausschuss hatte ich, während mein Teampartner bei seiner Reanimationsprüfung „geschockt" hatte, angeblichen Körperkontakt zur Puppe. In der Realität hätte eine Berührung mit dem/der Patient*in für mich einen Stromschlag bis hin zum Herzstillstand bedeuten können.

Zwei Wochen später, kurz vor Heiligabend, trafen mein Teampartner und ich uns nochmals zur Abnahme der Reanimationsprüfung. Nach bestandener Prüfung durfte ich mich „Rettungshelfer" nennen. Für mich war das Bestehen der Prüfung ein vorzeitiges Weihnachtsgeschenk. Im nächsten Schritt in Richtung Rettungssanitäter galt es, die vorgeschriebenen Praktika im Krankenhaus und auf einem Rettungswagen zu absolvieren. Jeweils 80 Stunden waren es zum damaligen Zeitpunkt der Ausbildung. Mit der Übergabe der Urkunde zum Rettungshelfer bekam ich ein Berichtsheft zur Dokumentation von Einsatzberichten und für das in der Klinik Erlernte ausgehändigt. Mein Krankenhauspraktikum absolvierte ich selbstverständlich hausintern im Robert-Bosch-Krankenhaus in Stuttgart. Auf einer der operativen Intensivstationen durfte ich den Alltag in der Versorgung von intensivpflichtigen Patienten*innen hautnah miterleben und auch selbst u.a. bei der Gabe von Medikamenten und in der Pflege tatkräftig unterstützen. Mein Rettungswagenpraktikum teilte ich auf und praktizierte es bei zwei Hilfsorganisationen, zum einen bei der Johanniter-Unfallhilfe, deren Rettungswache in Stuttgart-Zuffenhausen neben einem bekannten Automobilhersteller beheimatet war, und den zweiten Teil meines Praktikums beim Malteser Hilfsdienst in Stuttgart. Das Besondere an den „Maltis" war deren damaliger Rettungswagen, welcher ausschließlich montags bis donnerstags als reines Nachtschichtmodell auf der Rettungswache in Stuttgart-Vaihingen in Betrieb war. Wöchentlich in der Nacht von Freitag auf Samstag und für das restliche Wochenende zog die Rettungswache aus Stuttgart-Vaihingen in den Stuttgarter Westen, in Räumlichkeiten des damals noch bestehenden Olga-Kinderkrankenhaus (Olgäle) um. Die Dienste bei den „Johnis" waren für mich als Neuling schon sehr spannend und lehrreich gewesen, allerdings toppten die Nachtdienste mit den „Maltis" in der Stuttgarter Innenstadt meine Erlebnisse aus Zuffenhausen und Umgebung um einiges. Nach einer erfolgreichen Abschlusswoche inkl. erneuter Prüfungen, war ich berechtigt, mich „Rettungssanitäter" zu nennen. Ein langer Ausbildungsverlauf auf Grund der rein nebenberuflichen Ausbildung, welche sich aber definitiv für meinen weiteren Lebensweg gelohnt hatte, war abzuhaken.

Manchmal ist der Teufel ein Eichhörnchen, denn kurz nachdem ich zum Rettungssanitäter ausgebildet war, wurde mein Arbeitsvertrag in der Klinik Schillerhöhe auf Grund der Rückkehr gleich zweier beurlaubter Mütter aus deren Elternzeit nicht verlängert. Durch die Personalverantwortlichen der Klinik wurde aus meiner 100%-Arbeitsstelle kurzerhand zweimal 50% gemacht. Wegen meines vorangegangenen Praktikums bei den Maltesern in Stuttgart wusste ich, dass diese unter anderem auch im Krankentransport tätig waren. Um meine Beine fest in den Rettungsdienst bekommen zu können, nutzte ich die Chance und telefonierte umgehend mit dem zuständigen Rettungsdienstleiter. Wir vereinbarten ein gemeinsames Treffen am Standort der Malteser in Sindelfingen unweit von Stuttgart entfernt. Für den Krankentransport der Malteser im Landkreis Böblingen wurden zu diesem Zeitpunkt dringend Rettungssanitäter*innen gesucht. Die Dienstzeiten gestaltenden sich in Tagdienste von montags bis freitags. Für die Samstage nahm ich das Angebot an, für die Malteser im Rems-Murr-Kreis den Krankentransportwagen in Winnenden zu besetzen. Jackpot! Ein gelungener Startschuss meiner weiteren Kariere im Rettungsdienst.

Als nebenberufliche Tätigkeit erhielt ich beim Deutschen Roten Kreuz Kreisverband Ludwigsburg eine Anstellung auf 450 Euro Basis als „Wachspringer“ in der Notfallrettung. Ich erinnere mich noch genauestens an meine erste Einsatzfahrt mit Blaulicht und Martinshorn. Nachdem wir durch die Rettungsleitstelle als Notarzteinsatz zu einem Krampfanfall alarmiert wurden, führte die Fahrt von der Rettungswache 1 in Ludwigsburg nach Freiberg am Neckar. Schweißgebadet kam ich an der Einsatzstelle an. Meine damalige Teampartnerin war zum Glück schon sehr lange im Rettungsdienst tätig und daher eine entspannte und lehrreiche Beifahrerin gewesen. Sie nahm es gelassen und mit Humor. „Jeder muss einmal anfangen“, waren ihre Worte. Ich erlebte Dienste mit schönen, witzigen und kuriosen, aber auch mit tragischen Einsätzen. Erfreulich war es für mich wiederkehrend, als ich bei Reanimationen sah, wie wir als Team bestehend aus Rettungswagenbesatzung, Notarzt und ab und zu auch mittels Unterstützung der Feuerwehr einen faktisch toten Menschen ins Leben zurückholen konnten. Die tragischen Einsatzerlebnisse besprach man umgehend in einer Einsatznachbesprechung intern im Team, welches im besagten Einsatz involviert war. Sollte diese Nachbesprechung allerdings einmal nicht ausreichen, so stand uns ein Einsatzkräftenachsorgeteam auf Abruf rund um die Uhr zur Verfügung.

Ich konnte mit dem Erlebten gut umgehen und die zum Teil schrecklichen Bilder nach Dienstende in der Rettungswache zurücklassen. Ab und zu sprach ich mit meiner Frau unter Berücksichtigung des geltenden Datenschutzes zu Hause über manche erlebten Ereignisse. Da ich allerdings keinerlei Probleme mit der Verarbeitung der Ereignisse hatte, ließ ich mich in der Psycho-Sozialen-Notfallvorsorge ausbilden. Während der verschiedenen Seminartage wurde uns Teilnehmern*innen unter anderem die Verarbeitung des Tods in zum Beispiel anderen Religionen erläutert. Wir erarbeiteten in Gruppenarbeiten die Abläufe des Abschiednehmens und der Gesprächsführung mit Betroffenen und deren Angehörigen.

An der Johanniter-Akademie in Hannover besuchte ich den Lehrgang zum ORGL-Rettungsdienst (Organisatorischer Leiter Rettungsdienst). Der ORGL ist je nach Einsatzgebiet, Einsatzart und der Vorhaltung durch den Stadt- bzw. den Landkreis für die Koordinierung u.a. bei MANV-Einsatzlagen (Maßen Anfall von Verletzten) der eingesetzten Kräfte des Rettungsdienst in enger Zusammenarbeit mit dem/der leitenden Notarzt*in zuständig. Als jährliches Highlight für Beschäftigte im Rettungsdienst war, sofern es der Dienstplan zuließ, ein Besuch auf der internationalen Fachmesse RETTMOBIL in Fulda. Hier schlägt das Herz für alle Blaulichtliebhaber*innen. Die Aussteller*innen präsentieren während der Messe ihre neusten Technikhighlights, Fahrzeuge, Beleuchtungsanlagen, Einsatzuniformen und verschiedenes Einsatzequipment.

Auch trotz meiner enormen Begeisterung für den Rettungsdienst blieb ich meinem Hobby, der Flugsimulation, treu. Am heimischen Computer verbrachte ich sehr viel Freizeit mit dem virtuellen Fliegen. Im Onlinenetzwerk IVAO flog ich unter Aufsicht von virtuellen Fluglotsen welche durch andere Simulator-Enthusiasten dargestellt wurden, durch die Welt. Da es im Produktsektor der Flugsimulation zahlreiche Anbieter verschiedener Software gibt, ist es sehr einfach, realitätsnah zu simulieren.

Parallel lernte ich in selbiger regionaler Internetplattform, in welcher ich meine erste Freundin kennengelernt hatte, meine heutige Frau kennen. Zunächst schrieben wir uns täglich über die besagte Plattform. Nach einiger Zeit telefonierten wir regelmäßig und verlagerten unsere Chats auf unsere Mobiltelefone. Durch meinen Dreischichtbetrieb im Rettungsdienst war es sehr mühsam, einen passenden Termin zum gemeinsamen Kennenlernen zu finden. Sie arbeitete zu diesem Zeitpunkt als Therapeutin in einer Stuttgarter Praxis für Ergotherapie. Zusammen mit ihren beiden jüngeren Brüdern und den Eltern wohnte sie in einem Einfamilienhaus unweit vom Reutlinger Stadtzentrum entfernt. Auch Emma, die junge Beagle–Hündin, begleitet sie seit kurzer Zeit mit durchs Leben. Als wir endlich einen passenden Termin gefunden hatten, machte ich mich auf den Weg nach Reutlingen. Nach circa einer Stunde Autofahrt bog ich in die Zielstraße ein. Mit einer Nachbarsfreundin und Emma erwartete sie mich schon gespannt am Straßenrand. Zusammen mit Emma, fuhren auf die nahegelegene Achalm, ein bekannter Berg, von welchem man eine geniale Aussicht auf die Schwäbische Alb und die Stadt Reutlingen hatte.

Es war Liebe auf den ersten Blick. Es passte einfach alles. Später am Abend fuhren wir zurück an ihr Wohnhaus. Sie stellte mich sofort ihren Eltern vor, welche im Wohnzimmer entspannt vor dem Fernseher saßen. Emma suchte immer mehr den Kontakt zu mir, sie fühlte sich in meiner Umgebung wohl. Leider konnte ich nicht all zu lange bleiben, da mir am kommenden Tag eine Frühschicht auf dem Rettungswagen bevorstand.

Nach einiger Zeit berichtete sie mir davon, dass sie beim Treffen mit der Nachbarsfreundin eine Vereinbarung getroffen hatte. Denn sollte an unserem Treffen ihr irgendetwas nicht passen, so würde sie eine SMS an ihre Freundin schicken. Daraufhin sollte die Freundin dann bei ihr auf dem Handy anrufen. Dadurch hätte sie einen Grund gehabt, um zurückkommen zu müssen. Einfach clever, aber in der heutigen Zeit auch verständlich, erklärte ich meinem Schatz. In jeder dienstfreien Zeit unternahmen wir etwas. In der Altstadt von Reutlingen wurden wir auf unseren Lieblingsgriechen aufmerksam. Man sah durch die Gastfreundlichkeit, dass es sich um einen harmonischen Familienbetrieb handelte. Sehr leckeres Essen wie in Griechenland konnten wir dort genießen. Durch den Wirt erfuhren wir nach einigen vergangenen Besuchen, dass Maria, die

Ehefrau und Köchin, an einer schweren Krankheit litt. Mehr erzählte er uns darüber aber nicht. Als wir uns eines Abends entschlossen hatten, griechisch Essen zu gehen, standen wir vor dem verschlossenen Lokal. Von diesem Tag an wurde das kleine Lokal, so wie wir es kannten, nie mehr geöffnet.

Meine Leidenschaft für die Luftfahrt bemerkte auch mein Schatz ziemlich schnell. Sie schenkte mir eine Probestunde zusammen mit einem Fluglehrer in einem Ultraleichtflugzeug auf dem Flugplatz von Freiburg. Durch einen Wochenendausflug mit einer Hotelübernachtung im Schwarzwald verknüpften wir dieses Ereignis. Selbstverständlich war auch Emma mit dabei. Während der Fluglehrer und ich über den Dächern von Freiburg unterwegs waren, spazierte sie mit Emma um den Flugplatz herum. Ein tolles Erlebnis, welches ich zuvor so noch nie haben durfte. Es machte Lust auf mehr!

Meine Begeisterung für die Luftfahrt wurde immer größer und drängte den Rettungsdienst ein kleines bisschen in den Hintergrund. Am Flughafen Stuttgart bot mir eine Tochterfirma der Flughafengesellschaft die Ausbildung zum Ramp Agent an. Als Ramp Agent ist man für die komplette reibungslose Abfertigung eines Flugzeugs verantwortlich. Man plant die Beladung und bespricht zusammen mit dem Piloten die zu tankende Kerosinmenge. Während das Flugzeug am Boden steht, überwacht man sämtliche Abläufe rund um das Flugzeug.

Da am Flughafen Stuttgart die ersten Maschinen sich bereits um 05:50 Uhr auf den Weg zur Startbahn machten, begann der Frühdienst bereits um 4:20 Uhr. Mit Beginn des Nachtflugverbots um 23:00 Uhr endete der Spätdienst, sofern die Maschinen pünktlich erwartet waren.

Wegen der schlechten Bezahlung und Stimmung im Team entschloss ich mich aber dazu, zurück in den Rettungsdienst der Malteser Stuttgart zu wechseln. Nach Rücksprache mit dem Rettungsdienstleiter war dies für mich komplikationslos möglich. Auch mein Schatz schaute sich zwischenzeitlich nach einer neuen Herausforderung um, da es in ihrer damaligen Praxis zu enormen Spannungen unter den Mitarbeiter*innen und der Chefin kam. Tatsächlich fand sie relativ rasch eine Stellenausschreibung im von meinem Wohnort nahegelegenen Heimsheim. Das Besondere an dieser Praxis war aber, es handelte sich um eine durch Pferdetherapie gestützte Ergotherapie. Insbesondere wurden dort Kinder und Jugendliche ambulant mittels u.a. Pferden therapiert. Ein Traum für Pferdeliebhaber*innen, nun könnte mein Schatz das Hobby und den Beruf vereinen.

Einen guten Eindruck hinterließ sie wohl auch beim Vorstellungsgespräch. Sie durfte sofort in der darauffolgenden Woche ihre Arbeit im Therapiezentrum aufnehmen. An der Örtlichkeit gab es nur einen kleinen Haken. Reutlingen, ihr bisheriger Wohnort, und Heimsheim sind eine große Distanz. Diese täglich auf der stark befahrenen Autobahn zurückzulegen würde ihr definitiv keinen Spaß bereiten, zumal viel Zeit für die Fahrt verloren ginge. Kurzerhand machte ich den Vorschlag, sie kann sofort zu uns umziehen. Dadurch reduzierte sich ihr täglicher Weg zur Arbeit auf knapp 30 Minuten Autofahrt. Natürlich hatte ich zuerst mit meiner Großmutter und meiner Schwester Rücksprache halten müssen, die beide bekanntlich auch noch mit im selben Haushalt wohnten. Für die beiden gab es kein Argument, was gegen den Einzug sprach, auch Emma war herzlich willkommen.

Zunächst packte mein Schatz in Reutlingen die wichtigsten benötigten Sachen zusammen und machte sich mit Emma auf den Weg zu mir. Seit einiger Zeit war ich bereits in den zum Wohnraum umgebauten Hobbyraum gezogen, in welchen sich während der Scheidungsphase meiner Eltern auch schon mein verstorbener Vater sich einquartiert hatte. Für Emma war der schnelle Umzug verwirrend, aber auch sie gewöhnte sich sehr schnell an die neue Umgebung.

Es war ein harmonisches Zusammenleben. Als mein Schatz und ich auf Arbeit waren, kümmerte sich meine Großmutter liebevoll und verantwortungsbewusst um Emma. Die zwei verstanden sich sehr schnell, denn von meiner Großmutter gab es auch öfters einmal eine leckere Belohnung. Beagle sind von ihrer Art her sehr liebevolle aber auch sehr schlaue Hunde. Nicht umsonst wird diese Rasse oftmals auch bei der Jagd eingesetzt. Satt gefressen sind sie eigentlich fast nie. Eines Abends bestellten wir uns beim Lieferdienst Pizza. Mein Schatz bestellte sich eine Calzone, Emma beobachtete immer ganz genau, wenn wir am Essenstisch saßen. Emma wusste immer, wo das Essen stand. Wir hatten nur einen kleinen Augenblick nicht aufgepasst und schon war die halbe Calzone durch Emma abgestaubt. Nachdem Emma die Beute in Windeseile verschlungen hatte, ging es ihr sichtbar schlecht. Sie hatte einen hängend aufgeblähten Hundebauch. Emma wollte nichts mehr von uns wissen und verzog sich in ihre Stoffhütte. Es dauerte einige Tage, bis sie wieder vollständig regeneriert war.

Meine Schwester zog, nachdem meine Großmutter für sie noch eine neue Küche beschafft hatte, als Mieterin in ihre Eigentumswohnung ein. Von meiner Schwester hörten wir von diesem Zeitpunkt an nichts mehr. Mein Schatz, Emma, meine Großmutter und ich bewohnten nun ungestört alleine das Haus. Auch meine Stiefmutter entschied sich, wieder zurück zu ihrer Familie nach Hannover zu ziehen. Mittlerweile stand sodann auch das ehemalige Wohnhaus meines verstorbenen Großvaters leer. Wegen der großen Umbauarbeiten durch meinen Vater nach dem Tod meines Großvaters galt es, noch diverse Grundschulden abzulösen. Auch das Erbe, welches meiner Stiefmutter laut Testament zustand, musste an sie bezahlt werden. Auf der Suche nach einer für alle Beteiligten verträglichen Lösung wurde das Dreifamilienhaus durch einen Freund der Familie, welcher als Immobilienmakler selbstständig war, zum Verkauf angeboten. Da mein Schatz und ich unserer täglichen Arbeit weiter nachgehen mussten, wurde das Haus alleinig von meiner Großmutter mit Unterstützung einer Nachbarin ausgeräumt. Sehr schnell meldeten sich zahlreiche Interessenten*innen beim Makler, dies war sicherlich auch auf die sehr gute Lage zurückzuführen, da zum Beispiel große bekannte Unternehmen der Automobilindustrie unmittelbar benachbart ihre Standorte hatten. Nach gefühlten 1000 Besichtigungen kam eine Familie als potentielle Käufer in Frage. Nach dem vollständigen Abschluss des Verkaufs wurden die noch dagewesenen Verbindlichkeiten abgelöst.

In der freiwilligen Feuerwehr war ich mittlerweile zum Schriftführer gewählt worden. Die Übungsabende im Bereich Erste Hilfe wurden ebenfalls durch mich übernommen. Als besonderes Highlight für die Jugendfeuerwehr, aber auch für die aktive Truppe, überlegte ich mir, einen Rettungswagen der Malteser zu präsentieren. Nach Rücksprache mit meinem Rettungsdienstleiter durfte ich mir einen Rettungswagen für die angestandenen Übungsabende ausleihen. Bei den Übungsabenden haben wir nach einem theoretischen Teil, unter anderem die Rettung von Verunglückten mittels Spineboards oder der Schaufeltrage unter Anwenden der Vakuummatratze, üben können. Auch die weiteren Arbeitsmaterialien, welche sich auf einem Rettungswagen befinden, erklärte ich meinen Kamerad*innen hautnah. Einen Tag nach meiner Präsentation starb plötzlich und unerwartet mein damaliger Feuerwehrkommandant, der Vater meines Kumpels Steffen. Immer weitere anfallende hohe Unterhaltungskosten für das Haus kamen auf uns zu, meine Großmutter war nicht mehr in der Lage, dies alleinig zu begleichen. Bisher hatte meine Großmutter mit allen Mitteln versucht, das Haus für uns alle zu halten.

Erschreckend kam dann noch hinzu, dass meine Schwester auf die Auszahlung ihres Erbes bestand. Monatelang hatten wir nach ihrem Auszug nichts mehr von ihr gehört, doch plötzlich bestand sie vehement, ohne einen Kompromiss eingehen zu wollen, auf ihren Anteil. Am Frühstückstisch beratschlagten meine Großmutter, mein Schatz und ich, wie wir das Problem am besten lösen könnten. Meine Großmutter war noch im Besitz einer weiteren Eigentumswohnung im selbigen Mehrfamilienhaus, in welchem meine Schwester zu diesem Zeitpunkt Mieterin war. Auf Grund der Größe von 115qm würde diese genügend Platz für meinen Schatz, Emma und mich bieten. Wir erkundigten uns in den darauffolgenden Wochen, wie die rechtliche Lage hinsichtlich einer Kündigung der bisherigen Mieter war und welche Fristen wir beachten müssen. Das Ganze löste sich doch wie von Geisterhand automatisch, denn das Ehepaar, welches die aktuellen Mieter der Wohnung meiner Großmutter war, kündigten von sich aus den Mietvertrag. Wir beschlossen also das Haus, in welchem wir wohnten, ebenfalls zu verkaufen. Für den Verkauf beauftragen wir wieder unseren bekannten Immobilienmakler. Der Verkauf zog sich lange Zeit sehr schleppend mit wenigen Besichtigungen voran. Letztendlich wurde aber doch eine Familie als neue Eigentümer gefunden.

Mir war klar, dass der Umzug auch mein Ende in der örtlichen freiwilligen Feuerwehr bedeutete. In der vergangenen Zeit hatte ich aber auch immer weniger Interesse, an den Übungsabenden teilzunehmen. Die Ursache dafür kommt noch später in diesem Buch zum Vorschein. Ich informierte die Kameraden*innen über mein Umzugsvorhaben. Wir vereinbarten, dass ich bis zur folgenden Jahreshauptversammlung weiterhin als Mitglied passiv dabei bleiben würde. Einen Einfluss auf meinen Arbeitsplatz im Rettungsdienst hatte der Umzug nicht, lediglich mein Schatz hatte nun wieder einen über doppelt so langen Anfahrtsweg zur Arbeit. Nachdem in beiden Eigentumswohnungen meiner Großmutter Malerarbeiten durchgeführt waren und eine neue Küche in unsere zukünftige Wohnung eingebaut worden war, stand für uns der Umzug an. Mit meiner Schwester konnte meine Großmutter aushandeln, die Wohnung zu verlassen, damit sie selbst dort als Eigentümerin einziehen konnte. Mit Hilfe meiner Schwiegereltern, den Brüdern von meinem Schatz sowie deren Kumpels, meiner Großmutter und Markus räumten wir das Haus vollständig aus und hinterließen es für den Verkauf besenrein. Über eine Autovermietung hatte ich einen größeren Lastwagen angemietet, denn es galt, ja auch gleichzeitig die Wohnung meiner Großmutter mit umzuziehen. Alles verlief reibungslos und ohne Probleme.

Ein paar Wochen nach unserem Umzug kam es dann zum Notartermin, um den Hausverkauf gesetzeskonform abzuwickeln. Zusammen mit unserem Immobilienmakler fuhr ich zur Notarkanzlei nach Stuttgart. Im Besprechungszimmer trafen wir dann auch wieder auf meine Schwester, welche als Erbin und Eigentümerin wegen ihrer zu leistenden Unterschrift persönlich anwesend sein musste. Der Notar begann den Kaufvertrag rasend, wie von einem Tonband abgespielt, vorzulesen. Für mich kam es während des Vortragens durch den Notar zu einem sehr unangenehmen Moment. Der Notar eröffnete den Anwesenden die im Grundbuch eingetragenen Ansprüche von Gläubiger*innen welche durch vorangegangene Vollstreckungen auf Grund von mir verursachten Schulden im Grundbuch eingetragen waren. Mir war bewusst, dass diese Forderungen existierten, nur hatte ich es bisher immer wieder verdrängt und außer Acht gelassen. Im Kaufvertrag wurde vermerkt, dass durch Begleichung der Forderungen aus einem Teil des Erlöses vom Verkauf diese dann anschließend im Grundbuch gelöscht werden. Im Interesse der neuen Eigentümer wurde dies dann auch umgehend veranlasst. Zum Glück hatte meine Schwester von solchen Verfahrensweisen keinerlei Ahnung, daher ersparte ich mir erneute unnötige Diskussionen mit ihr. Der Verkaufserlös wurde zunächst durch einen Treuhänder verwaltet und nach Begleichung der Forderungen genauestens auf mich und meine Schwester aufgeteilt. Seit dem Tag der Auszahlung habe ich von meiner Schwester nichts mehr gesehen geschweige denn gehört.

Im Rettungsdienst der Malteser lief alles weiter wie bisher. Ich hatte meine Berufung definitiv gefunden, teilweise machte ich mir aber Vorwürfe, warum ich damals nicht die Ausbildung zum Rettungsassistenten absolviert hatte. Auf Grund der neuen Gesetzgebung des deutschlandweit geltenden Notfallsanitäter*innen Gesetzes welches eine dreijährige Berufsausbildung vorschreibt, war dieses Thema sowieso hinfällig geworden.

Durch weitere Standorte wuchs auch der Radius unseres Rettungsdienstbezirkes rund um Stuttgart stetig weiter. Es eröffnete eine Rettungswache in Bad Wimpfen nahe Heilbronn sowie ein Rettungswagen inkl. Notarztstandort in Sindelfingen. Auch auf unserer Schwarzwaldwache in Freudenstadt wurde aufgestockt. Das Besondere an dieser Wache war die Möglichkeit, auf Wunsch zum 24-Stundendienst eingeteilt zu werden. Wegen des niedrigen Einsatzaufkommens waren meine Dienste in der Schwarzwaldidylle aber überwiegend sehr entspannt vorübergegangen.

## Filmreif? Meine Rollen als Komparse

Eines Abends wurde durch meinen Rettungsdienstleiter dringend für den Folgetag ein/e Mitarbeiter*in für eine TV-Produktion gesucht. Da ich sowieso dienstfrei hatte, meldete ich mich umgehend als Interessent hierfür. Kurz und knapp erläuterte mir Joachim, worum es sich dabei genau handle. „Das ZDF dreht eine neue Fernsehserie, *Dr. Klein*, in Stuttgart. Hierfür wird ein Notarzteinsatzfahrzeug mit Fahrer benötigt."

Ich sagte sofort zu. Am nächsten Morgen holte ich das Notarzteinsatzfahrzeug an der Geschäftsstelle in Stuttgart-Wangen ab. Da es sich ja auch um das Image der Malteser drehte, stoppte ich auf dem Weg zum Filmset noch an der Autowaschanlage. Mit frisch gewaschenem, glänzend, strahlendem Einsatzfahrzeug meldete ich mich bei der mir zuvor genannten Kontaktperson am Set an. Für mehrere Szenen wurde ich mit dem Einsatzfahrzeug an diesem Drehtag benötigt. „Wir werden den ganzen Tag bis in den Abend hinein Aufnahmen machen", teilte mir die Regieassistentin mit. Sollte ich Hunger und Durst haben, so durfte ich mich selbstverständlich am Filmcateringwagen bedienen. Es kamen die Hauptdarsteller*innen am Drehort vorgefahren, ich staunte nicht schlecht, als ich eine kleinwüchsige Dame aussteigen sah.

„Die kenn ich doch aus dem Münster Tatort", sagte ich zur Regieassistentin. Richtig, denn es handelte sich bei der Dame um Christine Urspruch, auch bekannt als Alberich, die Assistentin von Prof. Dr. Karl Friedrich Börne in der Münsteraner Gerichtsmedizin. Als Nächstes stieg der mir aus dem Münchner Tatort bekannte Schauspieler Miroslav

Nemec aus der Limousine aus. Für mich war das alles Neuland, aber es bereitete mir riesig Spaß, ein Teil des Filmteams zu sein. Gedreht wurde die ganze Serie auf dem Gelände des ehemaligen Stuttgarter Bürgerhospitals. In einer der vielen Drehpausen wagte ich mich schüchtern zu den Hauptdarstellern. Ich fragte diese, ob wir zusammen ein Erinnerungsfoto machen können. Beide stimmten sofort zu, allerdings hatte ich die Uniform der Malteser an. Deshalb wurde darum gebeten, das Bild bitte nicht öffentlich zu machen, da es sonst als Werbung, ausgelegt werden könnte. Ein weiterer Schauspieler in der neuen Kinderklinikserie war Simon Licht. Plötzlich öffnete er die Türe am Notarzteinsatzfahrzeug, setzte sich neben mich auf dem Beifahrersitz und scherzte mit den Worten „Blaulicht an, wir können los.“

Ich erlebte einen bis in den Abend andauernden, eindrucksvollen Drehtag.

In den darauffolgenden Tagen recherchierte ich viel zum Thema Komparsen und Filmproduktion im Internet. Ein neues Hobby, welches ich mir aneignen wollte. Der Verdienst ist nicht zum reich werden, aber es war eine gelungene Abwechslung zum Alltag. Ich registrierte mich online bei verschiedenen Casting-Agenturen als Komparse.

Ein paar Wochen später wurde ich von der Produktionsfirma der SOKO-Stuttgart für einen Drehtag angefragt. Die Komparsenbeauftragte Carmen stellte sich vor, mich als Patient im Krankenbett in der Folge „Goldene Hände“ einzuplanen. Nachdem ich auf meinen Dienstplan geschaut hatte, sagte ich dem Angebot zu. Ich fuhr mit meinem Auto an das Filmset von SOKO-Stuttgart, welches sich am Römerkastell in Stuttgart befand. Von den Abläufen war es vergleichbar mit den Dreharbeiten von Dr. Klein. Nachdem alles im Kasten war, sagte ich zu Carmen, sie dürfe sich bei weiteren für mich passenden Rollen jederzeit wieder gerne bei mir melden.

Als ich mich auf dem Heimweg befand, meldete sich eine Casting-Agentur vom Bodensee und bot mir eine Komparsen Rolle in der TV-Serie „Die Fallers“ an, welche üblicherweise wöchentlich sonntags im Südwestfernsehen ausgestrahlt wurde. Der Drehort war allerdings das SWR-Studio in Baden-Baden. Die anfallenden Fahrtkosten werde man mir allerdings erstatten, hieß es von der freundlichen Dame am Telefon. Früh am Morgen machte ich mich auf den Weg in Richtung Baden-Baden. Ein kraftstrotzender mehrteiliger Gebäudekomplex baute sich vor mir auf, als ich mit meinem Auto auf das Gelände einbog. Zunächst musste ich auf dem Lageplan nachsehen, wo sich mein Studio befand. Durch einen freundlichen Mitarbeiter an der Pforte wurde mir der Weg gezeigt. In Baden-Baden ist das Herz des Südwestrundfunks. Unter anderem sind hier auch einige Radiosender der Anstalt des öffentlichen Rechts beheimatet. In der Garderobe warteten schon einige andere Komparsen*innen. Ich stellte fest, dass ich der jüngste von allen beteiligten Komparsen*innen war.

An diesem Drehtag standen verschiedene Szenen für verschiedene Folgen der bekannten Schwarzwaldserie auf dem Programm. Daher hatte ich auch drei verschiedene Outfits von den Kostümbildner*innen zugeteilt bekommen. Für alle zu drehenden Sequenzen war ich als Gast im in der Serie genannten Gasthaus „Löwen“ zu sehen. Zunächst als Geschäftsmann, später dann als Bauarbeiter bzw. Landwirt. Wenn man sich die Serie im Fernsehen anschaut, denkt man immer an eine sehr große Räumlichkeit des Gasthauses, in Wirklichkeit ist der „Löwen“ nur eine eng bebaute Requisite im Aufnahmestudio. Die Besonderheit bei den Dreharbeiten der Fallers ist, es wird grundsätzlich bereits ein ganzes Jahr im Voraus abgedreht. Auch bei meinem Rettungsdienstleiter wurde wieder einmal eine Anfrage gestellt, diesmal forderte die Produktionsfirma der SOKO-Stuttgart einen Rettungswagen samt Besatzung an. Da Joachim ja mittlerweile wusste, welchen Spaß mir die „Schauspielerei“ machte, wandte er sich auch als Erstes an mich.

Am Abend vor dem Drehtag hatte ich zwar noch Nachtdienst gehabt, aber ich sagte natürlich trotzdem zu. Zusammen mit meinem Kollegen Philipp und unserer damaligen Auszubildenden Jana meldete ich mich pünktlich am Set. Gedreht wurde für diese Szene auf dem Gelände einer alten leerstehenden Villa im Stuttgarter Süden. Unsere Aufgabe war es, einen von den SOKO-Stuttgart Kommissar*innen angeschossenen Täter auf unserer Krankentrage fachgerecht zu versorgen.

Nach dem Abdrehen aus verschiedensten Positionen ging auch dieser Tag schnell vorüber. Ich fuhr nach Hause, wo mein Schatz bereits mit scharrenden Füßen mit dem Abendessen auf mich wartete. Kurz unter die Dusche und dann ging es auch schon zum Nachtdienst. Um meine Komparsenarbeit wurde es ruhiger. Es gab zwar teilweise weitere Anfragen welche überwiegend von der SOKO-Stuttgart kamen, leider waren die angefragten Drehtage nicht mehr mit meinem Dienstplan bzw. anderen privaten Terminen zu vereinbaren.

## Meine Diabeteserkrankung und der gemeinsame Kinderwunsch

Um im Rettungsdienst arbeiten zu können, wird man in regelmäßigen Abständen arbeitsmedizinisch untersucht. So stand auch mein Termin beim Arbeitsmediziner in Stuttgart an. Die routinemäßige Blutabnahme war ich ja bereits gewöhnt. Ein kurzes Blutdruckmessen, danach eine Aufklärung über die Handpflege nach der Nutzung von Desinfektionsmittel hörte ich mir wie schon die Jahre zuvor „aufmerksam" an. Am noch selben Nachmittag klingelte mein Handy, es meldete sich der Arbeitsmediziner persönlich, meine Blutzuckerwerte seien massiv aus der Reihe getanzt. Umgehend sollte ich eine/n Diabetologen*in aufsuchen. Ich muss zugeben, mir selbst, aber auch meinem Schatz waren in den Wochen und Monaten vor der Untersuchung schon meine Trinkmengen, insbesondere in der Nacht, aufgefallen. Es war üblich, dass ich in der Nacht zwei bis drei Liter Mineralwasser getrunken hatte. Auch nach den Mahlzeiten hatte ich weiterhin ein großes Hungergefühl und war eigentlich nie satt gegessen. Mein Körpergewicht reduzierte sich ebenfalls drastisch, trotz der überdurchschnittlichen Nahrungsaufnahme.

Im Internet wurde ich auf eine Schwerpunktpraxis für Zuckererkrankte in Ludwigsburg aufmerksam. Umgehend erhielt ich für den Folgetag einen Termin in der Notfallsprechstunde. Mit dem anwesenden Arzt besprach ich mein Laborergebnis. Eine Therapie ohne Insulin wäre in meinem Fall nicht mehr möglich, zusätzlich sollte ich am Morgen und am Abend orale Antidiabetika einnehmen. Der Facharzt erstellte mir einen Insulinspritzplan, welcher abhängig von den gemessenen Zuckerwerten Anwendung finden sollte. Mit dem Zuckermessen sowie der Anwendung des Insulins kam ich ohne Probleme zurecht. Meine Ernährung versuchte ich umzustellen, das gelang mir aber nur sehr schwer. Die Versuchung nach Schokolade, aber auch nach Fastfood war einfach zu groß, zumal durch meine Arbeit im Rettungsdienst regelmäßige gesunde Nahrungsaufnahme nur schwer möglich war. Bei den nachfolgenden Terminen beim Diabetologen wurde abermals die Medikation umgestellt, da ich unter anderem durch die verschiedenen Insuline Hautreaktionen hatte. Letztendlich wurde durch den Diabetologen das Kurzzeitinsulin komplett abgesetzt. Auf Grund der besseren Blutwerte änderten wir unsere Strategie und stellten die Behandlung auf ein langwirksames Insulin um. Mit diesem neu auf dem Markt gewesenen Insulin reichte eine Einspritzung alle 24 Stunden, ein Insulin, welches auch passend für meinen Schichtdienst geeignet war. Danach ließ ich meine Diabetes leider schleifen und kümmerte mich nur noch selten darum. Auch die Termine beim Diabetologen nahm ich nur noch schleppend in Anspruch. Lediglich für die Abholung meiner bereits telefonisch vorbestellten Rezepte suchte ich die Praxis in der Ludwigsburger Innenstadt noch auf.

Verstärkt beschäftigte ich mich mit meinem Schatz mit dem Thema Kinderwunsch. Beide waren wir davon überzeugt, Eltern werden zu wollen. Zahlreiche Versuche führten ins Leere, es musste irgendeine uns unbekannte Ursache geben, warum es mit dem schwanger werden einfach nicht klappen wollte. Ausgeprägt waren allerdings ihre starken Bauchkrämpfe, welche meistens aber nur während ihrer Periode auftraten. Wir vereinbarten einen Untersuchungstermin beim Gynäkologen. Durch seine Untersuchung konnte auch keine klärende Diagnose gestellt werden, wir bekamen eine Überweisung zur Bauchspiegelung. Bei diesem Untersuchungsverfahren sollte die Durchgängigkeit der Eileiter überprüft werden.

Wir stellten uns zur Terminvereinbarung in der gynäkologischen Ambulanz des Robert-Bosch-Krankenhauses in Stuttgart vor. Die Bauchspiegelung fand einige Tage später unter Vollnarkose ambulant statt. Nachmittags durfte ich sie direkt im Aufwachraum abholen. Es wurde uns die bittere Diagnose mitgeteilt. Die Eileiter waren nicht durchgängig, außerdem wurden während der Untersuchung zahlreiche Herde einer Endometriose diagnostiziert. Bei einer Endometriose handelt es sich um eine außerhalb der Gebärmutter wachsende Schleimhaut. Es wurde uns empfohlen, diese Herde operativ entfernen zu lassen. Anschließend steigt die Chance auf eine Schwangerschaft, welche man aber auf Grund der Vordiagnosen alleinig durch einen medizinischen Eingriff einleiten kann.

Einige Wochen später erfolgte der operative Eingriff, ebenfalls im Robert-Bosch-Krankenhaus in Stuttgart. Der Operationsverlauf sowie die Genesung waren komplikationslos. Durch unsere intensiven Recherchen wussten wir, eine künstliche Befruchtung kostet uns ein Vermögen, welches wir aber nicht zur Verfügung hatten.

Fast in jeder freien Zeit beschäftigten wir uns mit dem Thema, denn wir wollten unbedingt Eltern werden. Durch einen interessanten Internetbeitrag wurden wir auf die Kostenübernahme zur künstlichen Befruchtung einiger Krankenkassen aufmerksam. Unser Problem schilderten wir anhand der Befunde einer der aufgelisteten Krankenkassen.

Letztendlich wurde uns die Kostenübernahme für bis zu drei Versuche durch diese Krankenkasse zugesichert. Die einzige Voraussetzung hierfür war, dass beide Elternteile dort versichert und verheiratet sind.

Kurz nach dem Gespräch mit der Krankenkasse stand unsere Urlaubsreise nach Los Angeles an. Wir einigten uns darauf, uns in diesem Urlaub nochmals ausführlich mit dem Thema Kinderwunsch zu beschäftigen. Die Reise war auch ein guter Zeitpunkt, um über eine vorgezogene Hochzeit zu sprechen, da wir sowieso vorhatten, bald zu heiraten. Ich bin kein Romantiker, deshalb machte ich ihr auch keinen klassischen Heiratsantrag, wie sie es sich von mir gewünscht hatte. Wir beschlossen, gleich nach unserer Rückkehr in Deutschland einen Standesamtstermin zu reservieren. Unsere Hochzeit sollte dann auch nur im engsten Kreise der Familie zusammen mit ein paar wenigen Freunden gefeiert werden.

In Los Angeles leben rund 18 Mio. Menschen. Es gibt zehnspurige Autobahnen, zahlreiche Filmstudios, Ölraffinerien und Computerfirmen. Das Bruttosozialprodukt der Stadt ist größer als das ganz Australiens. Unser Hotel befand sich an der Promenade von Santa Monica, das offiziell gar nicht zu Los Angeles gehört. Ein Besuch in der noblen Wohnstadt Beverly Hills westlich von Hollywood durfte nicht ausbleiben. Nördlich liegen die Villen der Schönen und Reichen, südlich das Geschäftsviertel mit dem berühmten, superteuren Rodeo Drive.

Nach unserer mittels Guides geführten Rundfahrt schlenderten wir noch über den Walk of Fame, hier sind die berühmten Sterne mit den Namen der Hollywoodgrößen in den Gehsteig eingelassen. In den Universal Studios erlebten wir während einer Studiotour effektvolle Stuntshows, Achterbahnen und bekannte Filmattraktionen. Als abschließendes Highlight unseres Urlaubs buchten wir eine Tagestour in das 1955 eröffnete Disneyland in der Stadt Anaheim. Es war der erste Vergnügungspark von Walt Disney – der Prototyp für solche Parks weltweit. Bis heute hat das 34 ha große Reich von Micky Maus & Co. nichts von seinem Zauber verloren. Nebenan steht inzwischen ein weiterer Themenpark, Disneys California Adventure. Der Eintrittspreis von 99 $ pro Person war für die Auswahl an verschiedenen Attraktionen sowie der Gestaltung des Parks kostspielig, aber gerechtfertigt.

Im Juli war es dann endlich so weit, der lang ersehnte Hochzeitstermin stand vor der Tür. Mit unserer kleinen Hochzeitsgesellschaft machten wir uns auf den Weg zum Standesamt ins örtliche Rathaus. Als Trauzeugin meiner Frau kam für sie nur ihre beste Freundin Carolin in Frage. Die beiden kannten sich schon aus Zeiten, als Carolin noch ein Baby war. Mein Trauzeuge wurde Manuel, er war ein ehemaliger Ausbildungskollege von der Deutschen Bahn AG. Bereits damals während unserer gemeinsamen Ausbildungszeit versprach ich ihm, einmal mein Trauzeuge zu werden. Weiterhin hatte ich mit Manuel nach dem Ende unserer Ausbildung regelmäßigen Kontakt. Vor allem, da auch Manuel ein großes Interesse an der Luftfahrt besaß, verstanden wir uns sehr gut. Mittlerweile hatte Manuel sogar seine eigene Spedition gegründet, welche er zusammen mit seinem Vater leitete.

Am Standesamt standen an diesem Tag noch weitere Trauungen an und nach einer kurzen Rede durch die Standesbeamtin durften wir uns gegenseitig die Eheringe anstecken. Wir waren nun kraft Gesetzes Eheleute.

Nach einem kurzen Fotostopp am Neckar fuhren wir zum gemeinsamen Mittagessen ins benachbarte Ludwigsburg. Für den Nachmittag hatten wir zu Kaffee und einer leckeren Auswahl an Kuchen und Torten zu uns nach Hause eingeladen. Durch unsere Eheschließung waren wir nun auch berechtigt, in die Krankenkasse zu wechseln, welche uns die Finanzierung der Kinderwunschbehandlung zusicherte. Ohne Wartezeit wurde unser Antrag zur Kostenübernahme von bis zu drei Versuchen der künstlichen Befruchtung genehmigt. Mit der Kostenübernahme in der Tasche machten wir uns dann gezielt auf die Suche nach Kinderwunschkliniken in unserer Region. Wir entschieden uns für eine Kinderwunschklinik in Stuttgart. Den Termin für ein erstes Beratungsgespräch erhielten wir innerhalb weniger Tage. Am besagten Termin waren wir beide ein bisschen aufgeregt, da wir nicht wussten, wie das ganze weiter ablaufen würde. Das Kinderwunschzentrum war in einer älteren Villa unweit der Stuttgarter Innenstadt untergebracht. Im Behandlungszimmer begrüßte uns ein schon etwas in die Jahre gekommener Gynäkologe. Anhand des von uns vorgelegten bisherigen Befunds zeigte er uns die verschiedenen bei uns in Frage kommenden Möglichkeiten einer künstlichen Befruchtung auf. Anhand des Zyklus von meinem Schatz wurde dann ein „Behandlungsfahrplan“ erstellt. Zunächst erhielten wir ein Rezept für verschiedene Präparate, welche sie sich nach genauer vorheriger Anleitung dann täglich unter anderem unter die Haut spritzen sollte. Die Präparate sorgten in ihrem Körper dafür, dass unter anderem mehr Eizellen produziert werden. Wir staunten beide nicht schlecht als die Apothekerin rund 1.000 Euro für die verordneten Medikamente von uns abkassieren wollte. So viel Geld konnten wir uns auf die Schnelle nicht kurz aus dem Ärmel schütteln. Die Apothekerin fragte uns, wer die Behandlung bezahlen würde, wir erklärten, dass, wir eine Kostenübernahme besitzen, daraufhin setzte sich die Apothekerin telefonisch mit der Krankenkasse in Verbindung. Die hilfsbereite Apothekerin erreichte für uns, dass sie die Rechnung der Medikamente zur Begleichung direkt an die Krankenkasse senden konnte. Demnach konnten wir alle Präparate wie verordnet gleich mit nach Hause nehmen. Es kam dadurch glücklicherweise zu keiner Verzögerung der detailliert geplanten Behandlung.

Als die Eizellen herangewachsen waren, wurden diese mittels eines kleinen invasiven Eingriffs abgesaugt. Im Reagenzglas wurden die Eizellen dann mit meinen zuvor gespendeten Spermien befruchtet. Nach der Heranreifung im Brutkasten wurden die „besten“ herausgesucht und in die Gebärmutter eingesetzt. Leider wurde meine Frau bei diesem Versuch nicht schwanger. Wir gaben aber die Hoffnung nicht auf, doch noch Eltern zu werden. Für den darauffolgenden zweiten Versuch wechselten wir allerdings in das Kinderwunschzentrum nach Ludwigsburg. Erneut gab es das uns schon bekannte Vorgespräch unter der Vorlage der bisherigen Befunde. Eine sehr nette und engagierte Ärztin war für uns zuständig. Das Prinzip der folgenden Behandlung war dem aus der Stuttgarter Klinik sehr ähnlich, jedoch wurden einige Präparate anderweitig ersetzt. Letztendlich kam es erneut zur Entnahme der Eizellen sowie deren Befruchtung durch meine Spermien.

Der deutliche Unterschied zur Kinderwunschklinik in Stuttgart war definitiv die Aufgeschlossenheit aller Mitarbeiter*innen des Kinderwunschzentrums in Ludwigsburg. Ausführlich wurden uns die Abläufe erklärt. Wir fühlten uns sehr gut aufgehoben. Nach meiner erneuten Samenspende galt es nun, auf die Rückmeldung des Kinderwunschzentrums zu warten. Im Labor wurde erneut nach den „besten“ Spermien geschaut und diese wurden dann mit den bei meinem Schatz entnommenen Eizellen befruchtet. Noch in derselben Woche erhielten wir den erfreulichen Anruf, es konnten genug Eizellen befruchtet und herangereift werden. Es wurde uns vorgeschlagen, die übrigen befruchteten Eizellen auf Grund der sehr guten Qualität einfrieren zu lassen. Da dieses Vorgehen allerdings mit hohen Kosten verbunden war, verzichteten wir auf die Einfrierung. Beim Einsetzen der Spermien in die Gebärmutter verfolgten wir den hochinteressanten Ablauf mittels eines Live-Ultraschallbildes. Auch nach diesem Eingriff hatte sie keinerlei Beschwerden. Durch die Einnahme diverser Medikamente, welche dafür sorgen sollten, dass der Körper die eingesetzten Eizellen nicht abstößt, warteten wir gespannt auf die nun folgenden Ultraschalltermine.

Einige Wochen nach der Eizellen Einsetzung erlitt meine Frau einen grippalen Infekt. Inzwischen hatte ich aber bereits im Internet gelesen, dass die Symptome eines grippalen Infekts ein sehr gutes Zeichen zum Beginn einer Schwangerschaft sein konnten. Sie konnte es nicht erwarten, einen Schwangerschaftstest zu machen, und dies hatte sich auch gelohnt, sie war „schwanger“! Endlich waren wir unserem lang ersehnten Traum, Eltern zu werden, ein weiteres Stück nähergekommen. Gleich am selben Abend fuhren wir zu meinen Schwiegereltern, zuvor überlegten wir uns, wie wir diese erfreuliche Nachricht überbringen können. Meine Frau machte nochmals einen Schwangerschaftstest welchen wir dann zusammen mit einem bemalten Stein auf welchem „Oma+Opa“ geschrieben stand, an ihre Eltern überreichten. Die Freude war auch bei meinen Schwiegereltern deutlich zu spüren, das erste Enkelkind war unterwegs. Zur Feier des Tages lud uns mein Schwiegervater zu einem gemeinsamen Abendessen in ein naheliegendes Western-Restaurant in Kusterdingen ein.

Der erste Ultraschalltermin, nachdem wir den Schwangerschaftstest gemacht hatten, stand bevor. Ich regelte meinen Dienstplan so weit, dass ich beim Termin dabei sein konnte. Im Kinderwunschzentrum erwartete uns bereits die behandelnde Ärztin, wir erzählten ihr nichts vom zuvor bereits gemachten Schwangerschaftstest. Plötzlich war auf dem Ultraschallbildschirm der Herzschlag erkennbar, winzig klein, aber doch sehr gut zuzuordnen. Dies war der sichere Beweis, dass wir Eltern werden. Unter Freudentränen fuhren wir stolz mit unserem ersten Ultraschallbild in der Hand nach Hause.

Die Arbeit durch das Kinderwunschzentrum Ludwigsburg war durch die Bestätigung der Schwangerschaft beendet. Die folgenden Behandlungen und die Begleitung während der Schwangerschaft übernahm ihr überweisender Gynäkologe. Ihr Bauch wurde erwartungsgemäß prall und fülliger. Der Gynäkologe befreite sie auf Grund ihrer täglichen Arbeit mit Kindern und Pferden mit sofortiger Wirkung von der Arbeit. Die Gefahr einer Infektion war wegen der doch als Risikoschwangerschaft eingestuften Schwangerschaft zu riskant.

Schon seit geraumer Zeit bin ich Fan von Udo Lindenberg, seine Lieder und Texte spiegeln sehr viel meines Lebens wider. Udo war bereits mit seiner großen Stadiontour durch Deutschland unterwegs. Ich überlegte mir, da auch meine Frau mittlerweile von seiner Musik begeistert war, mich nach Karten für das bevorstehende Konzert in der Stuttgarter Mercedes-Benz-Arena umzusehen. Zunächst klärte sie mit ihrem Gynäkologen sowie dem Kinderwunschzentrum ab, ob es durch das Konzert zu Komplikationen in der Schwangerschaft kommen kann. Beide Fachärzte*innen bestätigten, dass der Konzertbesuch zu keinen Komplikationen führen würde. Unter keinen Umständen wollten wir die langersehnte Schwangerschaft in irgendeiner Form gefährden. Die Mercedes-Benz-Arena war in allen Sitzplatzkategorien auf Grund der Kurzfristigkeit bereits restlos ausverkauft. Ich konnte aber noch zwei VIP-Tickets für das Event erwerben. Wir erlebten einen wunderschönen unvergesslichen Abend in der Heimspielstätte meines Lieblingsvereins, dem VfB Stuttgart. Udo Lindenberg bot uns zusammen mit seinen Gästen, eine sagenhafte Bühnenshow untermalt von zahlreichen Effekten und Überraschungen.

## Rettungsdienst-Praktikum in New York City

Die einen liegen im Urlaub gerne unter Palmen, andere erklimmen Alpengipfel. Mich aber zog es nach New York. Aber nicht zum Sightseeing. Ich fuhr zwei Zwölfstundenschichten in einem Rettungswagen mit. Solch ein kurzes Praktikum wollte ich schon immer einmal machen, da es mich schon lange interessierte, wie dort gearbeitet und verfahren wird. Das Praktikum in New York habe ich mir über das Internet selbst organisiert und die fünftägige Reise gebucht. Der Rettungsdienst läuft in den Vereinigten Staaten nicht wie bei uns gewöhnlich über verschiedene Hilfsorganisationen, sondern direkt über die Krankenhäuser vor Ort. Überwiegend über die sozialen Medien kontaktierte ich die verschiedenen Krankenhäuser. Es gab ein paar Absagen, doch das Lenox Hill Hospital sagte mir sofort zu. Dort aber war etwas anders: Es gab keine Notärzte*innen. Die Rettungswagenbesatzungen machen die komplette Versorgung alleine. Auch sämtliche Medikamente inklusive der Betäubungsmittel wurden verabreicht. Die Besatzungen bestanden aus zwei Paramedics, die einen Hochschulabschluss für diesen Beruf hatten. Zudem gab es noch Emergency Medical Technicians und Basics, die mit den deutschen Rettungsassistenten*innen vergleichbar sind. Alle arbeiteten nach standardisierten Vorgaben/Algorithmen, welche in einem Katalog mit Krankheitsbildern festgelegt waren. Erst wenn es zu Problemen kam und sie nicht weiterkamen, riefen die Helfer einen Arzt an. So einen Fall hatte ich auch miterlebt.

In meiner zweiten Schicht wurden wir zu einer Wiederbelebung in ein Seniorenheim gerufen. Nach etwa 30 Minuten mit etlichen vergebenen Reanimationsversuchen und verschiedenen Medikamentengaben beschloss man im Team, den Arzt anzurufen. Er forderte das Team auf, erneut Adrenalin zu verabreichen und sich nach weiteren zehn Minuten Reanimationsmaßnahmen wieder bei ihm zu melden, wenn das nicht helfe. Es half nicht. Die Reanimation wurde abgebrochen und der Leichnam der Polizei übergeben. Ein Streifenwagen war bereits mit vor Ort. Denn auch das ist in den USA anders als in Deutschland. Immer wenn der Notruf 911 gewählt wird, rücken auch die Ordnungshüter und die Feuerwehr mit aus, denn die Feuerwehr ist oft schneller als die Sanitäter vor Ort, weil es sehr viele Feuerwachen in der Stadt gibt. Es gehört auch immer ein Paramedic zur diensthabenden Besatzung der Wehr, so ist spätestens fünf Minuten nach dem Alarm medizinische Hilfe gewährleistet. Eine Rettungswache gibt es in New York nicht. Man trifft sich zum Schichtbeginn am Krankenhaus, das den Rettungswagen und die Ausrüstung stellt. Dann fährt man in den Bezirk, dem man zugeteilt ist. Im Fahrzeug wird gewartet, bis ein Auftrag kommt. Es ist echt verrückt, der Motor läuft die ganze Zeit wegen der Klimaanlage. Ich empfand die erlebten Einsätze bei 33 Grad Außentemperatur und praller Sonne als „mega-anstrengend".

Die amerikanischen Kollegen*innen verdienen zwischen 3.000 und 4.000 Dollar im Monat und damit deutlich mehr als Rettungsdienstkräfte hierzulande. Aber die Miete für ein Ein-Zimmer-Apartment beläuft sich in New York auch auf 1.500 Dollar. Viele Paramedics arbeiten für mehrere verschiedene Organisationen. Ein Teammitglied kam von der Nachtschicht bei der Feuerwehr direkt zur Tagschicht ins Krankenhaus und ging nachts dann wieder zur Feuerwehr. Vergiftungen, Schmerzen in der Brust, Kammerflimmern nach einem Stromschlag, all das habe ich während meiner beiden Zwölfstundenschichten im Bereich des Central Parks in Manhattan erlebt. Dazu auch einige Fehlalarme. Ein Obdachloser rief fast täglich an, weil er ins Krankenhaus wollte, wo es Ansprache und Essen gab, erzählten mir die New Yorker Kollegen*innen. Da sehe ich Parallelen zu Deutschland, den auch hier rufen immer mehr Menschen den Notruf an, wenn sie zum Beispiel nur einen kleinen grippalen Infekt haben. Es war sehr interessant zu sehen, wie am anderen Ende der Welt gearbeitet wird.

Die restlichen Tage verbrachte ich mit der Erkundung der am Hudson River gelegenen Metropole. Natürlich durfte auch ein Besuch im Disney-Shop auf dem weltbekannten Times Square nicht fehlen. Ein Paradies für jedes kleine, aber auch große Kind.

Kurz vor meiner Reise nach New York war bekanntgeworden, dass wir Eltern einer Tochter werden würden. Demzufolge deckte ich mich mit Babykleidung von Walt Disney ein. Mit einem offenen doppelstöckigen Bus entdeckte ich die Wahrzeichen und Schätze der Stadt. Ein heftiger Platzregen rundete die Rundfahrt zwischen den gigantischen Wolkenkratzern dieser modernen Metropole ab. Auch die Ground-Zero-Gedenkstätte zu den Anschlägen vom 11. September wollte ich besuchen. Leider benötigte man hierfür einen zuvor reservierten Besuchstermin. Als Alternative machte ich mich auf den Weg zum Empire State Building. Bis zur Antennenspitze hat das ESB eine Höhe von 443 Metern. Mit dem Aufzug fuhr ich in Blitzgeschwindigkeit hoch hinaus auf die Besucherplattform, welche sich immerhin auf einer Höhe von 373 Metern befindet. Auf Grund der vorherigen Regenschauer und der dauerhaften Luftfeuchtigkeit war die Stadt mit Smog bedeckt. Schon am gleichen Abend stand meine Rückreise nach Deutschland an. Im Gegensatz zur Anreise, welche mit einer Flugverspätung von über vier Stunden zu verzeichnen war, lief diesmal alles ohne Probleme. Vom Flughafen Newark ging es mit einem kurzen Umstieg in Kopenhagen zurück nach Stuttgart. Wegen meiner Leidenschaft für die Flugsimulation stöberte ich regelmäßig in diversen Internetforen, um mich über Neuigkeiten in der Szene zu informieren.

In einer Flugsimulator-Facebook-Gruppe lernte ich Axel kennen. Axel ist Mitglied im SVRN, dem Simulator Verein Rhein Neckar e.V. Es handelt sich dabei um einen Verein, welcher sich mit dem Betrieb von professionellen Flugsimulatoren beschäftigt. Dabei werden durch die Mitglieder neue Techniken entwickelt bzw. Umbauarbeiten und Erweiterungen an den Simulatoren vorgenommen. Das alles klang für mich sehr interessant. Das Highlight im Verein ist der originalgetreue Nachbau vom Cockpit einer Boeing 737-800. Das Cockpit befindet sich zudem auf einer Hydraulikplattform. Durch die komplexe Programmierung, welche sich dahinter verbirgt, bewegt sich die Plattform entsprechend dem Flugverhalten. In nächster Nähe steht den Mitgliedern*innen noch ein statisches Cockpit eines Airbus A320 zur Verfügung. Im statischen Cockpit wird das Fluggeschehen mittels verschiedener hochauflösender Projektoren auf eine gebogene Leinwand projiziert. Der Verein ist in zwei Containern abseits des Terminals auf dem Gelände des City Airports Mannheim beheimatet.

Axel lud mich zu einem ersten Kennenlernen ein. Als ich die Dimensionen der Simulatoren vor Augen hatte, wollte ich so schnell nicht mehr nach Hause fahren. Vor allem durfte ein Simulatorflug mit Axel als Copilot vom Flughafen Frankfurt nach Stuttgart und wieder zurück in der 737-800 nicht ausbleiben. Als ich als Pilot neben Axel im Cockpit saß, vergaß ich sehr schnell, dass es sich hierbei nur um eine Simulation handelte. Finanziert wird der Verein ausschließlich durch die Einnahmen aus den von Mitgliedern*innen gebuchten Flugstunden. Der Jahresmitgliedsbeitrag kostete für mich als erstes Fernmitglied knappe 100 Euro. Eine Flugstunde auf der 737-800 kostete rund 25 Euro. Wegen der Entfernung besuchte ich den Verein ein bis maximal dreimal pro Jahr. Jährlich arrangierten sich sämtliche ansässigen Vereine zu einem Wochenende als Tage der offenen Tür am City Airport. Es wurden für die Besucher*innen neben Rundflügen in realen Flugzeugen auch Schnupperstunden in unseren Simulatoren angeboten. Die Begeisterung der Besucher*innen, vor allem bei den Kindern, war deutlich spürbar. Durch die Veranstaltung konnten wir anschließend auch neue flugbegeisterte Mitglieder im Verein begrüßen.

Nach ein paar Monaten hatten wir neben Axel einen weiteren Berufspiloten als Mitglied im Verein aufgenommen. David war zu diesem Zeitpunkt als Pilot bei der Fluggesellschaft Condor angestellt. Seine Flugzeugmuster waren die Boeing 757 und 767. Da sich die Cockpits nur wenig von der Boeing 737-800 unterscheiden, konnte David uns in fachlichen Fragen zum Flugzeugmuster aufschlussreich weiterhelfen. Der Höhepunkt meiner Mitgliedschaft war die von David organisierte Exkursion in die Hauptzentrale von Condor, welche sich am Frankfurter Flughafen befindet. Nach einer kurzen Einführung und der Besichtigung der Firmenzentrale näherten wir uns dem Trainingszentrum von Condor. Hier wurden unter anderem Flugbegleiter*innen sowie das Cockpitpersonal auf Notfallsituationen trainiert. Als „Reisende" durften wir eine Rettungsplattform unter fast realen Bedingungen aufbauen. Solch eine Plattform kommt zum Beispiel nach einer Notwasserung (Landung im Wasser) zum Einsatz. Der Kabinensimulator wurde von uns Vereinsmitgliedern bis in das kleinste Detail inspiziert. Ich fühlte mich auf Grund der originalgetreuen Nachbildungen wie in einem originalen Flugzeug. Hinter den Kabinenfenstern waren Monitore verbaut, je nach eingespielter Flugsituation sah man durch die Fenster die dazu passende Außenwelt dargestellt. Verschiedene Ereignisse konnte der/die Instruktor*in einspielen. Einen Brand im Gepäckfach über den Sitzreihen oder aber einen Brand in einer der Bordküchen darzustellen ist für die hochmoderne Anlage kein Problem. Zum Verlassen der Übungsanlage entschlossen wir uns dazu, die Notrutsche am Vorderausgang zu nutzen. Wie im Ernstfall riss der Instruktor die Türe auf, ein lauter Knall schallte durch die Flugzeugkabine und prompt begann sich die gelbe Notrutsche aufzublasen.

„Hände auf den Bauch legen, mit den Füßen voraus sitzend in die Notrutsche hineinspringen", so die Anweisung unseres Instruktors. Schätzungsweise dreimal wiederholte ich das Prozedere, denn wann würde ich jemals wieder die Gelegenheit auf solch ein Erlebnis haben? In der Hoffnung, dass ich solch eine Situation in der Realität niemals würde erleben müssen, endete die gelungene Führung durch die

Condor-Zentrale. Ein spannendes unvergessliches Erlebnis hatte uns David mit diesem Ausflug geboten. Den restlichen Nachmittag verbrachte ich mit einigen Vereinsmitgliedern mit gemeinsamem Flugzeugspotten am Zaun der Piste 18 des Frankfurter Flughafens. Zuvor stärkten wir uns allerdings noch mit einem kleinen Fastfood-Snack.

## Die Geburt meiner Tochter

Der bisherige Schwangerschaftsverlauf war erfreulicherweise komplikationslos vorübergegangen. Meine Frau hatte zwar keine Gelüste auf Essiggurken, jedoch vermehrt auf Burger einer bekannten amerikanischen Fastfood-Kette, welche durch ein goldenes „M“ gezeichnet ist. Als ein fürsorglicher Ehemann erfüllte ich ihr natürlich diesen Wunsch und fuhr auch teilweise noch spät am Abend zum Drive In. Während meine Frau an Schwangerschaftsdiabetes erkrankte, war eine engmaschige Kontrolle der Blutzuckerwerte nötig gewesen. Im finalen Abschnitt ihrer Schwangerschaft war sie gezwungen sich am Abend ein Langzeitinsulin zu spritzen. Vor Nadeln und Spritzen hatte mein Schatz schon immer Respekt gehabt, jedoch meisterte sie das Insulinspritzen mit Bravour.

Wegen der Schwangerschaftsdiabetes sollte unsere Tochter keinen Tag länger als der zuvor errechnete Geburtstermin im Mutterleib ausharren.

Am Morgen des 09.01.2017 stellten wir uns nach vorheriger Anmeldung im schon deutlich in die Jahre gekommenen Kreißsaal des Kreiskrankenhauses Ludwigsburg vor. Nach erfolgtem Aufnahmegespräch und einer stündlichen Überwachung mittels eines Wehenschreibers wurde meiner Frau am Nachmittag durch die diensthabende, für uns zuständige Hebamme ein Medikament zur Einleitung der Geburt verabreicht. Unsere Hebamme, bei welcher wir zusammen im Geburtsvorbereitungskurs unterrichtet wurden, hatte an diesem Tag keinen Dienst. Indessen waren wir zu Fuß im gesamten Klinikum unterwegs, jedoch gefiel es unserer Tochter im Mutterleib so gut, dass sie sich noch nicht auf den Weg in Richtung „Ausgang“ machte. Kurz nachdem sie ihr Abendessen zu sich nahm, fuhr ich nach Hause. Mit meiner Frau hatte ich vereinbart, dass sie sich bei mir meldet, sobald es losgeht. Da ich selbst noch nichts zu Abend gegessen hatte, war für mich ein kurzer Stopp beim Lieferdienst unumgänglich. Meine Großmutter war auch extrem angespannt, denn schließlich würde sie in Kürze Uroma werden. Sie war von mir in Alarmbereitschaft versetzt worden, da Emma zu ihr kommen würde, sobald ich in die Klinik fahren musste. Unsere Emma konnte man mittlerweile nicht mehr alleine in der Wohnung lassen. Seit geraumer Zeit litt sie an wiederkehrenden epileptischen Anfällen. Nur durch die sofortige Gabe eines krampfbrechenden Notfallmedikaments konnte man Emma im Notfall aus der Situation helfen.

Ruhelos legte ich mich mit Emma ins Bett. Gegen 02:00 Uhr schellte mein Smartphone. Es war meine Frau. Das einzige, was sie mir sagen konnte, war: „Es geht los, komm schnell.“

Dass sie zu diesem Zeitpunkt aber schon einige Zeit lang im Kreissaal lag, gestand sie mir allerdings erst am Folgetag. Blitzschnell wie, wenn ein Rettungsdiensteinsatz anstand, zog ich mich an und brachte Emma zu meiner Großmutter. Ich war zu dieser Zeit das einzige Auto auf der Straße in Richtung Ludwigsburg. Rasch erreichte ich das Ortsschild der Stadt. An der letzten Kreuzung vor der Klinikzufahrt befand sich ein Ampelblitzer, welchen ich allerdings total vergessen hatte. Langsam fuhr ich bei für mich roter Ampel in die Kreuzung hinein. Ich hatte Glück, der Blitzer löste nicht aus. Mein Auto parkte ich direkt auf einem der leeren Arztparkplätze im Eingangsbereich des Krankenhauses.

Als ich im Kreißsaal ankam, lag sie mit schon sehr starken Wehen auf dem Behandlungsstuhl. Sogar mein Eintreffen im Kreißsaal nahm sie augenblicklich gar nicht wahr.

Es dauerte nicht lange und unsere Tochter kam komplikationslos auf die Welt. Auch für mich als berufserfahrener Rettungssanitäter war die Geburt der eigenen Tochter ein ganz besonderer Augenblick. Als stolzer Papa durfte ich selbstverständlich auch die Nabelschnur durchtrennen. Nachdem die ersten Untersuchungen vorüber waren, durfte unsere Tochter zu ihrer Mama ins Bett, kuscheln. Die Nacht war mittlerweile auch vorüber gegangen und wir wurden mit unserer Tochter auf das Stationszimmer zurückverlegt. Die Geburt war nicht nur für meine Frau anstrengend, sondern auch für mich, den frisch gebackenen Vater, ein strapazierendes, herrliches Erlebnis gewesen. Zunächst ließ ich die beiden in aller Ruhe alleine ausruhen und fuhr nach Hause zurück. Kurz vor unserer Haustür gab es dann noch ein Erinnerungsfoto mittels eines mobilen Blitzers. Unendliche Glückwünsche erreichten mich per Anruf oder einer Nachricht auf meinem Smartphone.

Später, als ich ausgeschlafen war, fuhr ich nach einem kleinen Frühstück wieder zurück ins Krankenhaus. Carolin besuchte uns drei zusammen mit ihrem Freund Steffen im Wochenbett. Unsere Tochter legten wir in das mobile Säuglingsbett, anschließend gönnten wir uns zusammen in der Krankenhauscafeteria ein Stück Torte. Unser Sprössling störte sich am ganzen Trubel innerhalb des Klinikums überhaupt nicht. Seelenruhig schlief sie den ganzen Nachmittag, ohne sich zu melden, weiter. Am selben Abend kam dann noch die frisch gebackene Oma mit dem stolzen Opa zu Besuch. Wegen Eis und Schnee war es noch nicht klar gewesen, ob die beiden sich auf den Weg zu uns machen würden. Doch vor lauter Stolz wollten die beiden unbedingt vorbeischauen, um ihre erste Enkelin kennenzulernen.

Bereits kurze drei Tage nach der Geburt durfte ich meine beiden Schätze abholen. Die erste Autofahrt verschlief unsere Tochter erwartungsgemäß, zu Hause kam es dann zum ersten Aufeinandertreffen mit Emma. Unsere Tochter legten wir auf einer Decke ab, zuerst bellte Emma sie an. Langsam tastete sich die Hündin dann an unsere Tochter heran. Augenscheinlich interessiert schnupperte sie an ihr und legte sich neben sie auf die Decke. „Das werden Freunde fürs Leben", sagte meine Großmutter in einem ängstlichen Ton.

Vor den uns von Freunden und Bekannten vorhergesagten unruhigen Nächten verschonte sie uns. Nachdem sie ihre Milch teilweise inhalationsartig getrunken hatte, war sie zufrieden und schlief die häufigste Zeit ununterbrochen bis zum nächsten Morgen. Unsere Hebamme besuchte uns regelmäßig, um nach dem Rechten zu sehen. Der Sprössling wurde gewogen, die Wunde am Bauchnabel wurde kontrolliert und unsere noch offenen Fragen wurden beantwortet. „Bei meinem nächsten Besuch werden wir sie zum ersten Mal baden", teilte die Hebamme uns mit ihrer offenen, fröhlichen und liebevollen Art mit. Die Windelwechsel zeigte und erklärte mir mein Schatz sehr häufig, irgendwie vergaß ich regelmäßig irgendetwas dabei. Wir einigten uns darauf, unsere Tochter abwechselnd ins Bett zu bringen.

Als sie älter wurde, versuchte sie mich immer wieder mit dem Schnuller zu veräppeln. Ihrem süßen Lachen konnte man aber definitiv nicht böse sein. Etliche Abende an ihrem Bett zogen sich für mich durch ihre Spielchen in die Länge.

Die Familie meiner Frau stammt ursprünglich aus Beckum, einer idyllischen Stadt im östlichen Teil von Nordrhein-Westfalen. Eine unabdingbare Tradition ist in Beckum der jährlich stattfindende Karneval. Ich kenne nur wenige Familienmitglieder meiner Frau, welche nicht einem der örtlichen Karnevalsvereine angehören. Die Entwicklung unserer Tochter schritt in großen Zügen voran. Wir entschlossen uns dazu, die beiden Großmütter meiner Frau unangekündigt in Beckum zu besuchen. Die längste Zeit der fast vierstündigen Autofahrt schlief sie in ihrem Kleinkindkindersitz. Die Freude der Omas über unseren Besuch war riesig, es gab schließlich viel zu erzählen.

Unser Wochenendtrip nach Beckum verging wie im Flug. Am Tag vor unserer Rückreise kam Ole mit seiner Mutter noch kurzfristig auf einen Besuch vorbei. Ole ist der Neffe meines Schwiegervaters. Er war in der zu dieser Zeit, gerade stattfindenden Karnevalsperiode als Kinderprinz auf Tour. Umhüllt von seiner schönen Tracht, an welcher zahlreiche Abzeichen und Orden hingen, wollte Ole unbedingt ein Foto mit unserer Tochter in seinem Arm liegend als Erinnerung an das erste Kennenlernen der beiden machen. Es entstanden wunderschöne Erinnerungsfotos von den beiden. Mit einem dreifachen „Rumskedi Helau“ verabschiedete sich Ole, denn er musste seinen Pflichten als

Kinderprinz nachkommen und noch eine abendliche Karnevalsitzung besuchen.

Für unseren ersten gemeinsamen längeren Urlaub hatte ich mit meiner Frau und Tochter ein Ferienhaus direkt an der Nordsee angemietet. Schon sehr früh am Morgen setzten wir unser voll bepacktes Auto in Bewegung. Unserer Tochter und Emma war es eindeutig zu früh, daher schliefen die beiden die meiste Zeit während unserer Reise durch Deutschland. Im beschaulichen Friedrichskoog angekommen bezogen wir das moderne Ferienhaus. Ein frisch renoviertes Chalet hatten wir für unseren Aufenthalt gebucht. Eine hausinterne Sauna und ein großer Garten standen uns für die folgenden Urlaubstage zur Verfügung. Friedrichskoog ist unter anderem für seine Seehundauffangstation bekannt. Zahlreiche Filmproduktionen bzw. Dokumentationen wurden dort bereits aufgezeichnet. Schnell lebten wir uns ein. Das einzige, was uns störte, waren die zahlreichen Stechmücken im gesamten Haus. Als Tagesausflug waren wir zum Beispiel beim Einkaufen in Heide/Holstein und des Öfteren am Hafen und der Strandpromenade von Büsum unterwegs. Bei unserem Besuch eines Tierparks in der Nähe von St. Peter Ording bekam unsere Tochter ihr erstes Stofftier in Form eines Seehunds von uns geschenkt.

Unbedingt wollten wir auch auf die Hochseeinsel Helgoland schippern. Für die An- und Abreise nach Helgoland entschieden wir uns für den schnellen Katamaran welcher täglich von Cuxhaven aus eine Verbindung dorthin anbot. Die Tickets buchten wir unkompliziert online. Es war zwar ein ganzes Stück mit dem Auto von unserem Ferienhaus nach Cuxhaven zu fahren, aber unsere Entscheidung hatte sich gelohnt. Das Einsteigen in den rot/weißen Katamaran war vergleichbar wie mit einem Boarding am Flughafen. Wir hatten Sitzplätze im vorderen Bereich des modernen Wasserfahrzeugs reserviert. Während des Auslaufens aus dem Hafen wurde uns ein Sicherheitsvideo ähnlich wie in einem Flugzeug vorgespielt. Sehr schnell spürten wir die raue Nordsee, je weiter sich der Katamaran vom Land entfernte. Die Wellen wurden größer und heftiger. Der Katamaran glitt ungestört über die Wellen hinweg. Meiner Frau wurde es schnell übel, bei mir war es noch auszuhalten, doch nach kurzer Zeit traf auch mich die Übelkeit. Nur Emma lag als einzige völlig entspannt auf dem Boden und rührte sich nicht. Unserer Tochter schien das Schaukeln Spaß zu machen, denn einen „Wellengang" war sie ja bereits durch ihren Aufenthalt im Mutterleib gewohnt gewesen.

Auf Helgoland angekommen starteten wir mit Hund und Kinderwagen zur Erkundungstour der Hochseeinsel. Eine Traumlandschaft erwartete uns bei Sonnenschein und mäßiger Windstärke. Mittels des Inselaufzugs fuhren wir ins Oberland, hier stoppten wir für zahlreiche Fotoaufnahmen. Ein leckerer Eisbecher rundete den Besuch auf der Insel ab. Auf dem Rückweg zum Katamaran erwarben wir für unsere Familienmitglieder Zigaretten, selbstverständlich unter Beachtung der geltenden Zollvorschriften, denn auf Helgoland kauft man steuerfrei ein.

Eine ruhige Nordsee steuerte uns zurück nach Cuxhaven. Während der Rückfahrt nach Friedrichskoog versagte auch noch zu guter Letzt unser Auto. Ein Mitarbeiter vom Hafen verständigte einen befreundeten Kfz-Mechaniker, welcher unsere Batterie überbrückte. Das Auto lief anschließend wieder, jedoch musste es ein weiteres Problem gegeben haben, denn die Lenkung war schwergängig. Unversehrt schafften wir es aber, an unserem Ferienhaus anzukommen. Wir verständigten von dort aus umgehend den Pannennotdienst. Kurze Zeit später stand ein gelber Engel vor unserem Ferienhaus parat. Der Pannenhelfer erkannte das Problem sofort und durch einfaches Löschen des Fehlerspeichers wurde das Problem mit der Lenkung gelöst. Am nächsten Tag erwarben wir in einer Autowerkstatt eine neue passende Batterie für unser Auto. Für die anstehende Rückreise planten wir noch einen kurzen Stopp bei meiner Stiefmutter in Hannover ein. Ohne vorherige Ankündigung standen wir bei ihr vor der Türe. Sie freute sich riesig über unseren Überraschungsbesuch mit unserer Tochter und Emma. Nach einer amüsanten Plauderrunde mussten wir auch schon wieder weiterreisen. Als nächstes Ziel auf unserer Rückreise war Beckum im Navigationssystem programmiert. Ein Besuch bei den Omas meiner Frau sollte unseren Urlaub abrunden. Die Entfernung von Hannover nach Beckum war über die Autobahn nur sehr kurz. Das Besondere an ihrer einen Oma war, dass sie eine Wohnung direkt am örtlichen Freibad bewohnte. Deshalb war es jederzeit möglich, sich ungestört auf dem Gelände im Freibad aufzuhalten. Auch für Emma war es ein Paradies, sie jagte ununterbrochen einigen Hasen auf dem eingezäunten Gelände hinterher. Abschließend fertigte ich mittels meiner Drohne noch einige schöne Luftbildaufnahmen vom Freibad an. Den Sommerurlaub im darauffolgenden Jahr planten wir, im Ferienhaus der Nachbarn meiner Schwiegereltern in Spanien zu verbringen. Nahe der Stadt Denia befindet sich das Ferienhaus inkl. eines eigenen Pools und eingezäuntem hundefreundlichen Grundstück. Wir entschieden uns dazu, mit dem Auto nach Denia zu fahren.

Der erste Reiseabschnitt führte uns, nachdem wir die Grenze erreicht hatten, innerhalb Frankreichs vorbei an Lyon in den Ort Orange. In Orange legten wir bei der An- und Abreise jeweils einen Übernachtungsstopp in einem gut klimatisierten Hotel ein. Am darauffolgenden Tag ging es für uns dann weiter über Barcelona vorbei an Valencia direkt nach Denia. Im Ferienhaus angekommen deckten wir uns beim örtlichen Supermarkt mit dem Nötigsten ein. Im Ferienhaus „Casa Ilona“ schalteten wir vom Alltag ab und planschten zusammen im Pool. Emma kam ebenfalls in den Genuss einer Abkühlung, jedoch verzog sie sich regelmäßig an einen schattigen Platz unter einer Palme. Man merkte deutlich, dass auch Emma die Auszeit vom sonst teilweise stressigen Alltag zu Hause genoss. Zahllose Unternehmungen standen auf dem Programm. Ein Höhepunkt war der Besuch einer Safari in einem in den Bergen gelegenen Tierpark. Die Erkundung erfolgte im eigenen Auto. Wir hatten dort Bekanntschaften mit Zebras, Eseln, Pferden, Giraffen und Elefanten am offenen Autofenster gemacht. Ein eindrucksvolles Erlebnis für die ganze Familie. Emma war natürlich auch mit von der Partie, allerdings geschützt in ihrer großräumigen Hundebox im Kofferraum. Zum Abschluss der Safari durften wir mit allerdings geschlossenen Autofenstern in ein Löwen- und Tigergehege einfahren. Es lief mir schon eiskalt den Rücken hinunter, als ein ausgewachsener Löwe neben uns am Auto stand.

Da wir vor unserer Spanienreise nicht wissen konnten, wie sich das Ganze mit unserer Tochter, aber auch mit Emma entwickeln würde, buchten wir das Ferienhaus für nur eine Woche. Es war ein schöner Sommerurlaub, welcher allerdings im Verhältnis zur Reisezeit viel zu kurz gewesen war. Für das Folgejahr reservierten wir das Ferienhaus erneut, allerdings diesmal für 14 Tage und in Begleitung meiner Schwiegereltern. Zunächst wollte ich keine 14 Tage am Stück von zu Hause wegbleiben. Es zog mich immer wieder zurück in unsere Wohnung.

Im Urlaub kapselte ich mich dann regelrecht von meiner Frau, meiner Tochter und meinen Schwiegereltern ab. Ich war antriebslos und unmotiviert zugleich. Ich hatte die ganze Zeit nur noch ein bestimmtes Thema im Kopf. Nach einem gemeinsamen Abendessen in Denia besuchte ich auch dort ein benachbartes Sportwettenbüro. Einen Gewinn erzielte ich mit meinen Tipps jedoch nicht.

## Mit Doc Esser im WDR Fernsehen

Meine Lieblingsbeschäftigung zwischen den Einsätzen auf der Rettungswache, aber auch zu Hause war es, unter anderem im Internet nach neuen Komparsen Gesuchen Ausschau zu halten. Auf einer Internetseite für unter anderem Komparsen Jobs wurde ich auf eine Anzeige einer Fernsehproduktionsfirma aus Köln aufmerksam. Gesucht wurden Diabetiker*innen, welche sich täglich Insulin spritzen mussten. Auch alle weiteren Kriterien der Anzeige passten zu meiner Person und meiner Zuckerkrankheit. Ziel des Projekts war es, alleinig durch die Umstellung der Ernährung frei von Insulin zu werden. Das Ganze hörte sich gut an. Kurzfristig nahm ich Kontakt zur Produktionsfirma auf. Eine Mitarbeiterin erklärte mir am Telefon den Ablauf der Drehtage, welche auf drei Termine innerhalb der kommenden vier Wochen geplant waren. Der Drehort war die Region rund um Düsseldorf. Die anfallenden Reisekosten inkl. der Hotelübernachtungskosten wurden von der Produktionsfirma bezahlt. Mit meinem Dienstplan konnte ich die Drehtage abstimmen. Ich musste zwar ein bisschen am Dienstplan drehen und Dienste tauschen, aber meine netten Kollegen*innen wollten mir das Projekt natürlich nicht verbauen. Meine Anreisen an den Drehtagen plante ich unterschiedlich per Flugzeug bzw. Bahn. Die Anreisen hatte ich schon immer auf den Vorabend gelegt, denn so konnte ich mich ausgeschlafen und entspannt auf den Weg zum jeweiligen Drehort begeben.

Der erste Drehtag begann in einem nach englischem Style eingerichteten Caféhaus in einem Vorort von Düsseldorf. Gemütlich sah es schon beim Hereinschauen aus. Nun kamen auch das Aufnahmeteam sowie der Hauptakteur der Sendung, Doc Esser, herangefahren. Die Sendung wurde wöchentlich im WDR ausgestrahlt. Dr. Heinz Wilhelm Esser stellte sich mir vor. „Nenn mich bitte HeiWi, dies ist mein Spitzname“, sagte er mit kölnischem Akzent zu mir.

HeiWi arbeitet neben der Rolle als TV-Doc als Facharzt für Kardiologie und Intensivmedizin in einem Kölner Krankenhaus. Auch die zweite Probandin war mittlerweile bei uns eingetroffen. Sie startete früh am Morgen in Wiesbaden mit dem Auto in Richtung Düsseldorf. Wir beide waren mit Diabetes Typ 2 vorbelastet. Los geht's, ein strammer Plan stand uns an diesem ersten Drehtag bevor. Zunächst verabreichte uns HeiWi eine sehr starke Glucose-Injektion. „Dadurch sollen Eure Körper die Insulinproduktion anstoßen“, erklärte uns HeiWi vor den aufnehmenden Kameras. In verschiedenen zeitlich vorgegebenen Abständen wurde uns nach der Injektion durch HeiWi Blut abgenommen. Anschließend machte sich ein Produktionshelfer mit unseren Blutproben auf den Weg in ein entferntes Labor. Für uns ging es weiter mit zahlreichen Szenen aus verschiedenen Perspektiven im Café bzw. später dann auch am Rheinufer von Düsseldorf. Zur Mittagszeit fuhren wir zusammen mit dem Aufnahmeteam und HeiWi zum Westdeutschen Diabetes Zentrum welches sich auch in Düsseldorf befand. Dort erwartete uns bereits Prof. Dr. Stephan Martin mit Team in seinen Praxisräumen. Er begleitete uns in den folgenden vier Wochen zusammen mit HeiWi bei diesem Experiment. Mittlerweile wurden unsere ausgewerteten Laborergebnisse an Prof. Martin übermittelt. Mein Laborergebnis wies auf eine deutlich ausreichende Eigeninsulinproduktion hin. Auf Grund meines Laborbefundes setzte Prof. Martin mein bisher genutztes Insulin sofort vollständig ab. Weiter ging es mit einem Belastungs-EKG und einer Körperfettanalyse. Danach wurden wir der Ernährungsberaterin innerhalb der Praxis vorgestellt. Unser beider Ziel war es, die Ernährung durch zunächst Pulvershakes zu ersetzen. Nach einem strengen Wochenplan wurde dann mit Nahrung zu den Shakes ergänzt. Vollgepackt mit vielen Informationen zur Diabetes, aber auch mit zahlreichen Dosen des Pulvers machte ich mich per Bahn auf die Rückreise zu meiner Familie.

Aus Zeitgründen wurde der zweite Drehtermin kurzfristig schon für den übernächsten Tag vereinbart. Diesmal ging es für mich mit dem Flugzeug von Stuttgart nach Düsseldorf, erfreulicherweise mittels einer Bombardiere Dash 8Q400, eines meiner Lieblings-Turboprop-Flugzeuge. Am Flughafen Düsseldorf erwartete mich schon ein Produktionsassistent mit seinem Auto. Er brachte mich zum Drehort in eine moderne Loft, welche durch die Produktionsfirma angemietet war. Ein ruhiger Ort inmitten der Natur gelegen. Für diesen Dreh war geplant, zusammen mit der Ernährungsberaterin Dr. Christina Steinbach verschiedene für unser Projekt geeignete Speisen zuzubereiten. HeiWi wollte von uns natürlich gespannt wissen, wie die Umstellung auf die Shakes bisher funktioniert hatte. Bedauerlicherweise musste ich mitteilen, dass ich kurze Zeit nach Einnahme der Shakes starke Übelkeit und Bauchschmerzen erlitten hatte. Nach einer sofortigen telefonischen Rücksprache mit Prof. Martin hatte ich schon auf die Ernährung ausschließlich mit Low Carb, also die Ernährung mit wenigen Kohlenhydraten umgestellt. Meine Partnerprobandin vertrug die Shakes ohne Nebenwirkungen.

Zusammen mit Christina bereiteten wir ein leckeres nährreiches Omelett mit Gemüse zu. Christina klärte uns über die verschiedenen Vitamine und einer gesunden für uns Diabetiker passenden Ernährung auf.

Am Abend machte ich mich auf den Rückweg. Leider gab es auf der Bahnstrecke zwischen Düsseldorf und Köln einen Personenunfall. Der Zugverkehr war auf ungewisse Zeit eingestellt. Mit einem Taxi machte ich mich auf den Weg von Düsseldorf nach Köln. Die Fahrtkosten hierfür versuchte die Produktionsfirma mit der Deutschen Bahn AG zu klären. Die ausgelegten Taxikosten erhielt ich allerdings umgehend erstattet. Von der Produktionsfirma wurden wir gebeten, per Kamera oder Smartphone in den kommenden Wochen ein Tagebuch zu führen. Gleich im nächsten Dienst nutzte ich die Gelegenheit und kochte mit meinem Kollegen Benjamin auf der Rettungswache Low Carb. Das Ganze hielten wir per Video fest. Es gab leckeres Rindersteak mit einem gemischten Salat. Unser Kochvorhaben wurde einmal durch eine Alarmierung unterbrochen. Nach der Rückkehr vom Einsatz genossen wir das medium angebratene Rindersteak.

Vier Wochen später stand der letzte Drehtag in meinem Kalender. Alle Beteiligten trafen sich wieder im Westdeutschen Diabetes Zentrum bei Prof. Martin in Düsseldorf. HeiWis erste Reaktion war: „Hier kommen ja zwei Bohnenstangen um die Ecke gelaufen." Meine Mitprobandin und ich hatten beide sichtbar deutlich an Gewicht verloren. Zum besseren Vergleich wurde erneut ein Belastungs-EKG gemacht und das Körperfett analysiert. Erfreulicherweise konnte ein deutlicher Rückgang aller Werte diagnostiziert werden. Mein Langzeitzucker verbesserte sich deutlich im Vergleich zu den zuvor erhobenen Werten.

Die Sendung war „abgedreht“, nun hieß es abwarten auf das Ergebnis, welches die Produktionsfirma aus dem Filmmaterial zaubern würde. Die Ausstrahlung der Sendung war für ein halbes Jahr später geplant. Ein genaues Ausstrahlungsdatum konnte uns zu diesem Zeitpunkt allerdings noch nicht genannt werden.

## Die Wohnungsdurchsuchung der Polizei

Es war im August, als ich am frühen Morgen von meiner Großmutter eine SMS geschickt bekam. Ich befand mich bereits auf der Arbeit. Nebenberuflich arbeitete ich zu diesem Zeitpunkt als Anästhesie Helfer im Operationssaal einer Tagesklinik im benachbarten Waiblingen. In der SMS stand geschrieben: „Die Polizei ist hier und die wollen in Eure Wohnung rein." Sofort legte ich meine Arbeit nieder, glücklicherweise liefen noch keine Operationen. Meiner dortigen Vorgesetzten gaukelte ich einen schweren Krampfanfall bei meiner Tochter vor. Daraufhin konnte ich das Operationszentrum in Richtung Heimat verlassen.

Zu Hause angekommen parkte ein schwarzer Mercedes auf meinem Stellplatz vor dem Haus. Im Treppenhaus nahmen mich bereits zwei Beamtinnen und ein Beamter der Kriminalpolizei und eine als Zeugin bestellte Mitarbeiterin der Stadt in Empfang. Alle Beteiligten waren zivil gekleidet. Da wir in unserer Wohnung die Klingel auf leise gestellt hatten, konnte meine Frau nicht schon vor meiner Ankunft die Türe öffnen. Der Beamte legte mir einen richterlichen Durchsuchungsbeschluss für unsere Wohnung inkl. Keller und Auto vor. Ziel der angeordneten Durchsuchung war es gewesen, nicht bezahlte aber an mich bereits ausgelieferte Ware bei auffinden sicherzustellen. Ohne zu zögern, bat ich die Truppe zu uns in die Wohnung. Eine Beamtin machte sich sofort auf den Weg in unser Schlafzimmer. Ich folgte ihr und erklärte meiner Frau kurz und knapp, worum es ging. Die Beamtin blieb, während sich meine Frau und meine Tochter im Schlafzimmer aufhielten, dauerhaft an der Schlafzimmertüre stehen.

Unsere Wohnung wurde komplett auf den Kopf gestellt. Ich zeigte mich in allen Fragen sehr kooperativ, da ich letztendlich keinen weiteren Ärger haben wollte. Gemeinsam mit dem Beamten startete ich meinen Computer. Ich druckte ihm sämtliche zu der gesuchten Ware betreffenden Rechnungen und Lieferscheine aus meinem Buchhaltungsprogramm aus. Des Weiteren gab ich zu, die gesuchten Artikel längstens weiterverkauft gehabt zu haben. Auch in meinen damaligen eBay-Account loggten wir uns ein, um hier nach Hinweisen zum Verbleib der gesuchten Ware zu schauen. Nachdem in der Wohnung so weit alles durchsucht war, ging es im Keller und in unseren Autos weiter. Es wurden mehrere USB-Sticks, eine externe Festplatte sowie mein Notebook beschlagnahmt. Um eine genauere Aussage zu den Tatvorwürfen machen zu können, bestellte mich der Beamte einige Tage später in sein Büro ein. Diesen Termin nahm ich aber auf Empfehlung durch meinen damaligen Anwalt nicht wahr.

Mein Schatz war am Boden zerstört sie wusste ja nicht, worum es überhaupt ging. Ich versuchte ihr das Ganze in Ruhe zu erläutern. Allerdings schmückte ich die ganze Situation mit Ausreden und Lügen aus. Die Wahrheit und das eigentliche Problem erfuhr sie aber zu diesem Zeitpunkt dennoch nicht. In meinem bisherigen Leben war es nicht mein erster Kontakt, ausgenommen meiner Tätigkeit im Rettungsdienst, mit den Gesetzeshütern gewesen.

Am Abend der Wohnungsdurchsuchung fand dann auch noch zufälligerweise die Ausstrahlung meines Diabetes Fernsehexperiments mit Doc Esser im WDR-Fernsehen statt. Nach Beendigung der langen andauernden kriminalpolizeilichen Ermittlungen wurde die Ermittlungsakte bei der Staatsanwaltschaft Stuttgart vorgelegt. Dass mich aber jene Wohnungsdurchsuchung mit dem daraus resultierenden Strafverfahren einmal ins Zuchthaus bringen würde, war mir zu diesem Zeitpunkt nicht bewusst. Nur meine Frau erwähnte es abermals, ich jedoch verdrängte das Ganze innerlich und wollte davon nichts wissen.

## Rettungsdienst geht viral!

Der Rettungsdienstbezirk meines Arbeitgebers wuchs zwischenzeitlich exponentiell. Wie in allen medizinischen bzw. Pflegeberufen fehlte es auch im Rettungsdienst an qualifiziertem Fachpersonal. Zusammen mit Joachim, meinem Rettungsdienstleiter, überlegte ich das weitere Vorgehen, wie man weiteres Personal für unseren Rettungsdienstbezirk gewinnen konnte. Wir stellten fest, eine Stellenanzeige auf unserer Internetpräsenz war nicht mehr ausreichend und auch nicht mehr zeitgemäß. Andere Hilfsorganisationen waren uns hier schon weit voraus. Zusammen mit meinem Kollegen Fabian plante ich, uns in den sozialen Medien zu repräsentieren. Zunächst riefen wir eine Facebook-Präsenz nach den Richtlinien meines Arbeitgebers ins Leben. Nachdem wir das Grundgerüst aufgebaut hatten, galt es, die Seite wiederkehrend mit spannenden und informativen Inhalten zu füllen. Nach einer kurzen Prüfung der Seite gab Joachim sein OK für die Veröffentlichung der Facebook Präsenz. Da ich mich mittlerweile nebenberuflich mit der Aufnahme von Luftbildern per Drohne selbstständig gemacht hatte, nutzte ich diese Möglichkeit auch, um unsere Einsatzfahrzeuge aus verschiedenen Blickwinkeln zu fotografieren. Mit den entstandenen Bildern untertitelten wir unter anderem neue Posts auf unserer Facebook-Seite. In kurzer Zeit stiegen unsere Besucher*innenzahlen gigantisch. Über den geschaffenen sozialen Kanal konnten wir nun auch auf die Ausbildung zum/zur Notfallsanitäter*in in unserem Rettungsdienstbezirk aufmerksam machen.

Mittlerweile bekamen wir zahlreiche Nachrichten, teilweise sogar Bewerbungsunterlagen, direkt über unsere Präsenz zugesandt. Nach einer längeren dienstfreien Zeit kam ich an einem Freitag zu einer Spätschicht zum Einsatz. Unsere Stuttgarter Rettungswache ist im Diakonieklinikum eingesiedelt. An unserer Pinnwand, welche für Urlaubskarten und andere erfreuliche Dinge genutzt wird, fiel mir beim Hereinkommen in die Wache ein handgeschriebener Brief auf. Nachdem ich meine Einsatzuniform angezogen hatte, schaute ich mir diesen Brief einmal genauer an. Es handelte sich um ein Dankesschreiben für unsere Arbeit, welche wir tagtäglich, rund um die Uhr, an sieben Tagen der Woche und an 365 Tagen im Jahr, für die Bevölkerung leisten. Unterschrieben war der Brief nur mit „Johanna“. Ich erkundigte mich bei meinen Kolle-gen*innen, wie dieser Brief zu uns gekommen war. Vom Kollegen, welcher den Brief entgegengenommen hatte, erfuhr ich, dass eine junge Dame, welche schätzungsweise 16 Jahre alt war, an der Türe unserer Rettungswache geklingelt hatte. „Sie möchte sich für unsere Arbeit durch diesen Brief und eine Spende von Süßigkeiten bei unserem Team bedanken“, so der ungefähre Wortlaut.

Leider folgte just in diesem Moment eine Alarmierung für das diensthabende Team, daher konnte das interessante Gespräch leider nicht zu Ende geführt werden. Kurzerhand fotografierte ich den Brief und passte die Farbtöne per Bildbearbeitungsprogramm auf meinem Smartphone unserer Facebook-Präsenz an. Nach der Rückkehr von meinem ersten Einsatz in dieser Schicht erstellte ich einen neuen Beitrag für unsere Facebook-Seite. Der Titel lautete: „Johanna, bitte melde Dich bei uns!“ Auch Joachim berichtete ich von meinem Vorhaben, von meiner Idee war er begeistert. Auch schon kurze Zeit, nachdem ich den Beitrag geteilt hatte, kamen die ersten Anfragen und Kommentare zu unserer Suche nach Johanna. Der Beitrag wurde tausende Male geteilt und per „Gefällt mir!“ bestätigt. Der Beitrag ging viral! Noch am selbigen Abend rief mich Joachim an: „Daniel, soeben hat mich der SWR angerufen, dieser möchte uns bei der Suche helfen und über den Brief einen Beitrag in der Landesschau ausstrahlen.“

Die regionale Presse, aber auch die überregionale Presse berichtete von Johannas Schreiben im Internet und den sozialen Netzwerken. Bei unserem lokalen Radiosender Antenne 1 wurde mein zuvor aufgezeichneter Aufruf mehrfach gesendet. Erstaunlicherweise berichtete sogar die Boulevardzeitung „Bunte“ auf deren Internetpräsenz über Johannas Brief. Durch den Durchbruch mittels dieses Posts bekamen wir immer mehr Aufmerksamkeit und dadurch resultierend weitere Verfolger*innen auf unserer Facebook-Präsenz. Etwa eine Woche, nachdem ich den Aufruf gestartet hatte, meldete sich tatsächlich die Mutter von Johanna bei mir. Ihr war der Beitrag beim Internet Durchstöbern am Frühstückstisch aufgefallen es könnte sich bei der Gesuchten um ihre Tochter handeln, teilte mir die Dame per Mail mit. Volltreffer!

Umgehend setzte ich mich mit Johanna in Verbindung, um unser weiteres Vorgehen zu besprechen. Johanna war selbst sehr überrascht, welchen Hype ihr Brief ausgelöst hatte. Johanna kam ursprünglich aus Südbaden. Auf Grund der doch mittlerweile sehr seltenen Ausbildung zur Müllerin besuchte Johanna im Blockunterricht die dafür einzige wohnortnahe Berufsschule in Stuttgart. Die Hoppenlauschule befindet sich direkt gegenüber vom Diakonie-Klinikum Stuttgart, dadurch wurde Johanna auf unsere Rettungswache aufmerksam. Vor meinem Telefonat mit Johanna hatte ich bereits mit Joachim besprochen, dass wir Johanna selbstverständlich zu uns auf die Rettungswache einladen würden. Nun galt es einen passenden Termin zu finden. Nach der Rücksprache und Zustimmung von Johanna und auch ihrer Mutter als Erziehungsberechtigte informierte ich die interessierten Pressevertreter*innen inkl. Radio- und TV-Sender über den geplanten Besuchstermin auf unserer Rettungswache. Zunächst hatte ich die Idee einen Kuchen in Form eines Rettungswagens für Johannas Besuch zu organisieren, allerdings konnte mir keiner der verschiedenen Bäckereien und Konditoreien, bei welchen ich angefragt hatte, mit dieser Vorstellung weiterhelfen. Von der Bäckerei „Katz", welche unsere Suche im Internet ebenfalls verfolgte, erhielten wir am Besuchstag von Johanna eine großzügige Spende leckerer ofenfrischer Brezeln zur Verfügung gestellt. Einen Kuchen hatte ich natürlich auch noch besorgen können. Immerhin wurde der Rettungswagen durch ein Maltesermodell im Maßstab 1:87 auf dem Kuchen stehend dargestellt. Johannas Besuch war für sie ein besonderer Tag, denn sie besuchte uns im Beisein ihrer Mutter an ihren 17. Geburtstag. Ein ungewohntes Bild war es für alle Beteiligten, denn unsere Rettungswache sah aus wie zu einem Fernsehstudio umgebaut.

Zusammen mit der ebenfalls anwesenden Pressesprecherin der Malteser Baden-Württemberg begrüßte ich die anwesenden Vertreter*innen von Presse, Radio und Fernsehen. Für den Ablauf der verschiedenen Interviews und „Schnittbilder" einigten wir uns auf ein gemeinsames Kuchenessen in der Wache mit anschließender Führung durch unsere Räumlichkeiten. Als abschließendes Highlight stand die Besichtigung unseres fabrikneuen Rettungswagens an, welchen Joachim zuvor schon in der Wagenhalle platziert hatte. Die Malteser im Rettungsdienstbezirk Stuttgart beschaffen mittlerweile sämtliche Rettungswagen von der Firma WAS aus Wietmarschen. Das Besondere an den Neubeschaffungen ist die automatisch einfahrende und höhenverstellbare Patienten*innen-Trage. „Hierdurch ist ein rückenschonendes Arbeiten gewährleistet", betonte Joachim aus der hinteren Reihe. Im Patienten*innen-Raum erklärte ich Johanna die verschiedenen medizinischen Geräte unserer rollenden Intensivstation sowie die vorhandenen Materialien zur Versorgung von lebensbedrohlich erkrankten Patienten*innen. Im Interview mit RTL sprach ich unter anderem mit Johanna über die verschiedenen Ausbildungsmöglichkeiten im Rettungsdienst. Am Ende des für die Sendung von RTL Punkt 12 aufgezeichnete Interviews bot ich Johanna an, dass sie uns gerne ihre Bewerbungsunterlagen zukommen lassen kann, sofern sie sich im Anschluss an die Müllerinnenausbildung anders orientieren möchte.

Ein anstrengender Vormittag neigte sich dem Ende zu, von der Pressesprecherin der Malteser wurde ich für meine Interviews gelobt. Es bereitete mir auch eine riesen Freude, das gesamte Projekt vom Anfang bis zum Ende begleitet zu haben. In den zahlreichen Berichterstattungen wurde ich zudem als „Social-Media-Beauftragter" der Malteser im Rettungsdienst Bezirk Stuttgart betitelt.

Nachdem wir die Medienvertreter*innen verabschiedet hatten, machten wir uns zu Fuß auf den Weg zum Stuttgarter Weihnachtsmarkt. Dort angekommen genossen wir am Marktstand von Andrea, welche die Patentante von unserer Tochter ist, einen Toast mit originalem Schweizer Raclette-Käse. Ein einzigartiger Gaumenschmaus, welcher bei einem Besuch auf dem Stuttgarter Weihnachtsmarkt einfach nicht fehlen darf. Gut gestärkt schlenderten wir zwischen den verschiedenen Buden hindurch und tranken zum Abschluss noch einen alkoholfreien Punsch.

Für mich galt es an diesem Tag noch einen Spätdienst zu absolvieren, pünktlich zum Schichtwechsel kehrte ich wieder auf die Rettungswache zurück. Für Johanna war es ein unvergesslicher Geburtstag.

Da es in Baden-Württemberg seit längerer Zeit neue Voraussetzungen für die Ausbildung als Leitstellendisponent*in gab, hatte ich mich schon vor einigen Monaten bei der integrierten Leitstelle des Landkreises Ludwigsburg gGmbH beworben. Ich hatte meine Bewerbung schon ganz vergessen, doch eines Tages meldete sich der Leiter der Leitstelle telefonisch bei mir. Er fragte mich, ob mein Interesse noch bestehe, dann können wir auch gleich einen ersten Gesprächstermin vereinbaren. Ich zögerte keine Sekunde und vereinbarte mit ihm einen Termin. Seit meiner Jugendfeuerwehrzeit war es schon immer mein Ziel, einmal in einer Leitstelle für Rettungsdienst und Feuerwehr arbeiten zu können. Nach dem ersten Informationsgespräch vereinbarten wir ein offizielles Vorstellungsgespräch, an welchem dann auch die Funktionsträger teilnahmen.

Am 01.01.2019 nahm ich meine lang ersehnte Arbeit in der ILS Ludwigsburg auf. Im Rettungsdienst der Malteser war ich aber weiterhin auf 450-Euro-Basis beschäftigt. In den ersten Wochen wurde ich zusammen mit drei weiteren angehenden Disponenten über die Strukturen und Abläufe im Landkreis Ludwigsburg informiert. Ein großer Teil der ersten Ausbildungswochen beschäftigten sich damit, mich in das komplexe Computersystem der Einsatzleitersoftware einzuarbeiten. Daraufhin erfolgte die weitere Ausbildung am Notrufabfrageplatz unter der ständigen Aufsicht eines Tutors. Mein Tutor klinkte sich per Weichenkabel mit ein und konnte somit meine Notrufgespräche und den Funkverkehr mitverfolgen. Sollte ich einmal nicht weiterwissen, konnte er sich dadurch sofort in die Gespräche mit einschalten. Zunächst bediente ich ausschließlich die Anrufe der Nummer 19222, welche zum Großteil für die Anmeldung von Krankentransporten genutzt wurde, doch ab und zu verirrte sich auch ein akuter Notfall in dieser Nummer, da teilweise bei älteren Menschen jene Nummer als Notrufnummer hinterlegt ist. Ich erinnerte mich auch an Aufkleber auf älteren Telefonen mit dem Titel „DRK = 19222“. Natürlich bekommt man auf dieser Nummer auch die benötigte richtige Hilfe, jedoch hat diese Nummer in den Leitstellen keine Priorität im Vergleich zum mittlerweile europaweiten Notruf 112.

Mein Tutor vertraute mir immer mehr Aufgaben an. Es bereitete mir großen Spaß, meine Gedanken waren: Hier möchte ich bis zum Ruhestand arbeiten. Mein Ausbildungsverlauf sah vor, als ausgebildeter Feuerwehrmann mit der Ausbildung zum Rettungssanitäter und über zwei Jahre Berufserfahrung in der Notfallrettung würde ich zunächst die Ausbildung zum Truppführer der Feuerwehr machen, um anschließend am Gruppenführerlehrgang an der Landesfeuerwehrschule in Bruchsal teilnehmen zu können. Nach erfolgreichem Abschluss dessen würde dann die Ausbildung zum Zugführer ebenfalls an der Landesfeuerwehrschule folgen. Als abschließenden Lehrgang würde dann noch der Lehrgang zum Leitstellendisponent absolviert. Ein strammer, aber machbarer Plan.

Meine Ausbildung zum Gruppenführer fand mitten im Sommer an der Landesfeuerwehrschule in Bruchsal statt. Die Anreise erfolgte mit dem privaten Auto. Die Unterbringung der Teilnehmer*innen fand direkt auf dem neuerbauten Übungsgelände statt. Auf dem Gelände gab es mehrere Hochhäuser welche durch Einzelzimmer inkl. Dusche und WC ausgestattet waren. Für die Verpflegung besuchte man eine Mensa, welche ebenfalls auf dem weitläufigen Gelände am Ortsrand von Bruchsal liegt. Am Abend konnte man auch im Campus Restaurant einkehren oder das ein oder andere Getränk zu sich nehmen, alternativ aber auch in die angrenzenden umliegenden Städte fahren. Karlsruhe und Mannheim waren zum Beispiel schnell über die Autobahn zu erreichen.

Das Ausbildungsprogramm war vielseitig. In einer vor Beginn der Ausbildung eingeteilten Gruppe, welche die Größe einer Löschgruppe hatte, besetzte ich während der gesamten zweiwöchigen Ausbildungszeit immer dasselbe Löschgruppenfahrzeug. Gab es Maschinisten*innen unter den Teilnehmern*innen, dann wechselten sich diese beim Fahren auf dem Übungsgelände untereinander ab. Ein/e Teilnehmer*in war während der Übungsszenarien als Gruppenführer*in eingeteilt, der Rest stellte die Mannschaft dar. Nach erfolgreicher schriftlicher und praktischer Prüfung bekam ich die Urkunde zum Gruppenführer überreicht. Zurück in der Leitstelle nahm ich mit der Zeit dann auch die Notrufe 112 an. Es war spannend, was ich hierbei erlebte. Über die abgehaltenen Gespräche könnte ich schon alleine ein ganzes Buch mit Inhalten füllen. Während eines Nachtdiensts klingelte es auf der 112, ein Anrufer teilte mir mit, sein Kumpel habe sich in den Finger geschnitten. Nachdem ich die standardisierte Notrufabfrage durchgeführt hatte, kam ich zum Entschluss, hier liegt definitiv kein akuter Notfall vor. Ich verwies auf die zuständige Notfallpraxis. Die Gegenfrage des Anrufers lautete: „Wie sollen wir dorthin komme?"

Meine Antwort nach logischem Menschenverstand: „Mit dem Auto oder Taxi, ggfs. durch Freunde etc."

Die Antwort des mittlerweile erregten Anrufers lautete: „Für was zahl ich AOK, Mann!?" und er legte auf.

Ein weiterer sehr intimer Notruf erreichte mich gleich zu Beginn einer Frühschicht. Als ich gerade meine Kaffeetasse abgestellt hatte, klingelte die Leitung 112. Ich meldete mich wie gelernt mit „Notruf Feuerwehr und Rettungsdienst, wo genau ist der Notfallort?" Eine jugendliche männliche Stimme nannte mir seine Wohnanschrift. Ich befragte ihn zum Notfallgeschehen. Es war ihm sehr peinlich, mit mir darüber zu sprechen. Doch um den jungen Mann die richtige Hilfe schicken zu können, musste ich wissen, worum es geht, erörterte ich ihm. Er habe sich etwas in den Anus eingeführt und nun habe er starke Unterleibsschmerzen, da der Gegenstand, welchen er mir nicht nannte, in den Tiefen seines Anus verschwunden war. Bei solchen Notrufen muss man sich ganz normal verhalten, obwohl man eigentlich sofort loslachen könnte. Er erklärte mir, alleine zu Hause zu sein, denn seine Eltern waren auf Reisen. Ich sicherte ihm schnelle Hilfe zu. Mein Kollege in der Fahrzeugdisposition alarmierte den zuständigen Rettungswagen mit dem Stichwort „Unklare Lage, Vincent 14, Fremdkörper im Anus verschwunden!"

Ein Notruf, welcher mich sehr wütend machte, erreichte an einem Wochenende meinen Funktisch. „Kommen Sie schnell, hier liegt einer bewusstlos auf der Straße!"

Meine Fragen an die Anruferin, „atmet die Person, spricht die Person mit Ihnen?", wurden kurzerhand folgendermaßen beantwortet: „Ich bin Gastwirtin einer Bierbar, ich kann es nur vom Fenster aus sehen." Ich forderte die Dame auf, sich unverzüglich zu der auf der Straße liegenden Person zu begeben. Dies wurde mir mit einem deutlichen „Nein ich kann hier nicht weg, ich muss weiter meine Gäste versorgen" beantwortet. Ein weiteres Mal forderte ich die Anruferin auf, aus ihrer Bierbar hinaus auf die Straße zu gehen, um nach der Person zu schauen. Mit gleichem Atemzug verwies ich auf die Tonbandaufzeichnung des Notrufes sowie ihre Verweigerung der Ersten Hilfe.

„Na gut ich gehe raus, aber kommen sie bitte schnell!" Es stellte sich im Nachgang heraus, dass die Person glücklicherweise ansprechbar und auch nicht bewusstlos war. Diese hatte lediglich zuvor in der Bierbar ordentlich ins Glas geschaut.

Eines meiner kürzesten Notrufgespräche lief folgendermaßen ab: „Notruf Feuerwehr und Rettungsdienst, wo genau ist der Notfallort?"

„Kommen Sie schnell! Unsere Küche brennt!" Klack und aufgelegt. Zum Glück aller Beteiligten wurde beim Notruf die Telefonnummer der Anruferin an unser System übermittelt. Deshalb konnte ich umgehend zurückrufen, um weitere Fragen zum Brand zu stellen. Und insbesondere auch die genaue Einsatzörtlichkeit mit der Anruferin abklären.

Nach ein paar Monaten wurde ich durch meinen Tutor zum alleinigen Arbeiten freigegeben. Natürlich war immer ein erfahrener ausgebildeter Disponent*in bei jeder Schicht mit anwesend. Ende 2019 stand ein Führungswechsel in der integrierten Leitstelle an. Der bisherige Leitstellenleiter verabschiedete sich in den wohlverdienten Ruhestand. Einer von drei Kandidaten, welche sich für die Nachfolge beworben hatten, war mein ehemaliger Tutor. Nachdem der eigentlich durch die Geschäftsleitung ausgesuchte Bewerber auf Grund von Vertragskomplikationen seine Bewerbung zurückgezogen hatte, wurde mein ehemaliger Tutor der neue Leiter der integrierten Leitstelle des Landkreis Ludwigsburg.

Am 15.01.2020 durfte ich als Mitarbeiter der integrierten Leitstelle einen Tag lang als Hospitant auf dem am Flugplatz Pattonville stationierten Intensiv-Transporthubschrauber der DRF Luftrettung mitfliegen. Durch meine Tätigkeit in der Leitstelle gehörte die Disposition des Christoph 51 genannten Intensiv-Transporthubschraubers ebenfalls mit zu meinen Aufgaben, allerdings nur, sobald der Hubschrauber als Notarzt in Primäreinsätzen zum Einsatz kam. Die geplanten Sekundäreinsätze disponierte die DRF Luftrettung im eigenen Operationscenter, welches am Flughafen Karlsruhe Baden-Baden seinen Standort hat. Von Baden-Baden aus werden auch weltweite Patientenrückholungen durch die Ambulanzflugzeuge der DRF Luftrettung koordiniert.

Um 07:30 Uhr war an diesem Morgen Dienstbeginn. Der Wetterbericht versprach für den gesamten Tag ein wolkenloses und sonniges herrliches Flugwetter. Nachdem ich meine DRF-Uniform angezogen hatte, ging es für mich zur Sicherheitseinweisung am Hubschrauber. Von unserem für diesen Tag eingeteilten Notarzt, welcher vom Klinikum Ludwigsburg kam, wurden mir die Materialien sowie die Ausstattung des ITH (Intensivtransporthubschrauber) präsentiert. Auch das überlebenswichtige Notfalltüröffnungsmanöver und das An- und Abschnallen mittels Dreipunktgurtes wurde mir gezeigt. Durch unseren Piloten wurde ich über die flugbetrieblichen Aspekte eines Hubschraubers unterrichtet. Der diensthabende Notarzt, welcher auch Daniel hieß, erklärte mir zudem die medizinischen Besonderheiten des luftgebundenen Patiententransports. Auch über die Vorteile und Limitierungen der Luftrettung klärte Daniel mich umfassend auf. Kurz vor der Mittagszeit erhielten wir ein Fax von der ZKS (Zentrale Koordinierungsstelle) der DRF-Luftrettung mit Standort in Baden-Baden. Unserem Team galt es, eine Intensiv Verlegung vom Klinikum Ludwigsburg in eine Spezialklinik nach Neresheim durchzuführen. Wie ich es schon aus meiner Weiterbildung (ITW nach DIVI) für den straßengebundenen Intensivtransport kannte, fand zunächst ein telefonisches Arzt-zu-Arzt-Gespräch statt. Daniel kontaktierte den Arzt, welcher den Transport angemeldet hatte, um sich über den Zustand des/der Patienten*in zu informieren. Unser Fall galt einer Patientin, welche auf Grund einer vorangegangenen Hirnblutung bisher auf der Ludwigsburger Intensivstation behandelt worden war. Die Fachklinik in Neresheim ist auf die Rehabilitation solcher neurologischen Patient*innen spezialisiert. Nachdem wir die Patientin auf dem Dach des Klinikums in den ITH eingeladen hatten, erreichten wir nach circa 25 Minuten Flugzeit den Sportflugplatz Aalen-Elchingen. Da es in Neresheim für uns keinen geeigneten Landeplatz gab, wurden wir am Flugplatz Aalen-Elchingen von einem Malteserrettungswagen abgeholt, welcher uns weiter ins Klinikum chauffierte. Auf dem Rückweg zum Flugplatz Aalen-Elchingen stoppten wir an einer der Crew schon bekannten Metzgerei. Unser diensthabender Notfallsanitäter HEMS-TC (Notfallsanitäter mit luftspezifischer Zusatzausbildung) spendierte uns allen noch ein leckeres Fleischkäsebrötchen. Zurück am Flugplatz wurden wir schon von unserem Piloten erwartet und nach einer kurzer Vesperpause folgen wir zurück zum Standort. Nachdem wir den Hubschrauber aufgetankt hatten, wurden wir von meinen Kollegen*innen der ILS Ludwigsburg zu einem Notfalleinsatz nach Weinsberg im Landkreis Heilbronn alarmiert. Die Alarmmeldung lautete „Sturz von Leiter in einem Gartengrundstück“. Nach einer kurzen Flugzeit von nur zehn Minuten erreichten wir die Einsatzstelle. Ein Rettungswagen aus dem Landkreis Heilbronn war bereits vor uns am Einsatzort eingetroffen. Inmitten von Weinreben platzierte unser Pilot den Hubschrauber sicher auf einem Feldweg. Zu Fuß machten wir uns auf den Weg zu unserem im Garten liegenden Patienten. Durch die Rettungswagenbesatzung wurden bereits die ersten Maßnahmen eingeleitet. Durch Daniel wurde unserem Patienten nach einer vollständigen körperlichen Untersuchung ein Schmerzmittel verabreicht. „Wir werden den Patienten in den Schockraum des Klinikums Ludwigsburg fliegen“, so die Entscheidung von Daniel. Mittlerweile hatte unser Patient berichtet, dass er in Stuttgart wohne. Deshalb schlug ich Daniel vor, ob wir ihn dann nicht gleich in ein Stuttgarter Krankenhaus der maximalen Versorgung fliegen sollen? Daniel erklärte mir kurz und knapp: „Auch mit einem Hubschrauber fliegt man trotz kurzer Flugzeiten nicht an einem für den Patienten geeigneten Krankenhaus vorbei."

Deshalb die Entscheidung für Ludwigsburg. Später im Schockraum erfuhren wir, dass unser Patient durch seinen Sturz mehrere Knochenbrüche unter anderem einen Bruch des Beckens erlitten hatte.

Zurück am Standort desinfizierten wir den nach Tagesplan nötigen Abschnitt in der Maschine, denn auch wie im Rettungswagen gibt es eine tägliche Putzaufgabe durch die Hubschrauberbesatzung zu erledigen. Schon kurz vor dem geplanten Feierabend meldete sich nochmals die Zentrale aus Baden-Baden und eine dringende Verlegung eines am Herz erkrankten Patienten vom Klinikum Heilbronn zur Operation nach Stuttgart wurde kurzfristig angefragt, so der ZKS-Disponent am Telefon. Nachdem unser Pilot sein OK gab, starteten wir in Richtung Klinikum Heilbronn. Unser Patient war sichtbar aufgeregt, aber trotz allem in einem guten und geselligen Zustand. Von Heilbronn aus starteten wir in der mittlerweile eingetretenen Dunkelheit in Richtung Landeshauptstadt Stuttgart. Der Flug verlief ohne Komplikationen und zur Landung nutzten wir den Dachlandeplatz vom Katharinenhospital Stuttgart welcher schon von weitem durch die aktivierten leuchtenden Funkfeuer erkennbar war. Mittels eines unterirdischen Verbindungsgangs schoben wir unseren Patienten auf der Trage liegend direkt vor die Operationsschleuse der Sana Herzklinik. Wir verabschiedeten uns von unserem Patienten, welcher dann umgehend in den Operationssaal eingeschleust wurde.

Um 19:00 Uhr endete mit dem Abstellen des Hubschraubers im Hangar dieser spannende und sehr lehrreiche Tag auf dem Intensiv-Transporthubschrauber Christoph 51. Für meine Arbeit in der integrierten Leitstelle hatte ich durch meine Hospitation jetzt ein noch besseres Gefühl und Hintergrundwissen für die Alarmierung und Vorhaltung eines Hubschraubers im Einsatzfall. Daheim angekommen präsentierte ich stolz meine erstellten Bild- und Videoaufnahmen von diesem Tag. In der Nacht vom 22.01.2020 auf den 23.01.2020 tätigte ich dann leider meinen vorerst letzten Dienst für die integrierte Leitstelle des Landkreis Ludwigsbur. Als ich am Morgen die Feuerwache zum Feierabend verließ, begegnete mir noch mein ehemaliger Tutor und neuer Chef auf dem Mitarbeiterparkplatz. Ein kurz gegähntes „Guten Morgen“ beiderseits, danach ging es für mich auch schon umgehend nach Hause.

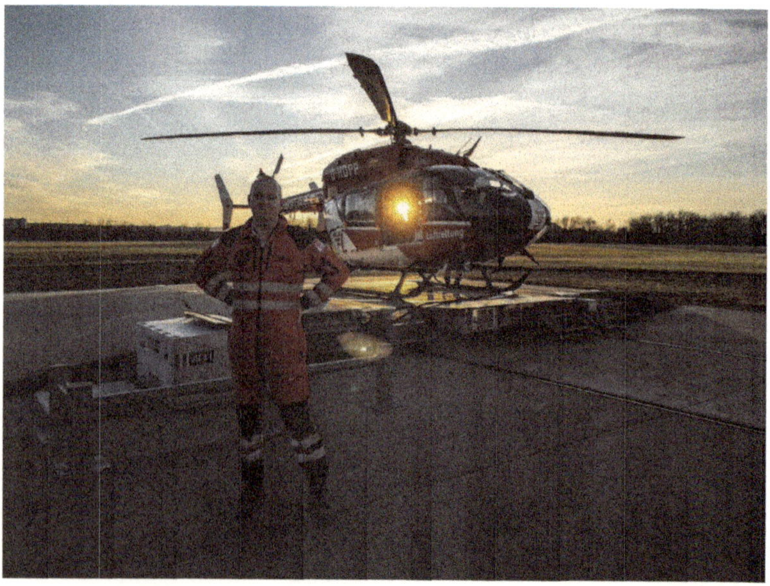

## Mein Wettverhalten und die daraus entstandenen Straffälligkeiten

Bereits im Alter von 17 Jahren begann ich während der Ausbildung bei der Deutschen Bahn AG mit Fußballergebnisstipps unter Kollegen*innen. Hier verspielte ich nur kleine Beträge und gewann auch ab und zu. Zu diesem Zeitpunkt lebte ich von meiner Ausbildungsvergütung. Bei meinen Kollegen*innen lernte ich dann auch das Sportwetten Programm von Oddset kennen. Am S-Bahnhof Stuttgart-Zuffenhausen hatte ich meistens eine längere Wartezeit auf meinem Heimweg, am dortigen Kiosk spielte ich dann Oddset-Fußballwetten. Nahezu 50 Euro pro Woche verspielte ich so. Das Ganze steigerte sich dann kontinuierlich, ab dem 18. Lebensjahr begann ich dann, auch im Wettbüro von Tipico Sportwetten abzugeben, vor allem Fußball weniger Handball und Tennis. Ich dachte, dass ich darin gut bin, da ich diesbezüglich Fachwissen habe. Ab und zu klappte es auch mit dem Gewinnen. So gewann ich auch mal bis zu 2.000 Euro, die setzte ich aber dann unmittelbar wieder ein. Durch die sozialen Medien wurde ich ab schätzungsweise 2015 auf eine WhatsApp-Gruppe aufmerksam. In der genannten Gruppe tauschte man sein Wissen und die Erfahrungen aus. Man sandte sich gegenseitig Tipps in die Gruppe. Zusätzlich zu den Besuchen im Wettbüro fing ich dann auch an, mit dem Smartphone zu wetten. Hier wettete ich bei Tipico sowie BET365 online. Mittlerweile war auch in meinem Heimatort ein Wettbüro eröffnet worden. Dort war ich täglich Gast, vor und nach der Schicht. Als Ausrede gegenüber meiner Frau führte ich unsere Hündin Emma aus, nahm diese aber zuerst mit ins Wettbüro. Auch während der Arbeit wettete ich mittels Smartphones. Die Sportwetten von Oddset spielten dann keine Rolle mehr, ich wettete nahezu ausschließlich auf Fußball, vor allem die europäischen Liegen, zum Teil aber auch in der afrikanischen Liga, von der ich aber überhaupt keine Ahnung hatte. Im zeitlichen Verlauf gab es eine qualitative Veränderung meines Wettverhaltens. Mein Spielen wurde nach dem Tod meines Vaters deutlich mehr. Ich nutzte das Wetten zur, beim Wetten war ich in guter Stimmung. Wenn ich in schlechter Stimmung war, konnte ich durch das Wetten die Stimmung verbessern. Auch meine Wetteinsätze stiegen mit der Zeit, so verwettete ich ab dem Jahr 2019 rund 200 bis 500 Euro täglich. Ich wollte damit die Schulden begleichen. So gab ich auch mehrere Wettscheine zugleich ab, auch um meine Stimmung positiv zu beeinflussen. An den klassischen Automaten spielte ich nie. Im örtlichen Wettbüro bevorzugte ich einen bestimmten Automaten. Wenn dieser besetzt war, wartete ich, bis er frei wurde, oder kam später nochmals vorbei. Zu allen Außenstehenden sagte ich, dass ich das Spielen unter Kontrolle und kein Problem damit habe. Eine Beratungsstelle suchte ich dafür nie auf. Wenn man mich vor meiner Inhaftierung auf das Wetten angesprochen hätte, wäre meine Antwort gewesen, dass ich kein Problem mit Spielen/Wetten habe, sondern eine Pechsträhne. Meine Strategie, aus dieser Pechsträhne herauszukommen, war die Intensivierung des Wettens.

Vor meiner Inhaftierung unternahm ich nie eigene Versuche, weniger zu spielen bzw. ganz mit dem Wetten aufzuhören. In Geldnot war ich seit Beginn des Wettens. Ich hatte immer Geld zur Verfügung, auch wenn es die letzten Euro waren. Ich achtete immer darauf, die Miete zu bezahlen und die Lebenskosten für meine Frau und Tochter zum Einkaufen oder Freizeitaktivitäten zur Verfügung zu haben. Die fällige Miete überwies ich immer gleich bei Geldeingang per Bank-App von meinem Smartphone aus. Die monatlichen Ratenzahlungen an Gläubiger pausierte ich teilweise, um mehr Geld zum Spielen zu haben. Ich buchte zum Teil auch Lastschriften online zurück und verzockte das Geld dann. Das Geld zum Lebensunterhalt meiner Familie überwies ich auf ein anderes Konto. Ich hob natürlich auch Bargeld am Bankautomat ab und legte es in eine Art Haushaltskasse in meinem Büroschrank. Einen Überblick über die Finanzen hatte ich nicht. Im Wettbüro bezahlte ich immer bar. Meine Wettkonten in den Apps lud ich über Paysafe-Card, Kreditkarte oder PayPal auf. Die ganze Zeit hatte ich Gedanken an das Spielen und Wetten. Die Gesamtsumme, welche ich verzockte, kann ich nicht benennen. Als Beispiel ließ ich mir eine Einzahlungsübersicht von BET365 senden. Der Zeitraum beläuft sich auf 365 Tage mit einer Gesamtsumme von knapp 20.000 Euro.

Während meiner Arbeitstätigkeiten in der Leitstelle sowie dem Rettungsdienst stellte ich keine Beeinträchtigung der Konzentration und Aufmerksamkeit durch das Wetten fest. Finanziell sorgte ich mich zwar um meine Familie, kümmerte mich um meine Tochter aber viel zu wenig. Die Beziehung und spätere Ehe ist durch das Wetten nicht in der Krise gewesen. Meine Frau wünschte sich aber mehr Unterstützung durch mich.

Nach meiner Inhaftierung suchte ich eigenständig das Gespräch mit der Suchtberatung. Einen Klinikplatz werde ich in der Fachklinik Münzesheim anstreben. Seit Sommer 2020 besuche ich wöchentlich die externe Spielergruppe der Caritas Ulm, dies ist auf Grund von COVID-19 lange Zeit leider aber nicht möglich gewesen. Insgesamt ist es eine Erleichterung für mich, über das langjährige Wettverhalten sprechen zu können und von anderen Teilnehmern der Gruppe zu erfahren, dass es ihnen ähnlich ergeht. Sehr oft stellte ich mir nach der Inhaftierung die Frage, wie es dazu kommt, dass ein Mann wie ich, welcher von seiner beruflichen Grundrichtung her (Rettungsdienst, Leitstelle) eigentlich dazu da ist, anderen Menschen zu helfen, Straftaten begeht? Dies lässt sich insofern beantworten, dass ich Geld zum Spielen benötigte. Mein Interesse war es, schnell zu Geld zu kommen, um wetten zu können. In meiner Kindheit und der Jugend hatte ich keine Probleme mit Polizei und Justiz gehabt. Auch körperliche Gewalttätigkeit hatte nie zu meinem Verhaltensrepertoire gehört. Ich war eher der gewesen, der einstecken musste. Ich bin ruhig und distanziert. So hatte ich mit nur wenigen Kumpels Kontakt gehabt, diesen halte ich aber weiterhin, auch während der Haftzeit. Im Grundschulalter wurde ich teilweise von Mitschülern*innen ausgegrenzt.

*Gewinne haben nichts mit meiner Leistung zu tun. Ich kann sie nichtbeeinflussen. Gewinne sind Zufall!*

Zu meiner ersten Straffälligkeit kam es auf Grund dessen, da ich weiteres Geld zum wetten benötigte. Meine verschiedenen Nebengewerbe hatte ich nicht gegründet, um Straftaten zu begehen. Ich wollte damit zusätzlich Geld zum Wetten verdienen. Ich bestellte Ware, um sie eigentlich mit Gewinn weiterzuverkaufen. Dies lief sehr schleppend an. Teilweise verkaufte ich unter dem Einkaufspreis weiter, um kurzfristig Geld für Wetten zur Verfügung zu haben. Die bestellten Waren konnte ich letztendlich aber nicht beziehungsweise nur teilweise bei den Lieferanten bezahlen.

Meine erste Verurteilung erhielt ich im Mai 2012 vor dem Amtsgericht Ludwigsburg. Betrug in fünf Fällen, versuchter Betrug in sechs Fällen. Sechs Monate Freiheitsstrafe, die Vollstreckung wurde zur Bewährung ausgesetzt.

März 2013 erneute Anklage vor dem Amtsgericht Ludwigsburg. Betrug in einem Fall. Ein Jahr, drei Monate, Freiheitsstrafe, die Vollstreckung wurde zur Bewährung ausgesetzt.

Juli 2014 wiederum eine Verhandlung vor dem Amtsgericht Ludwigsburg. Betrug in einem Fall und vorsätzlich falsche Versicherung an Eides statt. Ein Jahr, sieben Monate Freiheitsstrafe, die Vollstreckung wurde zur Bewährung ausgesetzt. Hier wurde auch das Urteil aus März 2013 mit einbezogen und eine Gesamtstrafe gebildet.

April 2015 wiederholte Anklage vor dem Amtsgericht Ludwigsburg. Betrug in drei Fällen. Ein Jahr, zehn Monate. Hier wurde auch das Urteil aus Juli 2014 mit einbezogen und eine Gesamtstrafe gebildet.

Oktober 2016 nochmalige Anklage vor dem Amtsgericht Ludwigsburg. Betrug in einem Fall. 120 Tagessätze zu je 30,00 Euro Geldstrafe.

Februar 2019 wiederkehrende Anklage vor dem Amtsgericht Ludwigsburg. Betrug in sechs Fällen. Ein Jahr, neun Monate Freiheitsstrafe.

Bei sämtlichen Verhandlungen wurde ich vom selben, mir durch das Gericht zugewiesenen Pflichtverteidiger Herrn G. aus dem Großraum Ludwigsburg vertreten. Als Pflichtverteidiger*innen werden häufig solche bestellt, die dem Gericht angenehm sind. Und dem Gericht sind sie nur dann angenehm, wenn sie ihm keine Schwierigkeiten machen. Man kann also davon ausgehen, dass auch Herr G. einer war, der sich nicht so für mich eingesetzt hat, wie es ein anderer tun würde, weil er sonst in Zukunft befürchten muss, vom Gericht nicht mehr als Pflichtverteidiger ausgewählt zu werden. Denn so mancher Anwalt lebt von diesen Pflichtmandaten.

Bei mir ging es immer nach demselben Prinzip, ich bestellte hochwertige u.a. Elektroartikel, um diese weiterzuverkaufen. Zu diesem Zeitpunkt war mein Ziel nicht mehr, Geld mit dem Weiterverkauf zu verdienen. Es ging nur noch darum, kurzfristig an Geld zum Wetten zu kommen. Das Geld von den Wiederverkäufen verwandte ich ausschließlich zum Wetten. Nach meiner ersten Verurteilung war mir klar, dass diese Form der Geldbeschaffung illegal ist. Mein Gedanke war aber, ich muss nur lange genug und mit ausreichend Einsatz wetten, um meine gesamten Schulden zurückbezahlen zu können. Diese Grundhaltung bestand bei mir bis zur Inhaftierung am 23.01.2020. Ich reagierte auf Rechnungen nicht mehr, öffnete Briefe nicht mehr. Teilweise begann ich erst nach Eingang der Anzeigen bei der Polizei mit den Zahlungen. Später bestellte ich dann alles, was der Markt zu bieten hatte. Denn mein einziger Kunde war bis kurz vor der Inhaftierung nur Herr L., welcher in der Pfalz wohnhaft ist. Über die Internetplattform eBay hatten wir den Kontakt aufgebaut und später dann mittels WhatsApp aufrechterhalten. Auf Bestellung von Herrn L. kaufte ich Ware. Herr L. nahm mir die Waren dann ab und bezahlte auch unmittelbar, sodass ich kurzfristig Geld zum Wetten zur Verfügung hatte. Gegen Herrn L. wurde durch die für seinen Wohnsitz zuständige Staatsanwaltschaft ein gesondertes Ermittlungsverfahren unter anderem wegen des Verdachts der Hehlerei eingeleitet.

Während ich dann bereits inhaftiert war, liefen noch weitere Ermittlungsverfahren wegen Betruges gegen mich. Bei diesen Taten war es eine neue Methode, um an Geld zu kommen. Ich bot Diabetes-Artikel auf eBay Kleinanzeigen ausschließlich gegen Vorkasse zum Verkauf an. Tatsächlich hatte ich diese Artikel aber nicht und konnte sie deshalb auch nicht versenden. Teilweise überwies ich auf Kunden*innen-Aufforderungen das Geld umgehend zurück, als sie mir mit einer Strafanzeige drohten. Eine meiner Drohnen verkaufte ich tatsächlich ordnungsgemäß. Um allerdings an weiteres Geld zum Wetten zu kommen, verkaufte ich die Drohne erneut, ohne liefern zu können.

Nach der letzten Verurteilung, welche letztendlich meine Freiheitsstrafe bedeutete, bekam ich weiterhin Geld von Herrn L. für von ihm bestellte Ware. Auch das Geld, welches ich für die nicht vorhandenen Diabetes-Artikel bekam, floss auf mein Bankkonto. Ich überwies es immer direkt zu BET365 bzw. hob es in bar ab, um das Geld für

Wetten im Wettbüro einzusetzen. Um die mittlerweile widerrufenen Bewährungsstrafen kümmerte ich mich nicht und ließ die Briefe ungeöffnet liegen.

In den vergangenen Jahren war ich regelmäßig bei der Bewährungshilfe zunächst bei Frau S. mit monatlichen Terminen, dann Termine alle drei Monate. Ab Ende 2018 bekam ich Herrn B. als Bewährungshelfer zugeteilt. Die Termine waren weiterhin alle drei bis vier Monate. Ich spielte den Bewährungshelfern eine „heile Welt“ vor. Ich bestätigte wiederholend, dass Arbeit und Familie gut laufen. Von meiner Wetttätigkeit, der Geldnot und den neuen Ermittlungsverfahren berichtete ich nichts. Genauso verhielt ich mich bei meinen wenigen Kontakten beim Psychiater. Selbst während der Gerichtsverhandlungen hatte ich im Hintergrund weiter auf dem Smartphone Wetten am Laufen. Meine Wetteinsätze steigerten sich in den letzten Jahren weiter. Die gefühlsstabilisierende Wirkung war mit höheren Wetteinsätzen besser zu erreichen.

Ich räume meine begangenen Straftaten vollständig ein. Bis zu meiner Inhaftierung befand ich mich in Ich-syntoner Spielhaltung. In Bezug auf die Teilnahme an Sportwetten gilt: Selbst wer über großes Spezialwissen hinsichtlich einer bestimmten Sportart verfügt, kann den Ausgang eines sportlichen Einzelergebnisses, z.B. ob der VfB Stuttgart bei der nächsten Begegnung mit Bayern München gewinnt oder verliert, nicht vorhersagen. Es gibt zwar einige wenige Faktoren, wie Heimvorteil, Stand in der Tabelle und das Ergebnis der bisherigen Begegnungen, die eine sehr eingeschränkte Vorhersage über die Saison erlauben, jedoch nichts über den Ausgang eines einzelnen Spiels aussagen. Wer nun die Strategie hat, jeweils auf diese vermeintlichen

Vorteile zu wetten, wird dies aufgrund unattraktiver Gewinnquoten und regelmäßiger Verluste schnell wieder aufgeben. Für einen Normalverdiener ist es nicht schwer, in einem Wettbüro an nur einem Tag einen Monatslohn bzw. ein Gehalt zu verspielen. In einem Feldversuch konnte mithilfe eines Testspielers nachgewiesen werden, dass es möglich ist, innerhalb von fünf Stunden und 37 Minuten einen Beitrag in Höhe von 1.450 Euro zu verspielen vgl. Meyer, Jahrbuch Sucht 2011. Dieser Betrag entspricht dem durchschnittlichen Nettoverdienst eines deutschen Arbeitnehmers. Pathologisches Glücksspiel beginnt bei Männern typischerweise in der Adoleszenz, während der Einstieg bei Frauen eher im mittleren Lebensabschnitt liegt. Custer und Milt 1985 beschreiben die typische Kariere eines Glücksspielsüchtigen als Phasenabfolge, wie dies Elvin Morton Jellinek 1960 beim Alkoholismus getan hatte. Eine anfängliche Gewinnerfahrung („big win“) kann zum Auslöser einer steigenden Glücksspielaktivität werden. In der Regel ist die anfängliche Entwicklung schleichend. Belastende, selbstwertbedrohliche Lebensereignisse, insbesondere wenn sie mit neuen Verantwortungen (feste Bindungen, Schwangerschaft der Partnerin, beruflicher Ausstieg u.a.) verbunden sind, können zu einer episodischen Steigerung des Problemverhaltens führen. Die Übernahme einer glücksspielbedingten Verschuldung durch das familiäre Unterstützungssystem bei gleichzeitigem Versprechen der Einstellung des Glücksspielens durch den Glücksspieler („bail-out“) kann das weitere Glücksspielverhalten forcieren. Mit fortschreitendem Involviert sein in die Glücksspielaktivität erfolgt als Reaktion auf diese deviante Tendenz eine zunehmende soziale Ausgrenzung. Aufgrund der verinnerlichten Ambivalenz gegenüber dem Glücksspielen bilden Schuld- und Schamgefühle einen weiteren Motor der Suchtentwicklung. Gleichzeitig erfolgt eine Integration in Subgruppen, die sich durch einen glücksspielspezifischen, auf die unmittelbare Bedürfnisbefriedigung gerichteten Lebensstil auszeichnen. Dies kann auch illegale Geldbeschaffungsmethoden umfassen. Aufgrund von Verleugnungsmechanismen, die der Verarbeitung der zugrunde liegenden Selbstwertproblematik dienen, kann dieser Kreislauf ohne äußere Begrenzung schwer gestoppt werden. Eine Motivation zur Veränderung erfolgt häufig erst nach dem finanziellen Ruin, Verlust der familiären Unterstützung, einer beruflichen Existenzbedrohung, Straffälligkeit oder aufgrund psychiatrischer Behandlungen nach Suizidversuchen. Es ist bekannt, dass männliche Jugendliche besonders gefährdet sind, ein problematisches Glücksspielverhalten zu entwickeln. Mehrere Studien haben unabhängig voneinander aufzeigen können, dass die Prävalenz des pathologischen Glücksspielverhaltens in dieser Altersphase deutlich erhöht ist vgl. Hurrelmann et al. 2003; Meyer, 2011; BZgA, 2012. Die Studie von Hurrelmann und Mitarbeiter aus dem Jahr 2003 ergab, dass zwei Drittel der befragten 13- bis 19-Jährigen bereits an verschiedenen Glücksspielen teilgenommen hatten. Bei 3% der Gesamtstichprobe wurde ein problematisches Glücksspielverhalten festgestellt. Die PAGE-Studie von Meyer 2011 fand in der Gruppe der 14- bis 17-Jährigen eine Lebenszeitprävalenz für pathologisches Glücksspielen von 1,5% und für problematisches Glücksspielen von 1,1%. Der Erstkontakt zum Glücksspiel findet laut BZgA-Studie von 2012, demnach bereits im Alter von 13,5 Jahren statt. Angesichts dieser Befundlage wird deutlich, dass die bestehenden Jugendschutzbestimmungen (Teilnahme erst ab 18 Jahren) nicht ausreichend eingehalten werden. Insbesondere Glücksspielangebote, bei denen keine Ausweiskontrollen verlangt werden, werden verstärkt von Jugendlichen frequentiert. Der unzureichenden Umsetzung des Jugendschutzes kann am besten mit Testkäufen begegnet werden, die von unabhängigen Instituten unter pädagogischer Begleitung durchgeführt werden. In der Vergangenheit wurden Testkäufe hauptsächlich von Mitbewerbern der Lottogesellschaften durchgeführt. Der Glücksspielstaatsvertrag sieht vor, dass dies zukünftig Aufgabe der Glücksspielaufsichtsbehörden sein wird. Die Ergebnisse dieser Testkäufe sollten veröffentlicht werden. Bei Übertretung der Jugendschutzbestimmungen mit hohen Bußgeldern belegt und im Wiederholungsfall sollte die Konzession entzogen werden. Bei jedem Sport geht es ums Gewinnen oder Verlieren. Fans lieben den spannenden Wettkampf bis zur letzten Minute. Und immer die Hoffnung, als Sieger vom Platz zu gehen. Ein unbeschreibliches gutes Gefühl. Auf das Ergebnis zu wetten, macht das Spiel noch spannender. Das Risiko, süchtig nach Sportwetten zu werden ist besonders groß; Wenn man viel über Sport weiß, denkt man leichter, man hat einen sicheren Tipp. Aber bei Sportwetten entscheidet letztlich der Zufall. Spaß am Wetten und Sportbegeisterung – zusammen wird's gefährlich. Das Risiko, glücksspielsüchtig zu werden, ist besonders hoch. Unendlich viele Sportarten und jede Menge Gelegenheiten zu wetten. Da steigt die Versuchung, immer weiter zu wetten. Im Internet wettet man ohne Bargeld. Klicken, statt mit Scheinen zu bezahlen. Schnell setzt man viel mehr Geld ein, als man wollte. Kombinationswetten locken mit hohen Gewinnen, wenn eine ganze Ergebnisserie komplett korrekt getippt wird. Live-Wetten sind durch wechselnde Quoten und Wettmöglichkeiten besonders spannend. Aber gerade das macht beide Wettformen extrem riskant. Sportwetten, vor allem Live-Wetten, können sehr schnell glücksspielsüchtig machen. Oft fängt alles mit einem Gewinn an. Dann ist die Verlockung groß, immer weiter zu wetten. Irgendwann macht das Wetten keinen Spaß mehr. Das Wetten wird zum Zwang. Ein glücksspielsüchtiger Mensch wird immer weiterspielen. Verliert er, will er den Verlust ausgleichen. Oft kommt es, wie in meinem Fall, sogar zu Betrug und Diebstahl, um an Geld zu kommen. Gewinnt man, will man mehr gewinnen – bis zum nächsten Verlust. Aber am Ende gewinnt immer der Anbieter. Wetten ist Leistungssport. Der Schweiß perlt von der Stirn. Heißkalte Schauer jagen von den Fußsohlen bis hinauf in die Haarwurzeln. Der Körper ist nun hundertprozentig aufs Spielen eingestellt … konnte ich nicht auch vier, manchmal sogar sechs Stunden vor meinem Smartphone sitzen und regelrecht arbeiten?

Obwohl das pathologische Glücksspiel als offizielle Suchterkrankung durch die Weltgesundheitsorganisation (WHO) deklariert wurde, findet es in unserem Strafrecht leider keinerlei Anwendung hinsichtlich der Strafbemessung bzw. Entwöhnungstherapie. Ganz anders sieht es allerdings im Betäubungsmittelgesetz aus. Denn hier gibt es bei den Suchterkrankten die beliebten §§ 35,36 BtMG (Betäubungsmittelgesetz). Im BtMG ist eine Zurückstellung der Strafvollstreckung von betäubungsmittelabhängigen Straftäter*innen und die Anrechnung und Strafaussetzung zur Bewährung unter bestimmten Voraussetzungen möglich. Denn wurde jemand zu einer Freiheitsstrafe von nicht mehr als zwei Jahren verurteilt und ergibt sich aus den Urteilsgründen oder steht sonst fest, dass er die Tat auf Grund einer Betäubungsmittelabhängigkeit begangen hat, so kann die Vollstreckungsbehörde mit Zustimmung des Gerichts des ersten Rechtszuges die Vollstreckung der Strafe eines Strafrests oder der Maßregel der Unterbringung in einer Entziehungsanstalt für längstens zwei Jahre zurückstellen, wenn der Verurteilte sich wegen seiner Abhängigkeit in einer zu seiner Rehabilitation dienenden Behandlung befindet oder zusagt, sich einer solchen zu unterziehen, und deren Beginn gewährleistet ist. Als Behandlung gilt auch der Aufenthalt in einer staatlich anerkannten Einrichtung, die dazu dient, die Abhängigkeit zu beheben oder einer erneuten Abhängigkeit entgegenzuwirken. Sämtliche dieser genannten Faktoren treffen auch auf mich und mein pathologisches Spielverhalten zu. Nur gibt es wie beschrieben im Strafrecht leider keinerlei Möglichkeit, so auch beim pathologischen Glücksspiel zu verfahren. Es kommt noch dazu, sollte die Vollstreckung zurückgestellt worden sein und hat sich der Verurteilte in einer staatlich anerkannten Einrichtung behandeln lassen, so wird die vom Verurteilten nachgewiesene Zeit seines Aufenthaltes in dieser Einrichtung auf die Strafe angerechnet, bis infolge der Anrechnung zwei Drittel der Strafe erledigt sind. Sind durch die Anrechnung zwei Drittel der Strafe erledigt oder ist eine Behandlung in der Einrichtung zu einem früheren Zeitpunkt nicht mehr erforderlich, so setzt das Gericht die Vollstreckung des Restes der Strafe zur Bewährung aus, sobald dies unter Berücksichtigung des Sicherheitsinteresses der Allgemeinheit verantwortet werden kann. Die Gesetzgebung im Betäubungsmittelgesetz ist unfair gegenüber den glücksspielsüchtigen Straffälligen, da man das Gesetz des BtMG 1:1 auf diese Klientel spiegeln kann.

Schon während ich mit meiner Frau und meiner Großmutter zusammen in einem Haushalt wohnte bekam ich immer häufiger eingehenden Mahnbescheide und die daraus folgenden Vollstreckungsbescheide zugestellt. Durch Gerichtsvollzieher*innen wurden meine Bankverbindungen mittels Pfändungsbeschlüssen eingefroren. Auch bei meinen Arbeitgebern häuften sich die zwischenzeitlich regelmäßig eingehenden Lohnpfändungen an. Um weiterhin so viel Geld wie möglich zum Wetten zur Verfügung zu haben, eröffnete ich Bank- und Kreditkartenkonten auf die Namen meiner Frau und Großmutter. Ein großer Vorteil war hierbei die sehr gute Bonität der beiden Opfer. Über das Internet eröffnete ich die genannten Geschäftsbeziehungen, unter verschiedenen vorgelogenen Vorwänden bekam ich die beiden auch dazu, sich mittels Postident bei den Banken zu legitimieren. Die Banken wussten nicht, dass meine Frau und Großmutter gar nicht über die beantragten Konten verfügen würden. Die Postsendungen mit den Vertragsunterlagen hatte ich bereits an unserem Briefkasten abgefangen. Lediglich eine Bank bemerkte nach einigen Monaten, dass Lohn auf meinen Namen auf dem Konto meiner Frau verbucht wurde, und beendete kurzerhand die Geschäftsbeziehung mit meiner Frau. Das für die Straftaten genutzte Girokonto blieb mir bis zur Inhaftierung erhalten. Mein monatlicher Lohn wurde ebenfalls hierauf gutgeschrieben. Ein paar Mal wandte ich mich mit einer Änderung der Bankverbindung an die Personalverantwortlichen meiner Arbeitgeber. Ein komisches Gefühl hatte ich dabei schon, denn was dachten sich eigentlich die bearbeitenden Mitarbeiter*innen bei einer ständig wechselnden Bankverbindung? Darauf angesprochen wurde ich deswegen aber nicht. Höchstwahrscheinlich automatisiert auf Grund meiner regelmäßigen Lohneingänge auf dem Konto wurde mir von einer Bank auch ein passender Dispositionskredit eingerichtet. Mit Beginn meiner Inhaftierung war dieses Konto auf über 8.000 Euro überzogen. Nachdem bei meiner Frau und auch bei meiner Großmutter mittlerweile ebenfalls Pfändungen eingegangen waren, fiel mein rechtswidriges Handeln letztendlich auf. Den Schaden und die draus folgenden Unannehmlichkeiten welche ich den beiden, aber auch den anderen Geschädigten durch mein Handeln verursacht hatte, realisierte ich erst, als sich die Zellentür schloss und es schon lange zu spät war, zu versuchen, das Ruder noch herumzureißen.

Meiner Großmutter wurde von den Gläubigern geraten, eine Strafanzeige gegen mich zu erstatten, da sie sonst weiterhin als Verursacherin haftbar gemacht wird. Es war für meine Großmutter wahrlich kein leichter Gang zum örtlichen Polizeiposten, schilderte sie mir am Telefon. Etwa ein halbes Jahr nach ihrer Anzeigenerstattung bekam ich von der Staatsanwaltschaft Stuttgart mitgeteilt, dass diese Ermittlungen gemäß des § 154 StGB eingestellt wurden, da diese Taten bei der schon abgeurteilten Freiheitsstrafe nicht mehr ins Gewicht fielen. Auch meiner Ehefrau wurde zur Strafanzeige gegen mich geraten, meine Frau verzichtete jedoch darauf. Zwischenzeitlich konnten die beiden durch den Verkaufserlös meines Skodas einen Teil der offenen Forderungen niederschlagen. Neben der illegalen Nutzung der Bankkonten schloss ich auch meinen Mobilfunkvertrag auf Grund meiner schlechten Bonität auf die Personalien meiner Großmutter ab. Mit den Personalien von meiner Frau bestellte ich unter anderem bei Onlineversandhäusern hochwertige Elektronikwaren, um diese ausschließlich immer mit Verlust zur schnellen Geldbeschaffung für Wetten weiterzuverkaufen.

**Ursachen für die Entstehung der Probleme?**

Es gibt keine einheitlichen Merkmale bei Personen, die später abhängig werden. Wohl aber findet man bei Abhängigen häufiger bestimmte Eigenschaften: Tendenz zur Problemvermeidung (unabhängig von der tatsächlichen Problemlösefähigkeit!), Selbstunsicherheit, Hemmungen, Abhängigkeit von anderen, geringe Fähigkeit, sich selbst zu beherrschen, Unannehmlichkeiten zu ertragen oder auf Belohnungen zu warten, übermäßige Selbstbeherrschung und Gefühlsverdrängung; Schwierigkeiten, das Bedürfnis nach Zuwendung und Nähe zu verwirklichen, häufig schlechte Stimmung und wenig Wohlbefinden. Allerdings ist es oft so, dass diese Eigenschaften eher die Folge als die Ursache des übermäßigen Glücksspiels sind. Denn eines steht fest: Jeder Mensch, ob Direktor, Bettler, Professor, Beamter, Angestellter, Arbeiter, Hausfrau, Bauer oder Arzt, kann abhängig werden. Und dasselbe, was für die berufliche oder gesellschaftliche Stellung gilt, gilt auch für die Charaktereigenschaften. Wir wissen von keiner einzigen, die wie eine Art Impfung gegen die Abhängigkeit schützt oder die auf der anderen Seite mit Sicherheit in die Abhängigkeit des Glücksspiels führt. Wer seelisch belastet ist, sucht nach Entlastung und findet diese unter anderem im Glücksspiel. Im Umkehrschluss wird daraus zur Regel: Wer Glücksspiel missbraucht, tut dies stets aus seelischer Not heraus. Die Abhängigkeit kann zwar in vielen Fällen auf einem derartig misslungenen Selbstbehandlungsversuch für seelische Nöte beruhen. Bei Frauen zum Beispiel findet man oft seelische Verletzungen aus sexuellem Missbrauch oder Gewalterfahrungen. Häufiger als üblich sind

Abhängige auch in Heimen oder unvollständigen Familien aufgewachsen. Aber eine zwingende Regel oder notwendige Voraussetzung für die Abhängigkeit sind solche seelischen Verletzungen nicht. In vielen Fällen scheint es so zu sein, dass es nicht so sehr einzelne Persönlichkeitseigenschaften sind, die für Suchtmittel leichter verwundbar machen, sondern es ist die gesamte Lebenseinstellung des Einzelnen. Eine allgemeine Erwartung an das Leben zum Beispiel, die bei Suchtkranken oft besonders ausgeprägt zu sein scheint, besteht in der unbegründeten, aber nichtsdestoweniger hartnäckigen Hoffnung, dass es immer aufwärtsgehen und besser werden soll. Tatsächlich verläuft unser Leben aber in einem mehr oder weniger intensiven raschen Auf und Ab der Befindlichkeit, selbst wenn es in Teilbereichen, z.B. im Berufsleben, nur aufwärts oder abwärts zu gehen scheint. Der Suchtkranke versucht, diesen natürlichen Wellenschlag des Lebens chemisch-künstlich einzuebnen oder nach oben hin anzuheben. Langfristig bewirkt er genau das Gegenteil. Nach der Methode „Mehr desselben“ will er dann dieser Entwicklung entgegenwirken, was aber alles nur noch schlimmer macht. Letztlich geht es in der Therapie also auch um die Entscheidung „natürliches Leben“ oder „chemisch-künstliches Dahinvergehen“. Dazu muss man akzeptieren, dass die Lebenslinie Ausschläge nach oben und unten hat, die Erfahrung machen und die Entschlossenheit bewahren, dass man ohne Glücksspiel aus Einbrüchen des Lebens wieder herauskommt und etwas dafür tun, dass man den Einfluss, den man auf den Lebenslauf hat, auch tatsächlich ausübt (Freizeitgestaltung, Umgangsformen etc.). Im Prinzip kann jeder Konflikt Auslöser für einen Suchtmittelmissbrauch sein, so auch ein Konflikt im familiären oder beruflichen Bereich. Der erhöhte Suchtdruck ruft jedoch wieder familiäre Schwierigkeiten und berufliche Probleme hervor, sodass die gesamten Konflikte sich vergrößern und der Drang danach, diesen Konflikten aus dem Weg zu gehen, immer stärker wird. Hier entsteht ein Teufelskreis, der nach einiger Zeit kaum noch durchbrochen werden kann. Bei der genauen Betrachtung ist es aber oft nicht der Konflikt, der für die Abhängigkeit verantwortlich ist, sondern die Art und Weise, wie ich damit umgehe. Ich kann mich damit auseinandersetzen oder ihm ausweichen. Das Glücksspiel hilft beim Ausweichen und Vermeiden. Es gibt vor allem in der Jugendzeit Konflikte, die man weder bewältigen noch vermeiden kann. Dazu gehören Leistungsanforderungen, denen man tatsächlich nicht gewachsen ist, Verhaltenserwartungen, die man vom Temperament her nicht dauernd erfüllen kann, und Schuldzuweisungen durch Erwachsene, deren Unangemessenheit vom Jugendlichen nicht zu durchschauen sind.

*Nicht die Dinge selbst beunruhigen die Menschen, sondern die Vorstellung von den Dingen*
Epiktet (60-14 n. Chr.)

## Eine Reise durch den Justizvollzug von Baden-Württemberg

Beginn meiner Reise war am 23.01.2020 um 09:00 Uhr im Gesundheitsamt Ludwigsburg, welches im Landratsamt untergebracht ist. Nachdem ich mich zu Hause kurz vom vergangenen Nachtdienst erholen und frisch machen konnte, meldete ich mich pünktlich zum Termin der Haftfähigkeitsuntersuchung. Der Grund für die Untersuchung war eine im Dezember ausgestellte Haftunfähigkeitsbescheinigung meiner Hausärztin. Die Staatsanwaltschaft Stuttgart ordnete an, bei diesem Termin von einer Amtsärztin überprüfen zu lassen, ob eine Haftunfähigkeit weiterhin fortbestehe oder nicht. Nach Erfassung meiner Vitalwerte ging es in das Sprechzimmer der Amtsärztin, ich war müde und erschöpft, da ich zuvor einen anstrengenden Nachtdienst in der Leitstelle geleistet hatte. Nach einem ausführlichen Arztgespräch stand für die Ärztin fest, dass ich haftfähig bin, meine Blutzuckerwerte müsse man aber weiterhin im Auge behalten. Die Ärztin teilte mir mit: „Sie werden nun direkt von hier aus in die nächstgelegene Justizvollzugsanstalt gebracht.“ Denn ich wusste nicht, dass bereits im Vorfeld eine Polizeistreife auf 09:30 Uhr zum Gesundheitsamt bestellt wurde.

Ein junger aufgeschlossener Staatsdiener betrat zusammen mit seiner Kollegin den Untersuchungsraum. „Herr Kessler, wir werden Sie nun in die JVA Stuttgart Stammheim bringen“, eröffnete er mir. Ursprünglich sollte ich meine Haftstrafe als Selbststeller in der Justizvollzugsanstalt Ulm antreten, erklärte ich den Beamten. Laut Vorschrift müssen die Ordnungshüter in Folge einer Verhaftung allerdings die nächstgelegene Justizvollzugsanstalt anfahren, wurde mir durch die beiden erklärt. „Alles Weitere wird man von dort aus dann zu einem späteren Zeitpunkt veranlassen."

Ich wies auf meine vergangene Nachtschicht hin und dass meine Frau und Tochter zu Hause auf meine Rückkehr nach der Untersuchung warten. Auch mein Auto war vor dem Gesundheitsamt geparkt gewesen. Ich schlug dem Polizisten vor, zusammen mein Auto nach Hause zu bringen, um anschließend in die Justizvollzugsanstalt verbracht zu werden. Dies wurde mir aber aus versicherungstechnischen Gründen untersagt. Der Beamte bot mir an, dass ich meine Frau anrufen soll. sie packte mir nach unserem Telefonat noch schnell ein paar Sachen zusammen und brachte diese in Begleitung von unserer Tochter zum Gesundheitsamt. Während wir auf meine Tochter und Ehefrau im Gebäude warteten, rief ich meinen Schwiegervater an. Es war zwar bekannt, dass es in Kürze zu einer Haftstrafe kommen würde, aber dass dies so schnell geschieht, damit hat niemand gerechnet. Am Nachmittag zuvor saßen wir noch bei Kaffee und Kuchen auf dem Geburtstag von meinem Schwager beieinander. Heulend verabschiedete ich mich von meinem Schwiegervater. „Er kümmert sich um das geparkte Auto". Hierüber sollte ich mir nun wirklich keine Sorgen machen. Vom Fenster aus sah ich meine Mädels auf den Parkplatz einfahren.

Im Treppenhaus fragte mich der Polizist: „Wir machen es ohne Handschließen, ich nehme nicht an, Sie werden flüchten?"

Ich bejahte das Ganze mit geknickter Stimme.

„Wegen der Vorschriften muss ich Ihnen offiziell mitteilen, Sie sind verhaftet“, fügte er noch hinzu.

Vor dem Gebäude standen meine kleine Tochter und Frau mit einer gepackten Reisetasche. Der Beamte schaute in der Tasche nach für die Anstalt verbotene Gegenstände. Ich verabschiedete mich währenddessen unter Tränen von meinen beiden Lieblingen. Meine Tochter schenkte mir noch einen Stein, welchen sie zuvor auf dem Boden gefunden hatte.

„Papa, dieser Stein wird Dir immer den Weg leuchten“, sagte sie zu mir und gab mir einen letzten Kuss. Ich setzte mich in das zivile Polizeiauto winkte noch kurz, dann ging die Reise auch schon los.

Nach etwa 15 Minuten Autofahrt erreichten wir die große Zufahrt der JVA Stuttgart-Stammheim. Ich kannte die Zufahrt bereits auf Grund einiger Einsätze mit dem Rettungswagen in dieser Anstalt. Nachdem der Polizist und die Polizistin ihre Dienstwaffen eingeschlossen hatten, fuhren wir durch eine Schleuse auf das Gelände ein. Direkt vor einem relativ neuen Gebäude kamen wir zum Stehen. Eine letzte Kurznachricht an meine Frau, „ich schalte nun ab“, konnte ich vor dem Ausschalten meines Smartphones noch versenden. Ein Justizvollzugsbeamter führte mich in den Keller des Gebäudes, für mich war hier alles Neuland. Die Beschriftungen „Zugang“, „Kammer“ und „Transportraum“ sagten mir bisher überhaupt nichts. In einer nach Zigarettenrauch stinkenden Zelle wurde ich zunächst „geparkt“. Nach einer langen Wartezeit wurde ich durch eine Bedienstete im EDV-System der Justiz erfasst. Anschließend musste ich mich in einem Raum komplett ausziehen und nach vorne bücken. Dadurch schaute der Bedienstete, ob ich eventuell illegale Substanzen in Körperöffnungen verstecke, um diese in die Anstalt einzubringen. Meine persönlichen Gegenstände und Kleidungsstücke wurden allesamt in der Kammer eingelagert, denn es galt einheitliche Anstaltskleidung zu tragen. Kurze Zeit später wurde ich von einer Bediensteten auf meine Zelle geführt. Ein weiterer Häftling war hier bereits untergebracht, ein Schwarzafrikaner welcher nur gebrochen Englisch sprach. Ich hatte Glück und konnte mich in das untere Bett des Hochbetts legen. Die Zelle war mit einem Flachbildfernseher sowie einem abgetrennten WC und Waschbecken aus Aluminium ausgestattet. Mein Zellenkollege erklärte mir in Englisch: „Ich wurde auf Grund eines Haftbefehls aus Mannheim in der Stuttgarter Innenstadt festgenommen, komme aber bald wieder raus.“

Die ersten Stunden lag ich nur im Bett mit tausend verschiedenen Gedanken im Kopf. Die Zellentür war 23 Stunden lang geschlossen. „Nur für eine Stunde Hofgang mit anschließendem Duschen können wir raus“, erklärte mein Mithäftling. „Duschen geht allerdings nur von Montag bis Freitag“, fügte er in schlecht zu verstehendem Englisch hinzu. Am Nachmittag öffnete sich dann die Zellentür und die für mich zuständige Sozialarbeiterin kam mit der Anstaltspsychologin vorbei. In einem Nebenraum durfte ich meine Frau anrufen und konnte ihr kurz erzählen, was bisher geschah. Sie hatte mittlerweile Besuch von meinen Schwiegereltern bekommen und war dadurch nicht alleine mit unserer Tochter und Emma zu Hause. Schnell wurde es Abend und ich schlief trotz der hellen Außenbeleuchtung sehr schnell ein. Bei jedem Geräusch wurde ich allerdings wach. Andere Gefangene schrien sich bis spät in die Nacht durch die Gitterfenster gegenseitig alle möglichen Gespräche zu.

Täglich um 06:30 Uhr hallte ein Gong aus der Rufanlage in unserer Zelle: „Männer fertig machen zum Hofgang“, dröhnte es aus dem Lautsprecher. Kurz darauf wurde die Zellentür aufgeschlossen und ein Bediensteter führte mich zusammen mit anderen Stockwerksbewohnern in den Hof. Mein Zellenkollege schlief mit Decke über den Kopf gezogen friedlich weiter. „In einer Stunde hole ich Sie wieder ins Gebäude“, erklärte uns der Bedienstete mit freundlichem Ton. Ich lief einige Runden und stellte mich anschließend zu einer kleinen Gruppe anderer Gefangener. Man kam schnell ins Gespräch. Erschüttert musste ich aber feststellen, dass die Intelligenz dieser Personen gleich null war.

Zurück auf der Zelle legte ich mich bekleidet mit einer Unterhose sowie einem T-Shirt aus den Kleiderbeständen der Justizvollzugsanstalt wieder ins warme Bett. Gegen 10:30 Uhr öffnete sich unsere Zellentür erneut „Männer, Essen ist da.“ Zwei Häftlinge in Begleitung eines Bediensteten waren in unserem Stockwerk für die Essensausgabe eingeteilt. Ich stieg aus dem Bett, schnappte mir meine Blechschüssel und ging zur Zellentür. Der Bedienstete ermahnte mich: „Nur mit Hose bekommen Sie das Essen“, ich zog eine Jogginghose über und bekam das Essen. Es war Freitag, es gab einen großen Löffel widerlichen Kartoffelsalat und ein Stück panierten Fisch. Für das Abendessen gab es auch gleich Brot und Käse auf den Teller. Appetit hatte ich keinen, daher gab ich mein Essen dem Afrikaner ab.

An diesem Abend verspürte ich plötzlich ein komisches Ziehen in der linken Brusthälfte. Ich hatte den Verdacht auf Grund von Stress etc. könne es ja etwas Kardiologisches (Herzproblem) sein. Deshalb betätigte ich die Notrufanlage unserer Zelle, es meldete sich die Pforte der Anstalt. Kurz schilderte ich mein Problem. Annähernd eine Stunde später öffnete sich die kleine Luke an der Zellentür. Zwei Sanitäter der Anstalt fragten mich, was los sei? Ich schilderte den beiden mein Problem. Der ältere Sanitäter erklärte mir mit überzeugender Stimme: „Das ist sicherlich nichts am Herzen, das kommt von der Psyche. Legen Sie sich einfach ins Bett und ruhen Sie sich aus."

Einige Zeit später betätigte ich, da die Symptome nach wie vor spürbar waren, die Klingel erneut. Die beiden Sanitäter kamen nach einer Ewigkeit sichtbar gestresst wieder an die Luke. „Ich gebe Ihnen zwei Baldriantabletten. Versuchen Sie damit zu schlafen", sagte einer der Sanitäter.

Ich verwies jedoch auf meine Rettungsdienstausbildung und stellte das Vorgehen der beiden Sanitäter infrage. Gereizt antwortete der ältere: „Wenn Sie noch einmal klingeln, kommen Sie in eine Zelle ohne Klingel. Wissen Sie, wenn man einen Löwen aus seinem gewohnten Umfeld nimmt, dann wird dieser auch aggressiv werden", versuchte er mir lachend zu erklären.

Ich schüttelte nur den Kopf und legte mich zurück ins Bett. Am darauffolgenden Tag und in der Nacht spürte ich weiterhin dieselben Symptome. Glücklicherweise hatte nun ein anderes Team der Sanitäter Dienst. So nahm mich eine Sanitäterin umgehend in Begleitung dreier Bediensteter mit ins „Revier" so nennt man die „Arztpraxis" im Justizvollzug. Blutdruck, Herzfrequenz und Zucker waren im Normbereich. Beruhigt konnte ich wieder zurück in meine Zelle begleitet werden.

Die restliche Zeit vom Wochenende nutzte ich, um einen ersten Brief an meine Frau zu schreiben. Wichtig ist, im geschlossenen Vollzug wirft man die Briefe grundsätzlich geöffnet in den Briefkasten. Denn es besteht per Strafvollzugsgesetz die Möglichkeit, sämtliche Post der Gefangenen durch Bedienstete zensieren zu lassen. Bei einem Häftling, welcher sich in Untersuchungshaft befindet, wird die Post durch ein Gericht zensiert.

„Am Montag werden Sie verlegt", teilte mir ein Bediensteter am Wochenende mit.

Meine Hoffnung war natürlich, direkt nach Ulm zu kommen. So war es wieder nicht, denn zunächst verbrachte ich den Montag zusammen mit anderen Inhaftierten in einer Transportwartezelle. Alle mit mir darin Anwesenden waren schon mehrfach in Haft gewesen und kannten sich bestens mit den Abläufen aus. Gegenseitig erzählten sie sich stolz von ihren begangenen Straftaten. Der Transportbus kam an diesem Tag leider mit einer großen Verspätung in Stuttgart-Stammheim an. Vor dem Einsteigen in den Bus wurde man, wie am Flughafen auf gefährliche Gegenstände abgetastet auch unser Gepäck wurde in unserer Abwesenheit durchleuchtet.

„Nun geht es für Sie zunächst in die JVA Heimsheim", erklärte mir eine Bedienstete.

Vom Buspersonal, welches aus dem Busfahrer sowie zwei weiteren Bediensteten bestand, wurde mir eine Zelle innerhalb des Justizbusses zugewiesen. Aufgebaut ist der Bus vergleichbar mit einem Reisebus. Es befanden sich Einzelzellen bzw. Zellen für bis zu vier Gefangene innerhalb des Busses. Alle Zellen waren verschlossen, allerdings konnte man durch ein Fenster während der Fahrt die verbeiziehende Landschaft beobachten.

In Heimsheim angekommen, wurde ich dann einer sogenannten Transportzelle für die Übernachtung zugewiesen. Da ich Nichtraucher bin, hatte ich Glück und bekam eine Einzeltransportzelle. Bevor meine Zelle abgeschlossen wurde, bekam ich noch drei Scheiben eines undefinierbaren Industriebrots, dazu wurden mir 40g Schmelzkäse gereicht. Zu trinken bekam ich ein Kännchen lauwarmen Früchtetee. Am Zellenfenster gab es keinen Vorhang. Zu meinem Pech war die komplette Nacht der Außenbereich der Anstalt mittels Flutlichtes beleuchtet. Zuvor war diese Transportzelle höchstwahrscheinlich von einem/einer Raucher*in bewohnt, denn an den alten Kacheln triefte das kalte gelbe Nikotin förmlich hinunter. Mein Zellenfenster hatte ich die komplette Nacht über zum Lüften geöffnet. Wie auch schon in Stuttgart-Stammheim unterhielten sich die anderen Gefangenen lautstark bis spät in die Nacht durch die Gitterfenster miteinander. Viele kannten sich bereits aus vergangenen Tagen, das entnahm ich durch das Lauschen der teilweise spannenden Geschichten.

Morgens um kurz vor 05:00 Uhr schaltete sich in der Zelle automatisch das Licht an. Ein Ausschalten vom Zelleninneren war nicht möglich, da es keinerlei Schalter gab. Es folgte eine Durchsage mit den Namen der Häftlinge sowie dem „Reiseziel“. „Kessler-Bruchsal-Abfahrt um 06:00 Uhr“. Die Reise ins Ungewisse geht weiter, dachte ich mir. Die Justizvollzugsanstalt Heimsheim ist das Drehkreuz der Justiztransporte für ganz Baden-Württemberg. Die verschiedenen Touren beginnen und enden stets in Heimsheim. Mein Bus hatte an diesem Tag geplante Stopps in Pforzheim-Karlsruhe (Raucherpause für alle), Bruchsal-Mannheim und wieder dieselbe Tour zurück. Nachdem ich mein Gepäck in Bruchsal aus dem Laderaum ausgeladen hatte, wurde ich in der Kammer als Neuzugang aufgenommen. Diese Vorgehensweise war mir ja bereits aus Stuttgart-Stammheim schon bekannt gewesen. Erstaunlicherweise durfte ich sofort meine Privatkleidung anziehen. Auch meine Kosmetikartikel und der Rasierapparat wurden mir von den Kammerbediensteten ausgehändigt. Nach nun schon sechs seit der Festnahme vergangenen Tagen, war es auch höchste Zeit meinen Bart zu stutzen. Von einem weiteren Kammerbediensteten wurde mir mitgeteilt, es seien derzeit alle Zellen in der Anstalt belegt. Es herrschte eine akute Überbelegung in Bruchsal. Ich wurde daher zunächst in einer Zelle neben der Kammer im Keller der Anstalt untergebracht. Diese Zelle bestand aus einer Toilette, einem Waschbecken und einem Tisch mit zwei Stühlen sowie einem in die Jahre gekommenen Hochbett. Auch ein Wasserkocher und ein Radio wurden mir zur Verfügung gestellt. Auch Ludwig, welcher mit mir per „Schub“ so wird das Transportsystem in der Justiz genannt, angekommen war, zog mit in diese Zelle ein. Ludwig war Raucher, aber durch ein Fenster hatten wir allerdings immer eine Frischluftzufuhr in der Zelle sichergestellt.

Wir beide kamen sehr schnell ins Gespräch. Ludwig hatte bereits mehrere Jahre Haft hinter sich. Er hatte unter anderem auch die Sicherungsverwahrung in seinem Urteil stehen. Für solch einen Strafgefangenen ist eine Entlassung nach Haftende nur sehr schwer zu erreichen. Warum er aber „sitzt“, verriet er mir nicht. Laut seinen Angaben war er in der Rotlichtbranche unter anderem in Böblingen und Frankfurt aktiv gewesen. Seine aktuelle Ehefrau betrieb ein Hotel in der Dominikanischen Republik, welches zum Teil der italienischen Mafia gehöre. Wow! Seine Erzählungen waren für mich teilweise spannender als der Sonntagskrimi in der ARD. Wir verstanden uns auf Anhieb sehr gut. Ich erzählte Ludwig einen Schwung aus meinem bisherigen Leben. Als er mir dann die Frage stellte, warum ich nach seiner Ansicht unverständliche Betrugstaten begangen habe, realisierte ich, dass die Ursache der Taten mit meinem jahrelangem verleugneten Wettverhalten zu tun haben muss. Ich begann mir darüber ernsthafte Gedanken zu machen, warum ich das ganze Schlamassel nun eigentlich am Hals habe. Ludwig half mir durch Gespräche, die Aufarbeitung meines Ursprungsproblems anzupacken. Wir erzählten uns bis spät in die Nacht hinein die verschiedensten Erlebnisse aus unseren Leben. Ludwig hatte schon zuvor immer wieder zu mir gesagt: „Wir werden, so, wie ich die Justiz kenne, noch weitere Nächte in dieser ungemütlichen Zelle verbringen müssen.“

Er hatte mit seiner Aussage recht. Drei weitere Tage und Nächte verbrachten wir beide zusammen in diesem Verlies. Nachdem im Hauptgebäude der Anstalt wieder Zellen frei geworden waren, durften wir endlich umziehen. Ich hatte Glück und bekam erneut eine Einzelzelle, welche sich im dritten Flügel der Justizvollzugsanstalt Bruchsal befand. Ich staunte nicht schlecht, als ich im Flügel ankam. Es sah aus so, wie man einen Knast aus dem Fernsehen kennt. Drei Stockwerke hoch Zellentür an Zellentür und in der Mitte ein gespanntes Auffangnetz. In allen Zellen war ein festinstallierter Flachbildfernseher vorhanden, die Mietkosten für einen Fernseher beliefen sich inkl. der Strompauschale auf knappe überteuerte 15 Euro im Monat. Ein Wasserkocher, Schreibtisch mit Stuhl, ein Kleiderschrank, ein Waschbecken und eine Toilette, welche aber nur durch einen Vorhang vom Zellenraum abgetrennt war, befanden sich in meiner Zelle. Das Zellenfenster befand sich auf Grund der Bauweise oben an der Decke, zum Hinausschauen benötigte ich einen Stuhl. Mein Ausblick war direkt auf den Dachhubschrauberlandeplatz des gegenüberliegenden Krankenhauses von Bruchsal. An diversen veralteten Aushängen informierte ich mich über die Abläufe und Freizeitangebote der Justizvollzugsanstalt. Durch einen Gruppenleiter wurde man zunächst über die geltende Hausordnung aufgeklärt. „Zuwiderhandlungen werden mit einer Meldung bestraft“, so der Gruppenleiter. Eine Meldung zog in den meisten Fällen eine Disziplinarmaßnahme nach sich. Dies kann dann zum Beispiel eine Besuchssperre sein. Häufig werden aber auch Einkaufsgelder als Maßnahme aus einer Meldung gesperrt.

Die Justizvollzugsanstalt Bruchsal ist eine geschlossene Anstalt, daher galten für mich folgende Einschlusszeiten.

| | |
|---|---|
| 06:15 Uhr – 07:00 Uhr | Freizeit, Zellen offen |
| 11:00 Uhr – 11:45 Uhr | Freizeit, Zellen offen |
| 12:00 Uhr | Mittagessen, Zellen zu |
| 14:00 Uhr – 16:00 Uhr | Hofgang |
| 16:30 Uhr | Abendessen, Zellen zu |
| 17:00 Uhr – 19:00 Uhr | Freizeit (alle 2 Tage) |

Es bestand zudem die Möglichkeit, sich per vorherig gestelltem Antrag in eine andere Zelle umschließen zu lassen.

Genutzt wurde das Umschließen zum Beispiel von befreundeten Strafgefangenen. Ich nahm einen Umschluss allerdings nicht in Anspruch. Für die Arbeit in der Justizvollzugsanstalt Bruchsal hatte ich mich schon umgehend nach meiner Ankunft angemeldet, allerdings bekam ich lediglich einen Platz auf der Warteliste zugeteilt.

Vereinzelt musste ich wohl oder übel kleinere Schlägereien auf meinem Flügel miterleben. Das Verhalten der Mehrzahl meiner Mitgefangenen erinnerte mich an ein Affengehege eines Zoos. Unter anderem bewarfen sie sich wiederholt mit Äpfeln und Bananen. Sehr oft wurden die in der Häftlingssprache genannten „Sittiche" = Pädophilen bzw. Sexualstraftäter als Ziel der Wurfattacken ausgewählt. Ich hielt mich hierbei zurück, denn mein Ziel war es, so unauffällig wie möglich zu sein, um keinerlei Probleme während meiner Haftzeit zu bekommen. Sobald ein Neuzugang auf dem Flügel ankam, war jeder schon länger anwesende Häftling daran interessiert, alles über den Zugang in Erfahrung zu bringen.

An meinem ersten Tag kam Oleg auf mich, zu eine kriminelle Vergangenheit sah ich ihm auf den ersten Blick schon an. Wir unterhielten uns über das übliche, nämlich die Straftat, wegen der man einsitzt. Stolz hatte er mich sein Gerichtsurteil lesen lassen. Ein bewaffneter Einbruch mit Schusswaffengebrauch war ihm vor Gericht nachgewiesen worden. Beim Einbruch in ein Einfamilienhaus kam es dann zum Schusswaffengebrauch. Der Hausbesitzer wurde durch den Schuss verletzt. In Olegs Urteil konnte ich lesen, dass kein Einbruch im klassischen Sinne vorlag. Ich fragte ihn interessiert, wie das sein könne.

Seine Antwort: „Ich war eingebrochen, habe aber sofort den vorgefundenen Haustürschlüssel von außen in die Türe eingesteckt. Daher konnte man mir nicht nachweisen, dass ich mir einen gewaltsamen Zugang in das Haus verschaffte."

Oleg war mir gegenüber sehr hilfsbereit und stets freundlich, er versorgte mich mit Briefpapier, Briefumschlägen und die benötigten Briefmarken. Oleg half mir auch bei verschiedenen Formularen und Anträgen oftmals weiter. Auf Grund meiner guten Menschenkenntnisse merkte ich aber schnell, dass Oleg dabei wahrlich einen Hintergedanken hatte. Als Gegenleistung für seine Hilfsbereitschaft, sollte ich für ihn beim kommenden Gefangeneneinkauf ein paar Dinge mitbestellen. Ich stimmte zu, da ich einerseits als Neuzugang und Haftunerfahrener über jede Hilfe dankbar war, aber natürlich auch keinen Stress mit ihm haben wollte.

An meinen Tagesabläufen änderte sich null, es folgte Tag für Tag immer nach demselben Muster. Ludwig wurde in einem anderen Flügel untergebracht, leider konnten wir uns zum Quatschen dann nur noch während des Hofgangs treffen, um gemeinsam unsere Runden zu drehen. Das Telefonieren war in Bruchsal auch sehr kompliziert gestaltet. Zunächst musste ich eine Telefonkarte beantragen, allein dieser Bearbeitungsvorgang dauerte mehrere Tage. Der nächste Schritt bestand darin, den/die Inhaber*in der Telefonnummer, welche man anrufen möchte, freischalten zu lassen. Zunächst musste ich dafür aber dem/der Telefonpartner*in ein Formular senden, welches dann unterschrieben an mich zurückgesandt werden musste. Mit Eintreffen des unterschriebenen Formulars reichte ich es dann als Antrag ein und die Telefonnummer wurde durch Bedienstete der Anstalt überprüft und anschließend zum Telefonieren freigeschaltet. Auf Grund dieses standardisierten langwierigen Prozesses beantragte ich für die Wartezeit ein Telefonat mit meiner Ehefrau. Dieser Antrag wurde mir erstaunlicherweise mehrfach bewilligt und ich durfte vom Büro der Bediensteten aus meinen Schatz anrufen. Diese berichtete mir, dass sie sich mit unserer Tochter im Krankenhaus befand. Sie hatte ebenfalls eine schwere Entzündung ihrer Bauchspeicheldrüse erlitten. Leider wurde auch bei unserer Tochter die Mutation des katonischen Trypsinogen A16V diagnostiziert. In dieser mir bekannten Situation nicht bei meiner Familie sein zu können, stellte für mich eine weitere sehr große Belastung dar. Mit einem früheren Fanslogan des VfB Stuttgarts 1893 e.V. machte ich mir allerdings immer wieder Mut und Hoffnung. „Kämpfen und Siegen, niemals Aufgeben! Kämpfen und Siegen."

Der Heilungsprozess verlief bei unserer Tochter glücklicherweise komplikationsfrei, zeitnah konnten die beiden das Krankenhaus wieder verlassen.

In meiner Zelle verfolgte ich täglich in den Nachrichten die aktuellen Berichterstattungen zu den in Wuhan neu aufgetretenen COVID-19-Viren. Meine Einschätzung war es, dass die Viren im Laufe der Zeit auch irgendwann bei uns in Deutschland ankommen würden. Mittlerweile hatte ich verschiedene andere Strafgefangene auf meinem Flügel kennengelernt, wir unterhielten uns über die verschiedensten Thematiken und verbrachten je nach Lust, Laune und Wetter zusammen Zeit im Hof. Drogendealer, Drogenkonsumenten, Betrüger, Einbrecher, Diebe und noch viele andere Tätergruppierungen waren in Bruchsal vertreten. Die Justizvollzugsanstalt Bruchsal zählt als ein Hochsicherheitsknast in Baden-Württemberg. Um einem Fluchtversuch zum Beispiel per Hubschrauber vorzubeugen sind über dem gesamten Hofbereich dicke Strahlseile gespannt. Eine Landung oder ein anderes Flugmanöver ist dadurch nicht möglich. Ein lebenslänglich verurteilter Gefangener berichtete mir über bewaffnete Bedienstete, welche es bis vor ein paar Jahren noch während des Hofgangs gegeben haben soll.

An einem Freitagnachmittag kamen zwei Bedienstete zu mir in die Zelle. Es wurde mir eröffnet, dass ich über das bevorstehende Wochenende in eine Zweimannzelle umziehen müsse. Ich wollte natürlich wissen, wie es zu dieser Entscheidung kam, da ich ja mittlerweile schon seit über zwei Wochen alleinig untergebracht gewesen war. Die Aussage der Bediensteten lautete kurz und knapp: „Draußen macht sich jemand Sorgen um Sie."

Ich fragte nach: „Meine Ehefrau?"

„Ja", lautete die Antwort eines der beiden Beamten. Nach meinem gefolgten telefonischen Kontakt zu meiner Frau wurde bekannt, sie habe sich gar nicht an die Anstalt gewandt. Das ganze Wochenende machte ich mir Gedanken darüber, warum mich die Bediensteten angelogen hatten.

Montags gleich in der Frühe wurde ich zum Krankenrevier geführt. Der Anstaltsarzt informierte mich über den ausführlichen Bericht der Amtsärztin vom Gesundheitsamt im Landratsamt Ludwigsburg. Genau diese Ärztin hatte befürchtet, dass ich in einen Unterzucker fallen könne und dies würde logischerweise in einer Einzelzelle dann niemand bemerken. Allerdings hätte die Amtsärztin nach unserem Gespräch wissen müssen, dass ich noch nie an einer Unterzuckerung litt, zumal es auch durch meine reinen oralen Antidiabetika gar nicht möglich gewesen wäre. Der Anstaltsarzt war aber auch der Ansicht, dass mein Zucker deutlich besser eingestellt werden muss. Die Zuckereinstellung inkl. der Überwachung konnte er allerdings nicht innerhalb der Justizvollzugsanstalt Bruchsal leisten. Sein Vorschlag war es, mich in das mir bekannte Justizvollzugskrankenhaus Hohenasperg, welches sich in meinem Heimatlandkreis befand, zu verlegen. Denn durch meine Arbeit im Rettungsdienst war ich hier schon ein paar male dienstlich gewesen. Ich stimmte der Verlegung mit der Hoffnung zu, von dort dann nach Ulm verlegt zu werden.

Schon am nächsten Tag wurde ich per Einzeltransport nach Asperg gefahren. Vor der Abfahrt in Bruchsal wurden mir Handschließen angelegt, ich sagte zur Beamtin: „Ich werde nicht abhauen, wir können die Handschließen auch weglassen."

Sie meinte aber, es sei Vorschrift, so zu verfahren.

Zum ersten Mal in meinem Leben fühlte ich mich wie ein Schwerverbrecher. Der Transport erfolgte in einem kleinen VW-Bus der Justiz. An jeder roten Ampel zog der Bus die Blicke der Mitbürger*innen wahrhaftig magnetisch an. Getreu dem Motto, es war, wie bei einem Verkehrsunfall es ist schlimm, aber hinsehen muss man trotzdem … Ich dachte mir allerdings, es kennt mich ja sowieso niemand, und nahm die Situation gelassen. Den Fahrweg von Bruchsal nach Asperg kannte ich auswendig, insbesondere durch meine damalige Gruppenführerausbildung an der Landesfeuerwehrschule Baden-Württemberg war ich diesen Weg schon des Öfteren selbst in Richtung Heimat gefahren.

Nach fast einer Stunde Autofahrt erreichten wir das Ortschild von Asperg. Das Justizvollzugskrankenhaus befindet sich auf dem Hohenasperg, einem Berg, welcher nördlich vom Stadtzentrum liegt. Durch die sehr enge Zufahrt ging es zum Haupttor. Meine Papiere wurden zur Anmeldung an der Torwache abgegeben, anschließend öffnete sich das Tor und wir fuhren auf das Gelände ein. In der Kammer galt es, Krankenhauskleidung anzuziehen. Eine Bedienstete begleitete mich von der Kammer über das Gelände. Im Neubau kam ich auf die Station für Innere Medizin, dort wartete bereits die aufnehmende Ärztin auf mich. Nach einem Aufnahmegespräch durfte ich mein Krankenzimmer beziehen. Ich war erstaunt, ein großes Zimmer mit angeschlossenem Badezimmer inkl. WC und Dusche. Ein großer Flachbildfernseher hing ebenfalls an der Wand. Da ich Nichtraucher bin, hatte ich Glück, denn es handelte sich um ein Zweibettzimmer. Die Raucherzimmer waren teilweise mit bis zu sechs Patienten belegt. Mein Zimmernachbar war ebenfalls vor einigen Tagen aus Bruchsal nach Asperg verlegt worden. Im Krankenhaus Bruchsal hatte man ihm ein neues Kniegelenk implantiert, für Reha-Maßnahmen dann jedoch nach Asperg verlegt. Er war ein älterer Herr mit badischem Akzent. Während meiner Zeit in Bruchsal hatten wir uns allerdings noch nie gesehen. Verurteilt war er wegen Mord an einem, so sagte er, „Einbrecher in seiner Kneipe“, irgendwo nahe Mosbach. Auch wir verstanden uns trotz des Altersunterschieds gut. Er konnte mir auf Grund der Hafterfahrung auch einige weitere nützliche Tipps im Hinblick auf den Justizvollzug geben. Die Situation war wie in einem „normalen" Krankenhaus, lediglich gab es Gitter an den Fenstern sowie die Betonmauer, welche sich um die verschiedenen Gebäudeteile herumzog. Laut geltender Strafvollzugsgesetze hatte ich auch hier ein Anrecht auf mindestens eine Stunde Hofgang am Tag. Während des Hofgangs war ich überwiegend alleine mit einem/einer Beamten*in unterwegs, denn die anderen Patienten wollten oder konnten krankheitsbedingt die Stunde im Hof nicht nutzen. Mit einem Bediensteten unterhielt ich mich sehr offen über die Dinge des Lebens. Er erklärte mir auch, dass in einem Gebäudekomplex ausschließlich psychiatrische Patienten*innen untergebracht waren. Unter anderem auch, dass Beteiligte vom schlimmen Kindesmissbrauchsfall aus Freiburg zur selben Zeit wie ich auf dem Asperg untergebracht waren. „Die harten psychischen Kaliber werden vom Asperg aus dann auch wieder in das normale Leben eingegliedert bzw. es wird versucht diese zu resozialisieren. Sollte es allerdings nicht gelingen oder schon eine Sicherungsverwahrung im Urteil stehen, so werden diese Straffälligen nach Ablauf der Haft durch Gerichtsbeschluss in geschlossenen Einrichtungen untergebracht", erklärte mir der Bedienstete, welcher eine Zusatzausbildung zum Gesundheits- und Krankenpfleger besaß. Im weiteren Verlauf erfolgten bei mir regelmäßige Blutzuckerkontrollen. Es wurde standardgemäß auch ein unauffälliges Elektrokardiogramm (EKG) angefertigt. Außerdem wurden mehrmals verschiedene Blutproben abgenommen und die Medikation der oralen Antidiabetika wurde folgend an die Ergebnisse in der Dosierung angepasst. Mit einer externen Fitnesstrainerin hielt ich alle zwei Tage ein Zirkeltraining im Fitnessraum ab.

Nach meinem dritten Tag im Krankenhaus stellte sich die zuständige Sozialarbeiterin bei mir vor. Ich schilderte ihr meinen bisherigen Haftverlauf und stellte ihr auch die Frage, warum ich nicht direkt von Heimsheim aus nach Ulm gebracht wurde. Dies musste auch sie erst einmal in Erfahrung bringen. „Aus unerklärbaren Gründen der Anstalt in Ulm kam es zu meiner bisherigen Rundreise durch die verschiedenen Anstalten", hieß es dann später von ihr.

Die Sozialarbeiterin hatte sich auf meinen Wunsch hin aber auch schon dafür eingesetzt, mir eine Verlegung direkt von Asperg aus nach Ulm zu ermöglichen. Hierbei musste man allerdings wieder den Fahrplan der Schubbusse beachten. Denn nach Ulm wird nur an Donnerstagen gefahren, daher verblieb ich bis zum darauffolgenden Donnerstag noch im Justizvollzugskrankenhaus Hohenasperg.

Morgens um 05:00 Uhr wurde ich durch einen Krankenpflegebeamten abgeholt, vor dem Gebäude war schon ein Mercedes Sprinter der Justiz für die Fahrt bereitgestellt. Da sich innerhalb des Sprinters kleine abschließbare Abteile befanden, wurde zur Freude aller Passagiere auf die Handschließen verzichtet. Zusammen mit einigen Frauengefangenen fuhr ich zunächst in die JVA Stammheim. Nach einem Umsteigeaufenthalt von nur wenigen Minuten konnte ich in den eingefahrenen großen Reisebus der Justiz umsteigen. Durch meinen Fensterplatz verfolgte ich die Route genauestens. Es war ein Heimspiel für mich, denn über die B27 bei Kornwestheim ging es Richtung Remseck, meinem ursprünglichen Wohnort. Über die Neckarbrücke hinweg konnte ich unser Haus sehen. Sofort flossen mir die Tränen ich dachte nur an meine Frau, Tochter, Emma und meine Großmutter. Die Fahrt führte mich weiter an Waiblingen vorbei auf die Bundesstraße in Richtung Schwäbisch Gmünd. Im Frauenknast in Schwäbisch Gmünd war der erste Halt unserer Busfahrt geplant. In Schwäbisch Gmünd befindet sich ein reiner „Frauenknast“. Die Frauen stiegen aus und wir anderen Fahrgäste wurden in einen Aufenthaltsraum vergleichbar mit einem Warteraum verbracht. Nach einer Pause von dreißig Minuten setzten wir unsere Fahrt fort. Weiter ging es in Richtung Aalen, wo wir dann auf die Autobahn A7 in Richtung Ulm auffuhren. Mitten in der Ulmer Innenstadt rangierte der Busfahrer durch eine sehr enge Zufahrt rückwärts in die Justizvollzugsanstalt ein. Mein erster Eindruck war, das kann nicht der offene Vollzug sein. So war es auch, denn wir hielten zunächst an der Außenstelle der Anstalt im Frauengraben, direkt gegenüber des Ulmer Landgerichts. Hier ist die U-Haft sowie die Kurzhaft mit angrenzendem Freigängerheim untergebracht.

Durch einen freundlichen Bediensteten mit albschwäbischem Akzent wurde ich erneut in einen Warteraum verbracht. Mit der Zeit kamen noch weitere Busse an. Denn Ulm ist das Justizbusdrehkreuz zwischen Bayern und Baden-Württemberg. Ein Bus kam aus Memmingen, ein weiterer aus Heimsheim mit Umsteigern an Bord. Zu mir in den Warteraum kamen zwei Strafgefangene aus Heimsheim. Dennis kam zuvor aus der Anstalt in Rottenburg am Neckar über Heimsheim nach Ulm gefahren. Rainer kam direkt aus Heimsheim, denn hier hatte er sich zu seinem Haftantritt zuvor gestellt. Die beiden waren bereits mehrfach zuvor inhaftiert gewesen. Rainer unter anderem wegen Diebstahl und mehrfachem Fahren ohne Fahrschein mit der S-Bahn.

Es vergingen ein paar Stunden, bis wir mittels eines VW-Busses in die Hauptanstalt in die Talfinger Straße 30 in Ulm gefahren wurden. Beim Ausladen meines Gepäcks stellte ich zahlreiche Kartons, auf welchen mein Name geschrieben stand, fest. Zunächst wusste ich gar, nicht was sich darin befand. Erst beim Öffnen der Kartons in der Kammer kam die freudige Erkenntnis, von der Anstalt in Bruchsal wurde mein kompletter Einkauf über Asperg nach Ulm mitgeliefert. Vor meiner Verlegung nach Asperg hatte ich ja noch meinen Einkauf in Bruchsal bestellt. Oleg hatte davon allerdings nun nichts abbekommen.

Wie ich mit der Zeit feststellen konnte, war der Einkauf für viele Gefangene die spannendste Unterbrechung des Knastalltags. Allerdings nicht für alle, denn es gab zwei „Klassen“ von Gefangenen – die einen hatten Einkauf, die anderen hatten keinen. Die „begüterten“ Gefangenen wurden zum Einkauf in der Regel 14-tägig durch einen Lizenznehmer von EDEKA beliefert. Teilweise gab es auch Sonderangebote. Mit einer Warenliste plante man seinen Einkauf bereits eine Woche zuvor, die Bestellung erfolgte dann mittels Bestellschein durch die Anstalt. Beim Einkauf sollte man auch immer an seine Gesundheit denken und die Mängel des offiziellen Knastessens durch ein paar Vitamine, d.h. frisches Obst und Gemüse, ausgleichen. Man bekam zwar im Knast normalerweise ausreichend zu essen, eher sogar zu viel – und oft war das Essen auch nicht unbedingt schlechter als in einer Firmenkantine oder einer Universitätsmensa. Das Essen war jedoch meist völlig zerkocht und mit sehr viel billigem ungesundem Fett zubereitet. Um das Essen schmackhafter zu machen, kann man mit Pfeffer und Salz schon einiges erreichen oder das Essen durch sonstige Beilagen anreichern.

Nachdem ich in der Kammer meinen Zimmerschlüssel sowie Matratze, Bettdecke, Kopfkissen, Bettwäsche, Teller, Schüssel, Besteck, Kaffeekanne, Kaffeetasse und ein Vesperbrett erhalten hatte, machte ich mich auf die Suche nach meinem Haftraum. Auf dem Schlüsselanhänger stand „125“, daher begab ich mich in den ersten Stock. Als Namensschild steckte am Haftraum 125 nur ein Name: „Hermann Dachs“. Ein sehr helles und großes Zimmer mit Fenster ohne Gitter befand sich vor meinen Augen. Natürlich war es auch ein Nichtraucherzimmer. Während ich meine letzten Kartons aus der Kammer nach oben trug, kamen einige Strafgefangene zunächst vorbeigelaufen und später auf ein erstes Kennenlernen bei mir vorbei. Dieses Prozedere kannte ich ja bereits von meiner Ankunft in Bruchsal. Der Großteil der Strafgefangenen war aber noch in den Betrieben zum Arbeiten wie auch mein Mitbewohner Hermann. Es wurde grundsätzlich versucht herauszufinden, ob der Neuzugang eventuell ein Sexualstraftäter ist, da man diesen gleich abstempeln würde. Ich hatte ja nichts zu verbergen und ging offen mit den Fragen zu meiner Inhaftierung um.

Nachdem ich meinen Kleiderschrank eingeräumt hatte, machte ich mich auf zur Erkundungstour durch das Gebäude. Im Erdgeschoss hingen viele, darunter aber auch veraltete Informationen für die Strafgefangenen in Schaukästen aus. Auch der Fitnessraum sowie die Bücherei und das Krankenrevier befanden sich auf diesem Stockwerk. Im zweiten Stock befanden sich drei Waschmaschinen und

Trockner, um Privatwäsche waschen zu können. Jedes Stockwerk war durch ein Treppenhaus mit seinen zwei Flügeln pro Etage verbunden. In jedem Flügel befand sich eine gemeinsame Dusche sowie eine WC-Anlage mit mehreren Kabinen und Pissoirs. Im Erdgeschoss sowie im ersten Stock befand sich ein Telefonzimmer mit jeweils drei Telefonapparaten. Nach Eingabe von Kontonummer und Pin konnte ich jede beliebige Nummer anwählen, eine vorheriger Freischaltung bedurfte es nicht.

Zurück im Haftraum öffnete sich kurz nach 16:00 Uhr die Zimmertüre, Hermann kam von seiner Arbeit in der Schlosserei zurück in den Haftraum. Er begrüßte mich kurz, wollte aber verständlicherweise zuerst duschen gehen.

Um 16:00 Uhr war auch täglich die Abendessensausgabe, ein täglich wechselndes Vesper aus Wurst, Käse oder auch ab und zu mal einem Fleischsalat oder einer warmen Wurst. Dazu hatte man die Auswahl an Toast, Bauernschnitte oder Vollkornbrot. Jede Woche mittwochs erhielt man einen Liter H-Milch, 14-tägig dienstags Margarine sowie alle vier Wochen eine Packung Früchtemüsli. Es war mir sofort aufgefallen, dass alles anders war, als ich es im geschlossenen Vollzug in Bruchsal erlebt hatte.

Mittlerweile kam auch Hermann aus der Dusche zurück. Wir unterhielten uns ausführlich über den offenen Vollzug. Er führte mich noch einmal durch das Haus und zeigte mir den Briefkasten und das Büro des Vollzugsgruppenleiters. Montag bis freitags ab 17:00 Uhr sowie ab 18:30 Uhr bekam man in diesem Büro seine Post ausgehändigt. Auch die Entscheidungen zu gestellten Anträgen wurden den Strafgefangenen im VGL-Büro eröffnet. Samstags öffnete das Büro des Vollzugsgruppenleiters von 10:00 Uhr bis 11:00 Uhr. An meinem Ankunftstag erhielt ich meine Telefonkarte und aus Kulanz wurden mir sofort 5 Euro Vorschuss auf das Telefonkonto aufgeladen, das natürlich nur nach einer vorherigen Antragsstellung.

Hermann und ich waren auf derselben Wellenlänge. Er kannte sich in vielen Themen, unter anderen auch in der Luftfahrt, sehr gut aus. Lange, bis spät in die Nacht, unterhielten wir uns an den folgenden Abenden, bis wir erschöpft einschliefen. Bevor Hermann nach Ulm kam, war er in Heilbronn inhaftiert gewesen, aber bereits seit 14 Jahren. Ich überlegte mir, mit solch einer Haftstrafe konnte Hermann doch eigentlich nur wegen Mordes verurteilt worden sein? Direkt wollte ich ihn darauf aber auch nicht ansprechen und wartete einfach ab. Am Tag meiner Ankunft in Ulm war Hermann gezwungen, seinen Fernseher auf Grund der Benutzung eines unerlaubten USB-Sticks für die Dauer von 14 Tagen als die daraus folgende Disziplinarmaßnahme abzugeben. Sein Radio durfte er aber glücklicherweise behalten. Unser Musikgeschmack war auch auf einer Wellenlänge. Zusammen lauschten wir dem bunten Musikmix von SWR1 Baden-Württemberg.

Auf jedem Stockwerk stand für alle Strafgefangenen ein öffentlicher Fernseherraum zur Verfügung. Ab und zu schaute ich dort fern, meistens alleine, da die Mehrzahl der Inhaftierten innerhalb kürzester Zeit einen eigenen Fernseher besaß. Im Untergeschoss des Hauptgebäudes befand sich der Fitnessraum welchen man nach einer vorherigen Antragstellung eigenständig nutzen durfte. Die Anstaltsbibliothek befand sich direkt gegenüber des Fitnessraumes. Hier hatte ich dreimal in der Woche die Möglichkeit, diverse Bücher und Spiele auszuleihen. Die Bibliothek umfasste einen Bestand von 3.000 Belletristik- sowie 3.500 Sachbüchern (Stand 03/2021). Unter anderem wurden in der Bibliothek auch die Bücherbestellungen aus der Untersuchungshaft zusammengestellt und dorthin ausgeliefert. Die Bibliothek wurde von einem Strafgefangenen als ein vollwertiger Arbeitsplatz betreut. Neue Werke bekam die Anstaltsbibliothek unter anderem durch Spenden von Außenstehenden oder durch den kirchlichen Dienst der Anstalt, aber immer wieder auch von der externen Suchtberatung zur Verfügung gestellt. Es gab in der Justizvollzugsanstalt Ulm eine evangelische Pfarrerin und einen katholischen Seelsorger. Abwechselnd kamen die beiden wöchentlich für Einzel- und Gruppengespräche in die Anstalt. Immer sonntags fand um 09:00 Uhr der Gottesdienst im Mehrzweckraum der Anstalt statt. Der Gottesdienst wurde im Wechsel durch die Pfarrerin oder den katholischen Seelsorger abgehalten. Auch ich nahm an einigen Gruppengesprächen bzw. an Gottesdiensten der Geistlichen teil.

Als Nachbargebäude gab es noch den sogenannten „Zellenbau“, seinen Namen hat dieses denkmalgeschützte Gebäude auf Grund seiner kleinen 22 Einzelhafträume, welche über zwei Stockwerke verteilt waren. Im Erdgeschoss des Zellenbaus befand sich der Anstaltscomputerraum. Nach meiner Antragsstellung bekam ich einen Computer zugewiesen. Meine Nutzungszeiten entnahm ich einem Stundenplan. Sollte mein zugewiesener Computer aber auch außerhalb meiner Nutzungszeiten nicht belegt sein, so war es mir gestattet, auch dann am Computer zu arbeiten. Im Computerraum befanden sich neun Arbeitsplätze, es waren die klassischen Microsoft Programme Word, Excel und PowerPoint installiert. Einen Internetzugang gab es logischerweise nicht. Fertiggestellte Dateien, welche ich ausgedruckt haben wollte, konnten durch einen Druckantrag angefordert werden. Je nach Dienstplan der zuständigen Bediensteten dauerte der Ausdruck teilweise sehr lange, denn es waren nur zwei Bedienstete für den Anstaltscomputerraum zuständig. Wichtige Fristschreiben schrieb ich deshalb ausschließlich per Hand. Die Kosten für private Ausdrucke beliefen sich auf 0,15 Euro je Seite. Anwalts-, Gerichtspost und Post, welche zur Entlassungsvorbereitung diente, wurde kostenfrei ausgedruckt. Im Zellenbau war ein Telefonapparat für die Strafgefangenen installiert. Die Telefonzeiten waren durch die Justizvollzugsanstalt bestimmt. Außerhalb der Regeltelefonzeiten konnte ich aber sodann nach einer vorherigen Antragsstellung zum Beispiel terminierte Anwaltsgespräche führen. Im Zellenbau war vorteilhafterweise die Telefonanlage jederzeit zugänglich und nicht abgeschlossen, ein Telefonieren war dort bis ins Unendliche möglich.

Die Regeltelefonzeiten waren im Jahr 2020/2021 wie folgt festgelegt.

| | |
|---|---|
| Montag - Donnerstag | 11:00 Uhr – 21:00 Uhr |
| Freitag | 11:00 Uhr – 23:00 Uhr |
| Samstag | 09:00 Uhr – 23:00 Uhr |
| Sonntag | 09:00 Uhr – 21:00 Uhr |

In Ulm hatte auch wie in den meisten deutschen Knästen die Firma Telio das Monopol über die Telefone. Deren überteuerte Preise sind Gegenstand ständiger Kritik durch die Inhaftierten, den meisten Knästen ist das aber meistens egal. Bis Mitte Januar 2021 waren in Ulm die Telefontarife 0,15 Euro/Min. ins Festnetz, 0,25 Euro/Min. ins Mobilfunknetz und 0,01 Euro/Min. für Ortsgespräche. Durch Hermann wurde ich auf eine externe Internetplattform aufmerksam gemacht. Durch eine kostenfreie Anmeldung erhielt ich auf der im Internetportal angegebenen Wohnadresse dann nach einer Überprüfung mittels Freischaltcode eine virtuelle Festnetznummer zugeteilt. Diese Rufnummer konnte ich dann über ein Onlinetool auf eine beliebige andere Telefonnummer umleiten lassen. Die Anmeldung sowie die Einrichtung der Telefonnummer erledigte meine Frau für mich. Nach dem Anmelde- und Freischaltverfahren war auch ich im Besitz einer Ulmer Festnetznummer. Daher konnte ich wie Hermann für nur 0,01 Euro/Min. mit meiner Familie telefonieren. Dieses System wurde mittlerweile von zahlreichen Strafgefangenen genutzt. Höchstwahrscheinlich war auch dies mit einer der Gründe, ein neues Tarifsystem in der Anstalt einzuführen. Die neuen Preise waren 0,05 Euro/Min. ins Festnetz und 0,06 Euro/Min. ins Mobilfunknetz. Die Ortsgespräche für 0,01 Euro/Min. fielen komischerweise komplett weg. In der Justizvollzugsanstalt gab es auch einen regen Verkehr von Mobiltelefonen, was natürlich verboten war und bei einer Feststellung durch die Bediensteten eine Disziplinarstrafe nach sich zog. Manche Knäste haben bereits Störsender installiert, wodurch es dann nicht möglich ist, mit den Handys zu telefonieren. Darüber hinaus gibt es auch Geräte, mit denen man Handys lokalisieren kann.

An Silvester kam durch einen Bediensteten die Durchsage: „Auch die Bediensteten wünschen Ihnen ein gutes neues Jahr, zur Information, das Handynetz ist überlastet.“

In der Neujahrsnacht wurde ein Strafgefangener im Hauptgebäude mit Handy am Ohr erwischt. Einige Wochen später wurde beim selben Strafgefangenen erneut ein Handy während einer routinemäßigen Zellenkontrolle gefunden. Für den Strafgefangenen gab es als Maßnahme die „Ablöse" und die sofortige Verlegung in einen geschlossenen Knast.

Per Brief wandte ich mich an zwei Zeitungsverlage, bei denen ich schon vor der Haft Zeitungsabonnent war. Ich schilderte offen meine derzeitige Situation und bat um ein kostenloses Testabonnement. Von beiden Verlagen bekam ich die erfreuliche Mitteilung, dass ich bis auf weiteres die betreffenden Fachmagazine als kostenfreies Abonnement in die Anstalt bekommen werde.

Sehr schnell lebte ich mich in diesem Knast, welchen man mit einem Männerwohnheim vergleichen kann, ein. In der anstaltsinternen Schlosserei wurde ich zum Arbeiten verdonnert. Da ich allerdings keinerlei handwerkliches Geschick besitze, war es ein unglücklicher Arbeitsplatz für mich. Grundsätzlich herrscht nicht wie teilweise in anderen Bundesländern im Strafvollzug in Baden-Württemberg eine Arbeitspflicht. Es gibt aber einige wenige gesetzliche Freistellungsgründe, die von der Arbeitspflicht befreien. Natürlich wenn man krank ist. Krank ist man aber nur, wenn man vom/von der Anstaltsarzt*in krankgeschrieben wird. Für längere Zeit arbeitsunfähig geschrieben zu werden, erfordert schon einiges an Fingerspitzengefühl – selbst wenn man tatsächlich krank ist. Kurzfristige Krankschreibungen sind schon eher mal zu erreichen. Auf die Ulmer Knastmedizin komme ich später noch zu sprechen. Sobald man ein Jahr im Knast gearbeitet hat, besteht ein Anspruch auf „Zellenurlaub“. Sollte man innerhalb des Arbeitsjahres krank gewesen sein, kann die Anstalt die Zeit der Krankheit bis zu vier Wochen auf das Jahr draufschlagen. Das heißt, wenn man ein Jahr gearbeitet hat und drei Wochen krank war, hat man erst einen Anspruch auf den „Zellenurlaub“ nach einem Jahr und drei Wochen. Für die Arbeitsentlohnung gibt es ein kompliziertes System von Vergütungsstufen und Zulagen. Um den Lohn im Knast zu berechnen, wird zunächst die sogenannte „Bezugsgröße“ errechnet. Das ist das durchschnittliche Jahreseinkommen eines freien/einer freien Arbeitnehmers*in. Die Höhe des Arbeitsentgelts im Knast orientiert sich schließlich an der sogenannten „Eckvergütung“, diese beträgt 9% der „Bezugsgröße“ nach § 18 Sozialgesetzbuch (SGB) IV (Stand 2021 = 39.480 Euro). Die Bezugsgröße gilt in den „alten“ und „neuen“ Bundesländern gleich. Selbst wenn ich die höchste Lohnstufe gehabt hätte, dann käme ich nicht einmal auf die Hälfte einer Lohnsteuerpflicht, die zurzeit ab 1029 Euro berechnet wird (Stand 2021). Von daher zahlte ich als Gefangener auch nur einen Teil zur Arbeitslosenversicherung von 3,25%. Die Beiträge, zum Beispiel für eine Unfallversicherung, wurden vom Land Baden-Württemberg getragen. In eine Rentenversicherung zahlte niemand während der Inhaftierung für mich ein.

Arbeitszeiten in den Arbeitsbetrieben der Justizvollzugsanstalt Ulm:

| Montag - Donnerstag | Freitag |
|---|---|
| 06:48 Uhr – 09:00 Uhr | 06:48 Uhr – 09:00 Uhr |
| 09:15 Uhr – 11:45 Uhr | 09:15 Uhr – 11:45 Uhr |

| | |
|---|---|
| 12:30 Uhr – 16:00 Uhr | 12:30 Uhr – 13:30 Uhr |

Justizvollzug Lohntabelle für Westdeutschland (Stand 2021)

| Lohnstufe | Stundenlohn |
|---|---|
| 1 | 1,44 Euro |
| 2 | 1,69 Euro |
| 3 | 1,92 Euro |
| 4 | 2,15 Euro |
| 5 | 2,40 Euro |

Ausbezahlt bekam ich am Ende eines Monats 3/7 des verdienten Entgelts in bar, welches ich dann zur freien Verfügung hatte. Die ausbezahlten 3/7 plus ein eventuell von außen einbezahltes Sondergeld 1, welches Stand 2021 107,05 Euro betrug, wurde dann von der Anstalt als Kontingent für den Gefangeneneinkauf freigegeben. Die übrigen 4/7 gingen auf ein sogenanntes Überbrückungsgeldkonto, welches für jeden Strafgefangenen laut Strafvollzugsgesetz durch die Anstalt angelegt werden muss. Ab einem angesparten Betrag von 2.131,50 Euro war das Ü-Geldkonto ausgeschöpft (Stand 2021). Sollten aber zwischenzeitlich Pfändungsbeschlüsse bei der Zahlstelle eingegangen sein, dann würde, nachdem das Ü-Geldkonto gefüllt ist, der Anteil von 4/7 gepfändet und an den/die Gläubiger*in überwiesen. Das angesparte Überbrückungsgeld ist jedoch unter Ausnahme von Unterhaltsansprüchen nicht pfändbar. Es soll zur Überbrückung in den ersten vier Wochen nach der Entlassung aus der Haft dienen.

Nach einer zweitägigen Exkursion in die Küche wechselte ich letztendlich in den Unternehmerbetrieb. Dort wurden

Produkte für einen in Ulm ansässigen weltweit bekannten Gartengerätehersteller produziert. Immer mehr Knastbetriebe gehen dazu über, nach modernen Methoden des Antreibens zu arbeiten. Eine Art, die Gefangenen gegeneinander arbeiten zu lassen, ist das gemeinsame Pensum, das heißt, mehrere Gefangene erhalten für ein tägliches gemeinsames Pensum die gleiche Entlohnung pro Person. In dem, was die einzelnen Gefangenen in dieser Gruppe leisten, wird es nun gewisse Unterschiede geben. Es gibt ja immer welche, die um jeden Preis auf ein hohes Pensum kommen wollen, um ein paar Euro mehr zu bekommen. Das sind dann diejenigen, die die anderen dazu antreiben, mehr zu arbeiten, um das sowieso schon hochgetriebene Pensum zu erfüllen und überzuerfüllen. Das Pensum wird auf diese Weise immer höher getrieben. Wer nicht so viel arbeiten will, wird entfernt, und es kommen Gefangene nach, die das hochgetriebene Pensum für „natürlich“ halten, weil man ihnen erklärt, dass ihre Vorgänger ja „auch so viel“ geschafft haben.

Auch in der Justizvollzugsanstalt Ulm war die Arbeit im Unternehmerbetrieb im Akkord organisiert. Die Arbeitsvorgänge sind in kleinste Einzelabschnitte zerlegt, zum Teil wird auch als sogenannte Produktionsstraße gearbeitet. Um den Arbeitsablauf nirgendwo stocken zu lassen, wird gewöhnlich Zeit, die jeder einzelne braucht, um den Teil der Arbeit zu verrichten, mit der Stoppuhr gemessen. Man errechnet dann, wie man die Produktionsstraßen besetzen muss, um den Fluss der Arbeit in Gang zu halten und keine Pausen durch Engpässe bei einem besonders schwierigen Teil entstehen zu lassen.

Bereits nach wenigen Monaten wurde ich von den Meistern als Kontrolleur (Vorarbeiter) im Unternehmerbetrieb eingesetzt. Meine Vergütung erfolgte sodann in Stundenlohnbasis und ohne Pensum in der Lohnstufe 4. Durch die Tätigkeit als Kontrolleur änderten sich auch meine Arbeitszeiten. Um das fertige Material für den Versand bereitzustellen, begann ich dann täglich schon um 05:45 Uhr zu arbeiten. Als Kontrolleur hatte ich einen tiefen Einblick in die Abläufe und Stückzahlen, welche täglich durch eine Spedition im Auftrag des Gartengeräteherstellers abgeholt wurden. An einem Beispielprodukt erkennt man, wie günstig für solch ein Unternehmen die Produktion in einer Justizvollzugsanstalt sein kann. Im Unternehmerbetrieb fertigten wir unter anderem sogenannte „Reparatoren“ an. Diese nutzt man, um ein Loch in einem Gartenschlauch zu reparieren. Um sich ein Bild davon machen zu können, lautet die Herstellerartikelnummer 18232, welche über Suchmaschinen im Internet zu finden ist. Der Verkaufspreis in Baumärkten lag für dieses Produkt bei +/- 4,99 Euro. Auf einer vollständigen Europalette befanden sich zwölf Kisten mit einem Inhalt von jeweils 900 Stück der Reparatoren. Der Versand einer Europalette ergab also 10.800 Stück der Reparatoren. Das errechnet einen Warenverkaufswert von 53.892 Euro pro Palette. Die Strafgefangenen hatten bei diesem Produkt ein vorgeschriebenes Pensum von 300 Stück in der Stunde zu erreichen bei einem Stundenlohn von nur 1,69 Euro. Um das Pensum von 100% an einem Arbeitstag (Mo-Do) zu erreichen, waren mindestens 2.520 dieser Reparatoren anzufertigen. Eine Frechheit! Vor allem erlitt man bei diesem ausschließlich mit der Hand gedrehten Produkt schnell Blasen an den

Fingern. Ich weiß nicht, ob es den Unternehmen bekannt ist, unter welchen Bedingungen im Knast produziert wird. Dennoch glaube ich, ein schlechtes Gewissen haben die Firmen auf Grund der erschwinglichen Produktionskosten sowieso nicht. Es zählt alleinig der Ertrag.

Abgesehen vom Unternehmerbetrieb gab es in der Justizvollzugsanstalt Ulm noch weitere eigenständige Werksbetriebe, z.B. eine Schlosserei, welche überwiegend die Metallgrundgestelle für die Büromöbelproduktion der Schreinerei anfertigte. Es wurden aber auch CNC-Auftragsarbeiten für externe Unternehmen als Lohnarbeit angeboten. In der Schreinerei wurden vornehmlich für Gerichte, Ministerien und Firmen Büromöbel sämtlicher Art produziert. Auf Kundenwunsch wurden die kostspieligen Möbel mithilfe Strafgefangener, welche bereits zu Vollzugslockerungen berechtigt waren, im Beisein eines Bediensteten zum Kunden ausgeliefert. Des Weiteren gab es eine Kfz-Waschhalle, dort war allerdings nur ein Strafgefangener beschäftigt. Da es bei dieser Arbeit insbesondere um die Sicherheit von Kraftfahrzeugen geht, konnte nur ein vertrauensvoller Strafgefangener für diese Arbeit infrage kommen. Die Hauptaufgabe des Gefangenen war die Pflege sämtlicher Dienstfahrzeuge der Justizvollzugsanstalt Ulm. Auch kleinere Wartungsarbeiten wie zum Beispiel ein Lampenwechsel wurden durchgeführt. Für die Bediensteten bot die Anstalt gegen die Bezahlung von wenigen Euro eine Wagenwäsche inkl. Innenreinigung und auf Bedienstetenwunsch eine Behandlung mit Handwachs gegen Aufpreis an. Als eine weitere Bequemlichkeit konnten die Bediensteten ihre Autoreifen im Keller der Justizvollzugsanstalt kostenfrei einlagern. Durch den Strafgefangenen in der Waschhalle wurden saisonweise die Reifen an den Dienst- und Privatfahrzeugen dann klassisch mittels Wagenheber gewechselt. Ich stellte mir die Frage, versteuern die Bediensteten diese zur Außenwelt vergleichbar billigen Leistungen denn auch als geldwerten Vorteil?

Durch meine Recherche zum Strafvollzug in Baden-Württemberg wurde ich auf einen lokalen Zeitungsartikel aufmerksam. „Gefangene erzielen hohe Gewinne." In den Werkstätten des Vollzuges arbeiten im Land 4665 Personen. In Ulm wird die Hälfte des Gewinns erwirtschaftet. In den Gefängnissen im Land gibt es etwa 70 Handwerksbetriebe und rund 80 Unternehmerbetriebe, die organisatorisch in einem Landesbetrieb zusammengefasst sind, zu dem auch die verschiedenen Einrichtungen der Justizvollzugsanstalt Ulm gehören. Gerade im offenen Vollzug in Ulm spielt dieser Faktor eine wichtige Rolle, und zwar auch finanziell. Denn allein in Ulm wird mit 1,4 Millionen Euro Überschuss mehr als die Hälfte des Gewinns im ganzen Land erwirtschaftet, der bei 2,7 Millionen Euro liegt. Im Wesentlichen gibt es in Ulm eine Schreinerei, die für viele Behörden und Landesämter die Büromöbel herstellt. Neben Standardlösungen werden aber auch individuelle Lösungen und Sonderanfertigungen angeboten. Als Zweites gibt es eine Schlosserei, die nicht nur in Zusammenarbeit mit der Schreinerei Büromöbel fertigt, sondern auch weitergehende Schlosser- und Schweißerarbeiten anbietet. Als drittes Standbein sind sowohl in der Hauptanstalt an der Talfinger Straße als auch in der Nebenstelle am Frauengraben zwei Unternehmerbetriebe angesiedelt. In der als „verlängerte Werkbank" der Wirtschaft bezeichneten Kooperation werden mit Betriebsmitteln der Unternehmer unterschiedliche Lohnarbeiten durchgeführt. Laut einer Mitteilung des Justizministeriums sind in Ulm derzeit von 350 Inhaftierten etwa 220 Gefangene beschäftigt, die einen Umsatz mit externen Kunden von rund 4,2 Millionen Euro erwirtschaften. Auf ganz Baden-Württemberg gerechnet sind insgesamt 4665 Gefangene im Arbeitsbereich. Der Gesamtumsatz liegt bei 35,9 Millionen Euro- im Vergleich dazu sind es in Bayern 39,9 Millionen Euro.

„In unseren Gefängnissen soll nicht einfach Zeit abgesessen werden, wir wollen die Gefangenen auf ein Leben in Freiheit und Selbstverantwortung vorbereiten", sagt Justizminister Guido Wolf. (aus der Südwestpresse, vom 29.04.2019)

Nach meinen Erlebnissen muss man die Arbeit hinter der Mauer leider als eine moderne Form der Sklaverei bezeichnen! Dass im Knast auch die geltenden Unfallverhütungsvorschriften nicht immer eingehalten werden, ist mir schon unmittelbar während meines ersten Arbeitstags in der Schlosserei aufgefallen. Beispielsweise waren an den vier CNC-Maschinen sowie an der Drehbank die Sicherheitskontakte bei den Türöffnungen überbrückt. Es war dadurch möglich, während die Maschinen im Programm gelaufen sind, deren Türen zu öffnen. Eigentlich dient diese Schutzvorkehrung dazu, dass die Maschinen bei einer Türöffnung sofort anhalten müssen. An mehreren Standbohrmaschinen stellte ich fest, dass das vorgeschriebene Plexiglas, welches zum Schutz vor herumfliegenden Metallspänen angebracht sein muss, abmontiert war. Eine persönliche Maschinenunterweisung durch die Meister erfolgte ebenfalls nicht. Lediglich wurden in allen Arbeitsbetrieben, in welchen ich in Haft gearbeitet habe, ein Unterschriftenblatt und Betriebsanleitungen vorgelegt. Als Feuerwehrgruppenführer schaue ich schon automatisiert auf Brandschutzmaßnahmen in Gebäuden, in welchen ich mich aufhalte. Mit Bedauern stellte ich fest, dass gekennzeichnete Fluchtwege und Feuerlöscheinrichtungen oftmals durch Paletten versperrt waren. Im Ernstfall wäre ein schnelles ungehindertes Durchkommen zum Notausstiegsfenster nicht möglich gewesen. Im Vorraum des Krankenreviers befand sich ein an der Wand hängender Defibrillator für Ersthelfer. Allerdings war die Türe, um von außen an diesen Defibrillator zu gelangen regelmäßig abgeschlossen. Im Umkehrschluss müsste im Notfall zunächst durch die Strafgefangenen die Rufanlage betätigt werden, um die Bediensteten über den Notfall zu informieren. Ein/e Amtsträger*in muss dann mittels Schlüssel einen Zugang zum Defibrillator verschaffen. Das kann man sich in der heutigen Zeit, in welcher man weiß, dass bei einem Herzstillstand jede Sekunde zählt, nicht vorstellen. Ein Unding! Verwundert war ich darüber, dass in sämtlichen Hafträumen der Strafgefangenen wenigstens private Rauchwarnmelder angebracht waren.

Nachdem mit dem Bauamt der Stadt Ulm eine Begehung in den Räumlichkeiten der Justizvollzugsanstalt stattfand, standen gefühlt endlose Bauarbeiten an. Im Zellenbau wurden neue Brandschutztüren eingebaut. Die eingebauten F60-Türen sollten im Brandfall mindestens 60 Minuten lang standhaft bleiben. Zudem wurden weitere Brandschutzmaßnahmen in Form von u.a. einer Rauchabzugsanlage im Zellenbau installiert.

## Überwiegend nur Millionäre um mich herum!

Auf Hermanns Rat hin hatte ich gleich am Tag meiner Ankunft einen Antrag auf einen Einzelhaftraum gestellt. Die Wartezeit auf einen Einzelhaftraum konnte je nach Auslastung der Justizvollzugsanstalt bis zu acht Monate andauern.

Für Hermann war es endlich so weit, er durfte in den benachbarten Zellenbau umziehen. Mittlerweile hatte mir Hermann ein wenig von seiner begangenen Straftat erzählt. Hermann hatte seine Ehefrau ermordet. Für Außenstehende hört sich das vielleicht brutal an, aber beim Anblick von Hermann und nach mehrfachen konstruktiven Unterhaltungen mit ihm würde man niemals auf die Idee kommen, er sei ein verurteilter Mörder. Makaber an seiner Person war jedoch, dass er weiterhin seinen Ehering trug. An der Wand im Haftraum hing auch ein Bild seiner verstorbenen Ehefrau. Daneben klemmte eine Postkarte mit dem Aufdruck: „Das wäre geschafft"…

Nach Hermanns Umzug bewohnte ich den für drei Gefangene ausgelegten Nichtraucherhaftraum für zwei Wochen alleine. An einem Donnerstag im März zog dann Günter zu mir in den Haftraum ein. Günter war ein nicht gut zu Fuß gehender circa 55-jähriger gepflegter, adipöser Strafgefangener. Günter kam per Schubbus über Heimsheim aus der Justizvollzugsanstalt Schwäbisch Hall. Nachdem er sich zum Haftantritt in Schwäbisch Hall stellen musste, verlegte man ihn nach kurzer Zeit in die Justizvollzugsanstalt Ulm. Günter war ebenfalls zum ersten Mal inhaftiert. Mein erster Eindruck von ihm war: ein ruhiger geselliger Kerl. Exakt wie Hermann sich an meinem Ankunftstag Zeit genommen hatte, nahm ich mir die Zeit für

Günter und führte ihn durch das Vollzugsgebäude. Bevor es bei Günter zum Haftantritt kam, war er jahrelang in der Lebensmittelindustrie tätig gewesen. Auf Grund einer Verkettung unglücklicher Umstände wurde er wegen Betrug zu seiner Haftstrafe verurteilt. Günter war verheiratet und Vater zweier schon älterer Kinder. Wir verstanden uns auf Anhieb sehr gut.

Am darauffolgenden Tag öffnete sich nach dem Mittagessen unsere Haftraumtüre. Ein älterer Herr, schätzungsweise knappe 70 Jahre alt, streckte sein mit weißem Haar bewachsenes Haupt zu uns ins Zimmer hinein. Bevor er überhaupt „Hallo" sagte oder sich uns vorstellte war seine erste Frage mit westfälischem Dialekt an uns: „Seid ihr auch wegen Betrug hier?"

Wir stellten uns ihm zunächst vor und bejahten anschließend seine Frage. Er stellte sich uns als Wolfgang vor, wohnhaft sei er auf einem großen luxuriösen Anwesen in der Nähe von Illertissen gewesen. Allerdings befand sich sein Anwesen auf der Baden-Württembergischen Seite der Iller und deshalb war die Justizvollzugsanstalt Ulm für Wolfgang zuständig. Da haben wir ja einen komischen Vogel zugeteilt bekommen, dachte ich mir.

Kurze Zeit später kam ein anderer Strafgefangener auf einen Besuch in unserem Haftraum vorbei. Wolfgang kannte unseren Gast komischerweise schon. Günter und ich wurden von den beiden aufgeklärt, denn Wolfgang war bereits im vorherigen Jahr für eine kurze Zeit in Ulm inhaftiert gewesen. Wolfgang war laut seinen Angaben allerdings kurz vor Weihnachten 2019 entlassen worden.

„Gestern war ich noch zur Untersuchung als Privatpatient in der Berliner Charité", berichtete uns Wolfgang protzig.

„Auf Grund eines Anrufs meines Bekannten, welcher bei der Polizei arbeitet und mir mitteilte, es liegt ein Haftbefehl gegen mich vor, fuhr ich heute Morgen zurück an mein Anwesen. Dort hat man mich dann verhaftet“, so Wolfgang mit überzeugender Tonlage. Am Abend erzählte uns Wolfgang dann von seiner Ehefrau, welche ein „hohes Tier“ in einem Finanzministerium war. Zu diesem Zeitpunkt war sie aber dabei, ihr Büro wegen der bevorstehenden Pensionierung zu räumen. Laut Wolfgangs Reden war seine Ehefrau zudem eine sehr bekannte Autorin für Prüfungsunterlagen der Steuerberater*innen im Land gewesen. Als ich mich mit Günter alleine im Haftraum aufhielt, begannen wir über Wolfgang zu plaudern. Unser beider Ansicht nach erzählte uns Wolfgang nur Märchengeschichten. In den weiteren Wochen mussten wir uns notgedrungen zahlreiche teilweise auch widersprüchliche Geschichten von Wolfgang anhören. „Ich habe eine Million Euro und meine Frau zwei Millionen Euro auf der Bank zur Verfügung. Ich unterstütze auch Günter gerne beim Aufbau einer Selbstständigkeit nach seiner Haft“, so Wolfgang.

Nachdem Wolfgang bemerkt hatte, dass ich an Diabetes litt, äußerte er regelmäßig „kluge“ Belehrungen zur Ernährung. Er leide ja selbst schon jahrzehntelang an selbiger Krankheit und achte deshalb sehr auf seine Ernährung.

Regelmäßig beobachtete Günter und ich allerdings das Verzehren von u.a. Süßigkeiten, Kuchen oder Nussnougatcreme bei Wolfgang. Letztendlich stellte Wolfgang bei der Anstaltsküche einen Antrag auf vegetarisches Essen. Von diesem Moment an nannten Günter und ich ihn nur noch „Veggie-Wolle“. Erstaunlicherweise hatte Wolfgang auch fast an jedem Sonntag einen Telefontermin mit seinem

Rechtsanwalt. Wolfgang war ein Lügner, wie es im Buche steht. Solche von sich überzeugten Kandidaten gab es in der Justizvollzugsanstalt wie Sand am Meer. Laut der eigenen Angaben dieser Strafgefangenen hatten sie in der Freiheit nicht am Arbeitsleben teilnehmen müssen, denn sie hatten alle mehrere Millionen Euro auf ihren zum Teil schon gepfändeten Bankkonten liegen und besaßen zudem zahlreiche teure Autos. Erstellt man eine neue Statistik über die reichsten Deutschen, dann wären die mir bekannten Strafgefangenen mit Sicherheit weit voraus auf den ersten Rängen wiederzufinden. Ironie aus!

Wiederholend war es für mich eine regelrechte Gaudi, mit anzuhören, wenn es bei den Gesprächen um das Thema der Entlassung bzw. die vollzugsöffnenden Maßnahmen oder aber den Wechsel ins Freigängerheim ging. Jeder der Strafgefangenen nannte mir ein für ihn anderes, mir aber unbekanntes geltendes Gesetz, welches allerdings nur bei demjenigen Anwendung fand. Laut des geltenden Strafgesetzbuches (StGB) gibt es nur ein paar begrenzte Möglichkeiten für eine bedingte Entlassung aus der Strafhaft. Geregelt ist das Ganze unter anderem im § 57 Strafgesetzbuch. Die vorzeitige Entlassung erfolgt nur auf Bewährung, das heißt, es können Auflagen und Weisungen erteilt werden – ebenso ist ein Widerruf der Bewährung bei Verstößen gegen die Auflagen durch ein Gericht möglich. Einen Antrag auf zum Beispiel die Halbstrafe ist an die für die Justizvollzugsanstalt Ulm zuständige Strafvollstreckungskammer am Landgericht Ulm zu richten. Die Kammer fordert dann eine Stellungnahme der Justizvollzugsanstalt sowie der einweisenden Staatsanwaltschaft an. Man kann die Halbstrafe bekommen, wenn man sich zum ersten

Mal in Haft befindet und die Strafe zwei Jahre nicht übersteigt oder die Gesamtwürdigung der Tat und Persönlichkeit sowie der Entwicklung im Vollzug ergibt, dass besondere Umstände vorliegen. Zudem müssen mindestens sechs Monate der Strafe verbüßt sein. Beim Antrag auf die Zweidrittelentlassung gilt dasselbe Prinzip wie beim Antrag auf die Halbstrafe. Jedoch müssen mindestens zwei Monate der Strafe verbüßt sein, dass heißt, bei ganz kurzen Freiheitsstrafen geht das nicht, gleiches gilt auch für Ersatzfreiheitsstrafen. Diese kann man jedoch jederzeit durch die Bezahlung der noch offenen Strafe beenden. Ein Reststrafengesuch kann man jederzeit beantragen, sobald der Antrag auf eine Zweitdrittelentlassung durch die Kammer abgelehnt wurde. Man muss dabei aber beachten, dass das Gericht hier eine Sperrfrist von bis zu sechs Monaten festsetzen kann. Als Vorgehensweise gilt hier dasselbe wie bei der Zweidrittelentlassung. Dann gibt es noch die Möglichkeit, ein Gnadengesuch zu stellen. Solch ein Gesuch kann man jederzeit stellen. Entschieden wird dies in Baden-Württemberg durch den amtierenden/die amtierende Ministerpräsident*in. Jedoch wurde die Prüfung der Gnadengesuche an die zuständigen Stellen innerhalb der Staatsanwaltschaften abgegeben. Sollte man wegen eines Staatsschutzdeliktes inhaftiert sein, so stellt man das Gnadengesuch an den/die Bundespräsident*in. Bei Gnadengesuchen müssen ganz ungewöhnliche Gründe, insbesondere außerordentliche Härten für die Gefangenen und/oder ihre Familie, vorliegen, ansonsten werden sie das Gesuch ablehnen und auf die anderen Möglichkeiten der Strafaussetzung verweisen. Die Mehrzahl meiner Mithäftlinge war nicht durch eine/n Verteidiger*in mit dem Fachgebiet Strafvollzug vertreten. Da es in der Strafvollstreckung keine allgemeine Prozesskostenhilfe gibt, trägt man die Kosten für eine/n Verteidiger*in selbst. Nur in wenigen Fällen kann man zum Beispiel bei Anträgen zur gerichtlichen Entscheidung eine solche Hilfe bewilligt bekommen. Ich sah mich ebenfalls nach einer anderen Anwaltskanzlei um, da mir der bisherige Pflichtverteidiger Herr G. kein Vertrauen mehr schenkte. Ich ließ mir verschiedenen Kanzleiadressen in Ulm und dem Großraum Stuttgart zusenden. Schließlich entschied ich mich für die Rechtsanwältin Lisanne Bühler aus Stuttgart. Prompt stellte sie sich mir persönlich bei einem Besuch in der Justizvollzugsanstalt vor. Durch Herrn Rechtsanwalt G. wurde mir indessen noch mitgeteilt, er habe vom Polizeirevier Ulm Informationen über weitere Ermittlungsverfahren gegen mich erhalten. Die von Herrn G. mir genannten Aktenzeichen übergab ich zur weiteren Bearbeitung allerdings an meine neu gewählte Rechtsanwältin. Bei der zuständigen Staatsanwaltschaft hatte sie sich ebenfalls als neue Verteidigerin legitimiert. Der erste Eindruck war für mich: eine Anwältin mit Kompetenz und Erfahrung im Straf- und Strafvollzugsrecht.

Meiner Ansicht nach war eine sehr große Problematik innerhalb der Justizvollzugsanstalt, die verbreiteten Geschichten und Unwahrheiten über andere Strafgefangene. Diese Geschichten wurden blitzschnell wie eine Art „stille Post“ unter den Strafgefangenen weiterverbreitet. Dies war auch eigentlich die einzige Möglichkeit, den Mitgefangenen zu imponieren, getreu dem Motto: „Ich weiß etwas über …“ selbstverständlich kam es durch die Übermittlung falscher Tatsachen des Öfteren zu Meinungsverschiedenheiten unter den Beteiligten. Ein weit verbreiteter Trend war es auch, neue Geschichten über die Bediensteten ins Leben zu rufen, jedoch völlig sinnlos und ohne einen Beweis dafür gehabt zu haben. Der Bedienstete Poschner war dann plötzlich von seiner Frau geschieden oder aber die Psychologin wurde mit dem Anstaltsleiter beim Geschlechtsverkehr erwischt. Solche Geschichten prägten leider oft den Haftalltag.

Einige Bedienstete wurden von Günter und mir mit Spitznamen versehen. Es gab zum Beispiel einen Bürokraten mittleren Alters, welcher generell zu spät bei der abendlichen Postausgabe erschien und diese auch stets vorzeitig beendete. Günter und ich nannten ihn auf Grund seiner roten Nase, welche auf einen enormen Alkoholgenuss hinwies, „Spriti". Bei einer Zählung auf Vollständigkeit, die jeden Abend außer am Wochenende um 21:00 Uhr stattfand, kam Spriti in unseren Haftraum. Er schaute kurz und sagte seinem Kollegen: „Alle vier sind da." Wir waren aber nur drei und konnten uns vor Lachen nicht mehr beherrschen.

„Wahrscheinlich hat Spriti zuvor den Getränkeautomaten in der Kantine aufgesucht", sagte Günter lachend.

In der Justizvollzugsanstalt Ulm waren auch schon einige Prominente wie zum Beispiel der Vater von Stefanie Graf, Konrad Kujau oder Walter Kelsch inhaftiert. Es gab aber auch solche, welche sich tagtäglich als Prominente ausgaben. Ich durfte zwei solcher Kandidaten bis zu ihrem Wechsel in das Freigängerheim miterleben.

Knappe fünf Monate vergingen und so konnte auch ich in einen Einzelhaftraum im benachbarten Zellenbau umziehen. Hierüber war ich sehr froh, denn zu dritt in einem Haftraum untergebracht zu sein, war für mich teilweise sehr anstrengend. Man konnte einfach nicht zur Ruhe kommen und entspannen wie es in einem Einzelhaftraum möglich ist, insbesondere wenn man dann noch einen Mitbewohner wie Wolfgang um sich herum hatte. Von meinen Schwiegereltern bekam ich glücklicherweise einen eigenen Fernseher für meinen Haftraum zur Verfügung gestellt. Am Abend schaute ich regelmäßig die Landesschau sowie Nachrichten aus Baden-Württemberg. Mein Haftraum befand sich genau zwischen den beiden zuvor genannten Prominenten. Der eine von den beiden war wegen illegaler Geschäfte in einem großen Bordell, welches sich in der Nähe von Stuttgart befand, inhaftiert, der andere als Unternehmer, welcher laut Berichten im Internet nur auf das Abzocken von Kunden*innen im großen Stil aus war. Laut der Berichte kam er unter anderem zu Besprechungen regelmäßig mit teuren Sportwagen vorgefahren. Im Internet finden sich unter seinem Namen zahlreiche Presseberichte. Auch ein Blog über ihn wird von Geschädigten geführt. Innerhalb der Justizvollzugsanstalt gaben sich beide als die großen Alleskönner aus. Zu jedem Strafgefangenen wussten sie etwas zu berichten, auch waren ihnen logischerweise sämtliche Urteile der anderen Strafgefangenen inhaltlich bekannt.

An Weihnachten und Silvester 2020/2021 saßen wir Zellenbaubewohner in einer gemütlichen Runde bei Fleischkäse und Kartoffelsalat zusammen. Das Wort hatte eigentlich nur der Rotlichtmogul. In seinen Geschichten wurden wir darüber informiert, mit wem er schon welche Geschäfte gemacht hatte. Er gehöre auch einer Rocker Gruppierung an, teilte er uns bis spät in den Abend mit passenden Ergänzungen mit. Teilweise waren seine Erzählungen zwar lustig und kurios aber was man ihm davon letztendlich wirklich glauben konnte, war fraglich. In den folgenden Wochen wusste er zu jedem Thema immer bestens Bescheid. So fragte er mich, wie der/die Staatsanwalt*in bei meiner Verhandlung hieß, in der es um die Haftstrafe ging. Den Namen las ich im aus dem mir vorliegenden Urteil vor. Seine Antwort darauf: „Ja, kenne ich sehr gut."

Aber auch einen Putzhandschuhfetischisten lernte ich im Zellenbau kennen. Grundsätzlich war Ottfried wegen seiner Tätigkeit als Reiniger damit zu sehen, doch auch nach der Arbeit trug er gerne seine Putzhandschuhe. Ottfried telefonierte auch regelmäßig mit den angezogenen gelben Putzhandschuhen an den öffentlichen Telefonen. Er hatte schon eine längere Zeit im Zuchthaus verbracht. Verurteilt wurde er, da er seinem ehemaligen Arbeitgeber durch fingierte Rechnungen einen Schaden in Millionenhöhe zu seinen Gunsten verursacht hatte.

Ottfried wurde eines Nachmittags in die Kammer abgerufen. Es war ein Paket von seiner Frau eingegangen. Zurück aus der Kammer kam er mit Nylonstrümpfen in der Hand, welche seine Frau dem Paket beigelegt hatte. Von diesem Moment an nannte ich ihn nur noch „Nylon-Otti".

Eine weitere sehr interessante Persönlichkeit war der nach seinen Angaben aus Schweden stammende Sonore. Horst nannte Sonore auf Grund seines ausgeprägten Schielens „Silberblick". Sonore war von einer anderen Justizvollzugsanstalt nach Ulm verlegt worden. Als er zu uns nach Ulm kam, war er sehr abgemagert und sah nicht gerade gesund aus. Er sei wegen Betrugstaten inhaftiert worden, erzählte er uns, ohne weitere Details zu nennen. Gearbeitet habe er bei einem IT-Unternehmen nahe Stuttgart, überwiegend als Hacker. Aber auch seine Erzählungen wurden mit der Zeit kurioser. Er stehe mit der schwedischen Botschaft in Verbindung, welche sich um seine baldige Freilassung kümmere. Seine beiden Wolfshunde wären während der Inhaftierung beim Nachbarn untergebracht. Komischerweise bekam Sonore nie Besuch, telefonierte nicht und auch seine mehrfach angekündigten Anwaltsbesuche fanden nicht statt. Sehr auffällig war bei ihm auch das Verhalten gegenüber anderen Strafgefangenen. Zum Beispiel erzählte einer seiner Haftraumkollegen von einem Autokauf welchen er in Bar abgewickelt hatte. Es dauerte keine fünf Minuten, dann erzählte Sonore auch vom Barkauf seines Autos. Er hatte immer die Erzählungen von anderen kurze Zeit später auf sein Leben bezogen und darüber berichtet.

Erschreckt stellte ich fest, dass die meisten der kennengelernten Persönlichkeiten in Freiheit doch keinerlei Perspektive haben würden. Oftmals reichte hier schon der erste gesprochene Satz, um dies festzustellen. Während der Arbeit im Vollzug beobachtete ich bei haufenweise anderen Strafgefangenen deren Hilflosigkeit. Bei den Arbeiten im Unternehmerbetrieb gingen je nach Schnelligkeit des Strafgefangenen die Materialien ab und zu logischerweise aus. Auf Paletten stellte ich das neue Material meistens schon vor dem Leerwerden bereit. Gefangene liefen wie blind durch den Unternehmerbetrieb auf der Suche nach neuem Material teilweise sogar direkt daran vorbei. Wie bitte wollten diese Geschöpfe in der Freiheit überleben? Höchstwahrscheinlich würden genau diese Häftlinge sich alleinig durch Sozialleistungen vom Staat versorgen lassen. Einige Mithäftlinge waren nicht zum ersten Mal in Haft.

Einen kleinen Teil von ihnen kann man „Berufsverbrecher“ nennen. Etlichen Strafgefangenen geht es während der Haftzeit wesentlich besser als in der Freiheit. Die Strafgefangenen haben nämlich innerhalb der Justizvollzugsanstalten einen sich wiederholenden geregelten Tagesablauf inkl. Verpflegung. In der Regel wurde alle sechs Monate durch die Justizvollzugsanstalt ein aktualisierter Vollzugsplan ausgehändigt. Hierbei flossen unter anderem die Bewertungen des Arbeitsbetriebes sowie eine Stellungnahme der Bediensteten und des Sozialdienstes ein. Bei der ersten Vollzugsplankonferenz ist man als Strafgefangener immer persönlich mit anwesend, die darauffolgenden Konferenzen fanden dann alleinig unter dem Gremium aus Bediensteten, Sozialarbeiter*innen und des psychologischen Dienstes unter Vorsitz der stellv. Anstaltsleiterin statt. Schon lange vor meiner Konferenz wandte ich mich aus Eigeninitiative an die Suchtberatung innerhalb der Justizvollzugsanstalt. In der Regel war die Suchtberaterin immer donnerstags im Haus. Nach meiner Antragsstellung auf einen Gesprächstermin wurde ich von ihr abgerufen. Bei meinem ersten Gesprächstermin einigten wir uns sofort darauf, uns zu duzen. Anja war von der externen Suchtberatung Ulm/Alb-Donau e.V. schon längere Zeit für die Hauptanstalt und die Untersuchungshaft in Ulm als Suchtberaterin zuständig gewesen. Ich berichtete Anja von meiner Suchtproblematik und dem jahrelangen Verleugnen meines Problems, insbesondere auch gegenüber dem Gericht sowie meiner Familie und Freunden. Sie fand es toll, dass ich mich selbst direkt an sie gewandt hatte. Zusammen sind wir in den stattgefundenen Sitzungen meine Probleme angegangen und haben diese begonnen aufzuarbeiten. Einen Antrag zur Kostenübernahme der angestrebten stationären Rehabilitationsmaßnahme an die zuständige Rentenversicherung hatten wir ebenfalls fertiggestellt. Selbst wandte ich mich bereits vor unserem ersten Gespräch an die Fachklinik in Münzesheim, um mich über einen Therapieplatz zu informieren. In Ulm gab es von der Caritas eine „Spielegruppe". Hier trafen sich Glücksspielsüchtige wöchentlich zu einer Gesprächsrunde. Sobald ich die dazu benötigten vollzugsöffnenden Maßnahmen erhalten hätte, wollte auch ich an dieser Gruppe, welche von Sozialarbeitern*innen der Caritas Ulm begleitet wird, teilnehmen. Wöchentlich mittwochs wurden die Vollzugsplankonferenzen abgehalten. Man wurde kurz vor Beginn der Konferenz von der Arbeit abgerufen, um sich im Haftraum noch frisch machen zu können.

Am Mittwoch, an welchem meine Konferenz anstand, war ich sehr aufgeregt und angespannt, denn in jener Konferenz stellten sich die Weichen zwecks Freigängerdaten sowie des voraussichtlichen Entlassungszeitpunktes. Erst gegen 16:00 Uhr war ich endlich an der Reihe. Im großen Konferenzraum im Verwaltungsgebäude der Anstalt erwartete mich schon das Gremium unter der Leitung der damaligen stellvertretenden Anstaltsleiterin Frau Eckstein. Von Frau Eckstein wurde ich zu meinem bisherigen Haftverlauf und zu meiner aktuellen Haftsituation befragt. Nach kurzer interner Beratung der Beteiligten wurden mir vollzugsöffnende Maßnahmen gewährt. Des Weiteren sollte ich den Kontakt zur Suchtberatung aufrechterhalten. Bei Bedarf könne ich mich auch jederzeit an den psychologischen Dienst wenden, so Frau Eckstein mit abschließendem Satz. Durch die Gewährung der „vöM" war ich für die Regelausgänge, welche von 04:15 Uhr bis 23:00 Uhr an Samstagen 14-tägig möglich waren, berechtigt. Auch für die Freistellung aus der Haft (Urlaub), welche im ersten Haftjahr 18 Tage betrugen und im weiteren Haftjahr 21 Tage, war ich ebenfalls berechtigt.

Nachdem ich durch die Entscheidung in der Konferenz für Ausgänge berechtigt war, bekam ich meinen Dauerausgangsschein zur Teilnahme an der wöchentlichen „Spielergruppe" bei der Caritas ausgehändigt. Lediglich meine Freigangsdaten sowie der Entlassungszeitpunkt konnten auf Grund eines noch offenen Ermittlungsverfahrens nicht festgelegt werden. „Der Vollzugsdienst im Justizvollzug gibt an, dass Herr Kessler ausgesuchte, verträgliche Kontakte zu seinen Mitgefangenen hat. Seine äußere Haltung ist neutral, sein Auftreten selbstsicher. Charakterlich ist er ruhig, aber auch etwas verkrampft und bedächtig zu sehen. Bediensteten gegenüber verhält er sich stets höflich und zuvorkommend. Der Einzelhaftraum und der Kleiderschrank sind ordentlich aufgeräumt und sauber, die Körperpflege beanstandungsfrei. In der Freizeit geht er in den Hof und trainiert im Fitnessraum. Er liest viel und besucht die Gesprächsgruppe des christlichen Dienstes."

Auch mein Arbeitsbetrieb gab seine Stellungnahme ab: „Der Strafgefangene ist im anstaltsinternen Unternehmerbetrieb beschäftigt. Er ist überdurchschnittlich aktiv und seine Arbeitsleistung genau. Er ist zu Mehrarbeit bereit, deutlich überdurchschnittlich belastbar und vielseitig einsetzbar. Im Betrieb fügt er sich ein und zeigt sich pünktlich. Gegenüber Vorgesetzten verhält er sich freundlich, höflich und korrekt. Seine Fehlzeiten seit Arbeitsbeginn belaufen sich auf zwei Tage wegen Arbeitsmangels. Herr Kessler ist als Kontrolleur eingesetzt."

## Die Knastmedizin und die COVID-19 Pandemie

Die Pandemie war mittlerweile, wie schon von mir befürchtet, auch bei uns in Deutschland angekommen. Daher gab es auch in der Justizvollzugsanstalt Ulm ab dem 16.03.2020 einen „Lockdown“, welcher vom Justizministerium Baden-Württemberg angeordnet wurde. Sichtlich überfordert und ohne Konzept wurden nach und nach einzelne Maßnahmen durch die Anstaltsleitung eingeführt. Zunächst wurden sämtliche vollzugsöffnende Maßnahmen und die Besuche von Angehörigen untersagt. Um den Gefangenen entgegenzukommen, wurde ab sofort auf die Stromkostenpauschale welche in meinem Fall 0,80 Euro im Monat betrug, verzichtet. Durch den Telefonanbieter der Justizvollzugsanstalt wurde bis auf weiteres eine zehnminütige Freitelefonie ins deutsche Festnetz pro Monat für uns Strafgefangenen freigeschaltet. Es wusste niemand, wie es nun weitergehen würde.

Wie man es sich im Knast so vorstellt, gab es zahlreiche verschiedene aus der Luft gegriffene Aussagen unter den Strafgefangenen. Letztendlich wurde ab dem 29.06.2020 wieder der Gefangenenbesuch zugelassen. Meine Ehefrau, Tochter sowie mein Schwiegervater kamen, nachdem wir uns über sechs Monate nicht mehr gesehen hatten, zum Besuch in die Justizvollzugsanstalt. Im Familienzimmer traf ich dann auf die drei. Meine Tochter war bereits wieder ein ordentliches Stück gewachsen und alle mussten wir zuerst einmal weinen. Unser Sonnenschein vergnügte sich an den zahlreichen im Familienzimmer vorhandenen Büchern und Spielsachen. Mit meiner Frau und meinem Schwiegervater galt es einige wichtige angefallene Dinge zu besprechen. Besonders schwer am Herzen lagen ihnen, die mittlerweile bekannt gewordenen Schulden, welche ich unter anderem auf den Namen meiner Frau verursacht hatte. Mein Schatz und auch ihr Vater fanden es aber gut, dass ich mich in der Zwischenzeit meinem Suchtproblem gestellt und auch eine Therapie bzw. Aufarbeitung schon während der Haftzeit begonnen hatte. Die Besuchszeit war auf kurze drei Stunden begrenzt. Die Zeit verging rasend schnell, einfach unglaublich. Damit meine Familie Mittel zum Bezahlen der Schulden, aber auch für die laufenden Kosten zur Verfügung hatte, bat ich darum, meinen zwei Jahre alten Kombi zu verkaufen. Mein Schwiegervater übernahm diese Aufgabe, da er sich hier besonders gut auskannte. Der langersehnte Besuch war dann leider nach drei Stunden vorbei. Wir verabschiedeten uns voneinander in der Torwache, meine Frau nahm ihre Tasche und das Handy aus dem Schließfach bevor, sie alle zusammen die Justizvollzugsanstalt verließen. Meine Tochter bekam das Ganze mit der Haft zum Glück noch nicht so mit, denn für sie war ich Schüler in der Feuerwehrschule.

Ab dem 18.07.2020 wurden für die Strafgefangenen welche zu vollzugsöffnenden Maßnahmen berechtigt waren sogenannte Ausgänge in Begleitung für 5 Stunden im Stadtgebiet Ulm/Neu-Ulm als erste vollzugsöffnende Maßnahme seit Beginn der Pandemie gewährt. Diese Entscheidung der Justiz war aber nicht nachzuvollziehen, denn die Gefahr, sich mit dem Virus in der Stadt zu infizieren, war viel größer als im Regelausgang, welchen ich zu Hause verbringen würde. Natürlich nutzte ich die B-Ausgänge trotzdem, um meine Familie außerhalb der Justizvollzugsanstalt sehen zu können. Beim zweiten Begleitausgang kam auch meine Großmutter mit nach Ulm gefahren. Zusammen gingen wir in einen an der Donau angrenzenden Park. In einem Biergarten genossen wir eine traditionelle italienische Pizza aus dem Steinofen. Nach über sieben Monaten endlich einmal eine Alternative zum Anstaltsessen. Für unsere Tochter gab es einen riesengroßen Spielplatz, auf welchem wir den restlichen Nachmittag verbrachten. Nach Ablauf der fünf Stunden lieferte mich meine Frau wieder in der Justizvollzugsanstalt ab. Erst ab dem Wochenende des 29.08.2020 wurden als letzte Maßnahme wieder die Regelausgänge eingeführt. Es war ein tolles Gefühl, morgens die Justizvollzugsanstalt alleine verlassen zu können, allerdings immer mit dem Gedanken, um spätestens 23:00 Uhr zurück sein zu müssen. Aber an diesem Tag musste ich schon spätestens um 22:00 Uhr zurück in der Justizvollzugsanstalt sein. Der Grund für die verfrühte Rückkehr war mein vorangegangener Sonderausgang zu meiner Rechtsanwältin nach Stuttgart am 19.08.2020. Durch die Feststellung des Bediensteten Windfang, welcher als Hauptsekretär im Justizvollzugsdienst angestellt war, wurde mir eine verspätete Rückankunft vom Termin von 17 Minuten nach von Windfangs errechnetem Fahrplan zur Last gelegt. Da ich an diesem Tag aber weder zu Mittag noch auch sonst den Tag über etwas gegessen hatte, hatte ich mich nach der Ankunft in Ulm noch beim Bäcker angestellt, um etwas Essbares zu kaufen. Im Anschluss war ich mit dem Schienenersatzverkehr in die Justizvollzugsanstalt zurückgefahren. Von einer Disziplinarmaßnahme wurde glücklicherweise abgesehen, lediglich musste ich eine Stunde früher vom nächsten Regelausgang zurückkehren. Denn laut der Hausordnung müssen die Gefangenen nach Beendigung eines Sonderausgangs unverzüglich zurück in die Justizvollzugsanstalt kommen. So die Begründung der Frau Eckstein als stellvertretende Anstaltsleiterin.

Um 04:15 Uhr öffnete sich an den Regelausgangstagen die Türe hinaus aus der Justizvollzugsanstalt. Zuvor holte ich aus dem Handyschließfach noch mein Smartphone mit Ladekabel. Unweit von der Justizvollzugsanstalt befindet sich die Straßenbahnhaltestelle „Donaustadion". Hier wartete ich regelmäßig unter anderem zusammen mit Günter auf die erste Straßenbahn des Tages in Richtung Ulmer Hauptbahnhof. Glücklicherweise sind in Ulm die Haltestellen sowie die Straßenbahnen und Busse mit kostenfreiem W-LAN ausgestattet, daher konnten wir die Wartezeit durch Internetsurfen überbrücken. Am Hauptbahnhof angekommen kaufte ich mir zunächst eine lang ersehnte Brezel inkl. Espresso, bevor es zum Bahnsteig ging. Um kurz nach 05:00 Uhr fuhr der erste Regionalexpress in Richtung Stuttgart ab. Nach einer Fahrtzeit von knapp einer Stunde erreichte ich den Hauptbahnhof Stuttgart. Die letzte Etappe fuhr ich mittels Stadtbahn. Auf dem kurzen Fußweg von der Haltestelle nach Hause bekam ich immer wieder ein mulmiges Gefühl. Mein Schatz hatte für mich bei meinem ersten Regelausgang den Haustürschlüssel an einem vereinbarten Platz deponiert, so konnte ich, ohne meine Mädels zu wecken in die Wohnung gelangen. Meine Frau, Tochter und Emma waren noch im Tiefschlaf, als ich die Wohnung betrat. Komischerweise musste ich jedes Mal aufs Neue dringend unsere Toilette aufsuchen. Ich verhielt mich leise, da ich das schlafende Trio nicht aufwecken wollte. Plötzlich aber bemerkte ich ein Schnuppern an der Toilettentüre, Emma öffnete mit ihrer Schnauze die Türe und begrüßte mich ausgiebig. Ein Hund hört eben doch alles. Zusammen mit Emma kuschelte ich mich zu meiner Tochter und Ehefrau ins Bett. Auch die beiden wurden wach, aber schon nach kurzer Zeit schliefen wir alle zusammen ein. Ich war ja bereits seit 03:30 Uhr auf den Beinen.

Am späten Morgen kam meine Großmutter zum gemeinsamen Frühstücken bei uns vorbei. Sie freute sich riesig, mich zu sehen. Nach dem Führstück verbrachten wir den Nachmittag unter anderem zusammen auf dem örtlichen Bauernhof, welcher eine Vielzahl an Aktivitäten für Kinder bietet. Man erhält dort auch frische Milch und Wurstkonserven, Käse oder Butter aus den Hofautomaten. Für die kleinen Gäste steht ein Eisautomat bereit. Auch Emma war regelmäßig mit dabei, sie kannte sich auf dem Hof schon sehr gut aus und wusste, wo es lang ging. Die Begegnung mit Kälbern, Hühnern und Kühen machte Emma schon längere Zeit nichts mehr aus.

Für meinen folgenden Regelausgang in 14-Tagen beschloss ich zusammen mit meiner Frau, dass ich nach Reutlingen kommen würde, um auch meine Schwiegereltern wieder einmal persönlich sehen zu können, zumal am vierten September auch mein Geburtstag war welchen wir dann im Garten bei schönem Wetter und einem gegrillten Steak nachfeierten. Mein Schatz schenkte mir ein sehr lehrreiches Buch, darin geht es um die Gedanken bei Kleinkindern. Durch das Geschenk konnte ich nun auch nachvollziehen, warum Kleinkinder den Teller nicht immer leer essen und wie man als Eltern in dieser Situation damit umzugehen hat. „Artgerecht – Das andere Kleinkinderbuch“.

Der Konsum von Alkohol war während der Ausgänge natürlich strengstens untersagt. An diesem Abend wurde ich stichprobenartig bei meiner Rückkehr in die Justizvollzugsanstalt durch einen Bediensteten per Atemalkoholgerät auf zu erwartende 0,0 Promille getestet. Bei meinem täglichen Gang zur abendlichen Postausgabe erhielt ich an einem Tag eine wunderschön gestaltete Einladung zur Konfirmation von Hanna, dem Patenkind meiner Frau. Ursprünglich wäre Hannas Ehrentag bereits im Frühjahr gewesen, war aber dann auf Grund der Pandemie auf den 18.10.2020 verschoben worden. Meinen Regelausgang legte ich, um an der Feier zusammen mit meiner Familie teilnehmen zu können, auf diesen Termin. Früh morgens ging es wieder wie gewohnt mit den öffentlichen Verkehrsmitteln nach Hause. Anschließend fuhren wir mit dem Auto meiner Frau nach Schwäbisch Gmünd, denn hier wohnt Hanna zusammen mit ihren Eltern. Nach dem bunt gestalteten Gottesdienst kehrten wir zu Hanna nach Hause zurück, um in einer gemütlichen Runde bei Kaffee und Kuchen beieinander zu sitzen. Außer Hanna und ihren Eltern wusste niemand der anwesenden Gäste über meine aktuelle Situation Bescheid. Für mich war es trotzdem ein bedrückendes Gefühl. Für den Abend hatte sich Hanna ein Abendessen in einem brasilianischen Restaurant gewünscht und uns Gäste dorthin eingeladen. Verschiedene traditionelle brasilianische Gerichte standen an einem Büfett zur Verkostung bereit. Durch die Kellner*innen wurde frisch gegrilltes Fleisch direkt am Platz serviert. Wir genossen dort ein sehr gutes bekömmliches Abendessen.

Gegen 20:00 Uhr musste ich aber leider zur „Arbeit“ aufbrechen. Da sich direkt gegenüber dem Restaurant ein S-

Bahnhof befand, konnte ich bequem und satt gegessen meine Rückreise nach Ulm antreten.

Ab dem 23.10.2020 wurden leider infolge der Verschlechterung der Pandemie und der damit einhergehenden Ausrufung der Pandemiestufe 3 in Baden-Württemberg wieder sämtliche privaten vollzugsöffnenden Maßnahmen untersagt. Zielgerichtete Ausgänge, die zwingend erforderlich waren, konnten jedoch weiterhin genehmigt werden. Bei solchen Genehmigungsverfahren wurde sehr häufig auf das Wort „Ermessensspielraum“ der Justizvollzugsanstalt verwiesen. Es wurde den Strafgefangenen schon seit beginn des ersten „Lockdowns“ der sogenannte Videobesuch per Skype zur Verfügung gestellt. Diesen nutzte ich aber nicht, da dauerhaft während des Gespräches ein/e Bediensteter*in daneben saß. Eine Privatsphäre hatte man dadurch nicht. Einige Strafgefangenen berichteten auch über mehrfache Abstürze der Internetverbindung während eines Gesprächs. Leider wurden die Maßnahmen auch über Weihnachten und dem Jahreswechsel fortgeführt.

Kurz vor den Feiertagen versuchte ich es noch mit einem Antrag auf gerichtliche Entscheidung bei der Strafvollstreckungskammer am Landgericht Ulm, um eventuell wenigstens, auch wenn es nur für ein Tag war, nach Hause gehen zu können. Die Kammer lehnte dies jedoch durch einen richterlichen Beschluss mit dem Verweis auf die aktuelle Pandemie Situation ab. Daher verbrachte ich notgedrungen Weihnachten und Silvester, ohne meine Familie sehen zu können, im Kittchen. Durch eine Stiftung, welche es Inhaftierten ermöglicht, ein Weihnachtsgeschenk für seine Kinder zu senden, konnte ich meiner Tochter eine Holzeisenbahn als Weihnachtsgeschenk zukommen lassen. „So eine wollte ich schon immer haben“, erzählte sie mir stolz am Telefon.

Leider fiel auch mein Besuch an ihrem vierten Geburtstag auf Grund der geltenden Bestimmungen ins Wasser. Mittlerweile wurde in der Justizvollzugsanstalt bekannt, dass der Heilkünstler positiv auf COVID-19 getestet wurde. Die Gefangenen, welche kurz zuvor mit dem Anstaltsarzt Kontakt hatten, wurden umgehend getestet, alle Tests waren negativ. Auch ein Bediensteter der Schreinerei, welcher zum Möbelausfahren mit den Häftlingen angestellt war, wurde positiv getestet. Sämtliche Häftlinge, welche mit dem Bediensteten zuvor Möbelausfahren waren, wurden sicherheitshalber auf ein mittlerweile eingerichtetes Quarantäne Stockwerk verlegt. Nach mehrfachen negativen Testungen wurden die Häftlinge wieder zurück auf ihre Hafträume verlegt. Durch das Land Baden-Württemberg beauftragt, kam in regelmäßigen Abständen das mobile Testlabor „CovLab“ in die Justizvollzugsanstalt gefahren. Hier konnten sich die Bediensteten freiwillig auf COVID-19 testen lassen. Die aktuellen COVID-19 Fallzahlen verfolgte ich täglich in den Berichterstattungen im Fernsehen bzw. in den kostenfrei ausliegenden Tageszeitungen. Die Möbelausfahrer der Schreinerei waren weiterhin täglich zum Möbelausliefern beim Endkunden außerhalb der Justizvollzugsanstalt unterwegs. Ein Einbringen des Virus in die Justizvollzugsanstalt war in sämtlichen Mutationsvarianten durch die Möbelausfahrer täglich möglich. Auch sah man einige Bedienstete, teilweise sogar dauerhaft ohne den vorgeschriebenen Mund-Nasen-Schutz auf dem Gelände bzw. in den Gebäuden herumlaufen. Wir Gefangene mussten beim Verlassen unserer Hafträume stets einen

Mund-Nasen-Schutz tragen. Lediglich an unseren Arbeitsplätzen durfte dieser heruntergenommen werden. Wurde man allerdings ohne die Maske erwischt, so wurde sofort mit einer Meldung gedroht. Den Bediensteten ohne Mund-Nasen-Schutz passierte selbstverständlich nichts. Es war lange nicht mehr verhältnismäßig, wie mit den Maßnahmen und der Pandemie innerhalb der Justizvollzugsanstalt Ulm umgegangen wurde. So entschloss ich mich, einen offenen Brief an alle regierenden Fraktionen im Landtag von Baden-Württemberg zu schreiben. In meinem Brief verwies ich auf die aktuelle Situation innerhalb der Justizvollzugsanstalt Ulm. Schon eine Woche später bekam ich eine erste Rückmeldung. Es schrieb mir Herr Filius MdL der Grünen. Er selbst kam aus Ulm und betrieb in der Stadt eine Anwaltskanzlei, außerdem war er Mitglied im Landtagsausschuss bezüglich der Strafvollstreckung im Land.

Herr Filius bestätigte mir zunächst den Erhalt meines Schreibens, er würde sich um meine Anliegen kümmern. Bei der Anstaltsleitung hatte er bereits eine Stellungnahme zu den Vorwürfen angefordert. Mit ein Grund in meinem Schreiben an die Fraktionen war es, dass ich einige Zeit zuvor beobachten konnte, wie ein Lastwagen einer Brauerei eine komplette Europalette mit Bierkisten auf dem Gelände der Justizvollzugsanstalt vor dem Küchengebäude ablud. Durch verschiedene Strafgefangene wurde mir bestätigt, dass sich im Getränkeautomaten der Bediensteten in der Kantine jenes Bier wiederfand. Erneut erreichte mich ein Brief von Herrn Filius MdL. Die Justizvollzugsanstalt schrieb ihm in ihrer Stellungnahme, dass sich das Bier im genannten Automaten befindet, verwies jedoch darauf, dass es den Bediensteten erst nach Dienstende zur

Verfügung stände. Zudem sei die Kantine der Bediensteten abgeschlossen.

Über diese Stellungnahme musste ich sehr schmunzeln, denn einen Zentralschlüssel hatte sowieso jeder Bedienstete an der Uniform hängen. Ein Zugang zum Automaten war den Bediensteten hierdurch jederzeit möglich gewesen. Erschwerend kam dem ganzen zu einem späteren Zeitpunkt dann noch hinzu, dass mir einer der Strafgefangenen, welcher als Hofreiniger eingesetzt war, mitteilte, dass er des Öfteren schon leere Flaschen von hochprozentigen Getränken im Mülleimer vorgefunden hatte. Es wurde mir wieder einmal bestätigt, dass die Bediensteten der Justizvollzugsanstalt Ulm machten, was sie wollten, und wohl auch teilweise ein großes Alkoholproblem hatten. Hätte aber ich mit Alkohol meinen Dienst im Rettungsdienst angetreten, wäre ich sofort meinen Job los gewesen!

Ende März 2021 wurden wir Strafgefangenen mittels Aushang auf die Möglichkeit des Impfens gegen COVID-19 aufmerksam gemacht. Die Impfung erfolgte dann nach vorheriger schriftlicher Zustimmung jedes Strafgefangenen durch ein Team des Impfzentrums des Deutschen Roten Kreuzes Heidenheim/Ulm. Die Impfung erfolgte mittels dem mRNA-COVID-19-Impfstoff Vaccine Moderna®. Bei diesem Impfstoff handelt es sich um einen gentechnisch hergestellten Impfstoff. mRNA (Boten-RNA oder messenger Ribonukleinsäure) ist die „Bauanleitung“ für jedes einzelne Eiweiß des Körpers und ist nicht mit der menschlichen Erbinformation – der DNA – zu verwechseln. Im mRNA-Impfstoff gegen COVID-19 ist eine „Bauanleitung“ für einen einzigen Baustein des Virus (das sogenannte Spikeprotein) enthalten. Dieses Protein ist für sich alleine harmlos. Der Impfstoff ist daher nicht infektiös. Aus den klinischen Prüfungen konnte ein Impfschutz ab dem Zeitpunkt 14 Tage nach der zweiten Impfung durch das COVID-19 Vaccine Moderna® abgeleitet werden. Die nachgewiesene Wirksamkeit zum Impfzeitpunkt lag bei 94%. Allemal stimmte ich einer Impfung umgehend zu.

Außer ein wenig Kopfschmerzen am Abend der Impfung hatte ich keinerlei weitere Symptome. Durch das Lesen eines lokalen Presseberichts wurde bekannt, dass der hiesige Anstaltsarzt ursprünglich von der Bundeswehr stammt. Durch einen Zufall war er vor über 40 Jahren zum Knastarzt der Ulmer Justizvollzugsanstalt geworden. Von der Mehrzahl der Strafgefangenen wurde er „Dr. Tod“ oder aber zwecks seiner Experimentierfreude mittels verschiedener Medikamente auch oft als „Dr. Mengele“ bezeichnet. Wenn man wegen eines normalen Krankheitsfalls und nicht wegen eines Notfalls zum Anstaltsarzt wollte, ging das so vonstatten, dass man sich morgens bei seinem Meister im Arbeitsbetrieb einen Laufzettel in das Revier geben ließ. Die diensthabenden Sanitäter entschieden dann über eine Freistellung von der Arbeit für denselben Tag. Immer montags, mittwochs und freitags war am Nachmittag Arztsprechstunde. Bei Zahnschmerzen musste man einen Antrag auf einen Besuch beim Zahnarzt stellen. Der Zahnarzt kam wöchentlich dienstags und donnerstags in die Justizvollzugsanstalt gefahren. In manchen Fällen konnte es auch passieren, dass die Bediensteten mit einer Schmerztablette aushalfen. Das ersparte bzw. überbrückte die teilweise langen Wartezeiten auf einen Arztbesuch. Es gab auch Sanitäter*innen, die dafür zuständig waren, ein bisschen wie eine Knastapotheke, die Medikamente nach den Anweisungen des Arztes zu verteilen. Wenn der Arzt bereit war, das Leiden überhaupt ernst zu nehmen, kam es nicht darauf an, eine Untersuchung oder Behandlung bei ihm zu erreichen, sondern zu einem/einer Facharzt*in zu überwiesen zu werden. Der hiesige Knastarzt war nicht nur restlos gleichgültig, sondern auch noch total unfähig.

Am 02.02.2021 erlitt ich im Unternehmerbetrieb einen Unfall durch einen Hubwagen. Der Vorfall wurde am 03.02.2021 durch einen externen Unfallchirurgen als Arbeitsunfall aufgenommen. Eine Verletzung des linken Sprunggelenks sowie der linken Fußwurzel wurden extern diagnostiziert. Mit einem am 08.02.2021 eingeworfenem Antrag an das Revier teilte ich über noch immer anhaltende Symptome bzw. über eine Verschlimmerung derer mit. Meine Bitte war es, mir erneut einen Termin beim behandelnden externen Unfallarzt zu vereinbaren. Dieser Antrag blieb unbeantwortet. Am 10.02.2021, wurde ich erneut in der Sprechstunde des Knastmediziners vorstellig und schilderte ihm meine Symptome wiederholt am 12.02.2021 und 15.02.2021. Trotz meiner mehrmaligen Hinweise und Erklärungsversuche kam es zu keinerlei Reaktion des Arztes. Lediglich eine Verlängerung der Arbeitsunfähigkeit sowie die weitere Gabe von Schmerzmitteln wurde durch den Knastarzt veranlasst. Dieses Vorgehen diente zwar der Schonung und behob auch kurzfristig die Schmerzen, jedoch wurde hierdurch die Ursache nicht herausgefunden geschweige denn behoben. Erst nach meinem Beschwerdeschreiben vom 15.02.21 an die zuständige Unfallkasse Baden-Württemberg in Kopie an die Anstaltsleitung durfte ich urplötzlich am 17.02.2021 erneut einen Termin in der Sprechstunde des Unfallchirurgen wahrnehmen. Am

25.02.2021 wurde zur genaueren Diagnostik ein MRT von meinem linken Knie sowie dem verletzten linken Sprunggelenk angefertigt. Im Befund des Radiologen wird eine komplette Ruptur (Abriss) des LFTA und LFC sowie eine Distorsion (Dehnung) des LFTP mit verstärkter Aufklappbarkeit des OSG-Gelenkspalts und deutlichem Erguss (Flüssigkeitseinlagerung) beschrieben. Mein Knie war glücklicherweise bis auf eine geringe Meniskusdegeneration ohne Riss mit einem minimalen Reizerguss so weit unauffällig. Am 09.03.2021 wurde mir ein erneuter Ausgang zum Unfallarzt bewilligt. Gemeinsam mit dem Unfallarzt sowie einer Medizinstudentin, welche sich in der Praxis im Praktikum befand, besprachen wir die vorliegenden MRT-Befunde. Für mein Knie war zunächst nichts Weiteres zu veranlassen. Im Sprunggelenk waren gemäß dem Radiologischen Befundes zwei Bänder gerissen und ein drittes Band war überdehnt. Eine Operation empfahl mir der Facharzt für Unfallchirurgie nicht. Der Arzt stellte mir eine Verordnung für eine sogenannte Aircast-Schiene aus, welche das Sprunggelenk stabilisieren sollte. Die Schiene holte ich dann direkt nach meinem Arztbesuch in einem Sanitätshaus in der Ulmer Innenstadt ab. Nach dem Anlegen der Schiene war sehr schnell eine deutliche Stabilität beim Laufen spürbar. Die starken Schmerzen im Sprunggelenk bestanden aber weiterhin unverändert.

Aus den dargelegten Gründen war eine ausreichende Behandlung meiner Verletzung durch den Anstaltsheilkünstler nicht mehr gegeben. Er war durch die Komplexität der Verletzungen sowohl fachlich als auch zeitlich überfordert gewesen. Erschwerend kam hinzu, dass er wegen seiner oberflächlichen und wirkungslosen Behandlung meiner

Verletzungen nicht mehr mein Vertrauen besaß, welches ich als Patient eines Arztes entgegenbringen muss. Allein auch sein Verhalten während der Sprechstunde ist als oberflächlich, unhöflich und desinteressiert zu bewerten. Durch meine langjährige Arbeit im Rettungsdienst kenne ich viele Ärzte*innen. Einen Arzt wie es der, der Justizvollzugsanstalt Ulm war, hatte ich glücklicherweise im Berufsleben noch nie erlebt. Der Anstaltsarzt saß auch üblicherweise trotz der geltenden COVID-19-Schutzmaßnahmen ohne vorgeschriebenen Mund-Nasen-Schutz in der Sprechstunde. Sein Abstand zum Patienten war dauerhaft weit unter dem einzuhaltenden Mindestabstand von 1,5 Metern. Eine Bemerkung bezüglich meiner Blutzuckerwerte von ihm lautete: „Dann musst halt weniger fressen, damit die Werte besser werden!" Das war unverschämt, unprofessionell und beleidigend. Von etlichen Mithäftlingen wurden ähnliche Vorgehensweisen berichtet. Zwei Fälle welche ich während meiner Haftzeit in Ulm miterlebt hatte, möchte ich beschreiben.

Zunächst kam Horsts ungarischer Mitbewohner eines Abends zu Günter, Wolfgang und mir in den Haftraum. Ich konnte schon vom Bett aus erkennen, dass seine Zunge stark angeschwollen war. Er konnte kaum noch sprechen. Ich hatte sofort den Verdacht einer allergischen Reaktion und fragte ihn, ob er ein neues ihm unbekanntes Medikament eingenommen habe. Er holte eine Packung Novalgin-Tabletten aus seinem Haftraum, welche er zuvor vom Revier erhalten hatte. Ich war mir sicher, die Allergie kam von diesen Tabletten, welche bei manchen Patienten*innen zu solch einer Reaktion führt. Ich bewertete die Situation als kritisch und verständigte einen völlig desinteressierten

Bediensteten. Dem Staatsdiener erklärte ich den aktuellen notfallmäßigen Sachverhalt. Den „ungarischen Zuchtbullen“, so nannte Horst seinen Zimmerkollegen, nahm der Bedienstete mit ins Revier. Kurze Zeit später kam der Ungar in unseren Haftraum zurück. Er hatte nach telefonischer Rücksprache mit dem Anstaltsarzt nur eine Tablette Cortison erhalten. Ich dachte mir, das kann doch nicht möglich sein, solch ein grob fahrlässiges Verhalten gegenüber einem akuten Notfallpatienten.

Am nächsten Morgen war die Schwellung zwar rückläufig, allerdings noch nicht vollständig abgeklungen. Ein anderes Beispiel, welches mich fassungslos machte, betrifft Ranjit, einen sehr netten und höflicher 56-jähriger Mann aus dem Großraum Stuttgart. An einem Morgen erwachte Ranjit mit stechenden Brustschmerzen die auch in den linken Arm ausstrahlten. In seiner Vorgeschichte hatte er schon mehrere Myokardinfarkte erlitten. An diesem Morgen meldete er sich auf der Arbeit krank, anschließend stellte er sich einem Sanitäter im Revier vor. Der diensthabende Sanitäter schrieb ein Elektrokardiogramm, danach verwies er Ranjit zunächst auf die Arztsprechstunde am Nachmittag. Ranjits Beschwerden wurden nicht besser. Dennoch wartete er bis zur Sprechstunde am Nachmittag ab. Auf dem Elektrokardiogramm sei alles in Ordnung, diagnostizierte der Anstaltsmediziner beim Anschauen des ausgedruckten Elektrokardiogramms in der Sprechstunde. Ranjit schickte er, ohne weitere Maßnahmen einzuleiten zum sich Ausruhen auf den Haftraum zurück. Am Abend kollabierte Ranjit auf dem Weg zur Toilette. Mit einem alarmierten Rettungswagen und einem Notarzteinsatzfahrzeug kam umgehend professionelle Hilfe in die Justizvollzugsanstalt gefahren. Mit Verdacht auf ein akutes-Koronar-Syndrom wurde Ranjit in die Universitätsklinik Ulm eingeliefert. In der Klinik landete er sofort im Herzkatheter-Labor. Dort wurde er mit der Anlage von fünf(!) Stents fachgerecht versorgt. Einer anschließenden sinnvollen Rehabilitationsmaßnahme wurde durch die Justizvollzugsanstalt wieder nicht zugestimmt. Ranjit wurde im weiteren Haftverlauf noch mehrfach mit denselben Symptomen in die Universitätsklinik Ulm eingeliefert. Auf Grund der Schwere der Erkrankung riet man Ranjit dort zu einer kniffligen Bypass-Operation. Ranjit lehnte dies allerdings ab und wird sich nach seiner Verlegung ins Freigängerheim in einer Stuttgarter Klinik vorstellen.

Wegen der vorangegangenen Behandlung bei mir entschied ich mich dazu, eine schriftliche Beschwerde über das abstruse Praktizieren des Anstaltsarztes an die Ärztekammer zu schreiben. Jedoch wurde meine Beschwerde mit Verweis auf die Zuständigkeit des Justizministeriums Baden-Württemberg durch die für Ulm zuständige Bezirksärztekammer an mich zurückgesandt.

Bei Günter wurde durch eine externe Facharztpraxis eine dringende unaufschiebbare Operation an den Venen diagnostiziert. Da Günter aber kurz vor der Entlassung stand, sah es die Justizvollzugsanstalt nicht als notwendig an, die Kosten hierfür zu übernehmen. Günter verdeutlichte in der Sprechstunde: „Ich möchte nicht kränker aus der Haft entlassen werden, als ich sie begonnen habe!"

Die Antwort des Anstaltsarztes mit lockerem Ton vermengt mit einem bayrischen Akzent: „Macht doch nichts!"

Da der Knast die Medikamente bzw. Untersuchungen bei dem/der externen Facharzt*in bezahlen muss, ist man mit der Ausgabe bzw. der Überweisung nach draußen sehr zögerlich. Über einen längeren Zeitraum hatte ich juckende und nässende Wunden an den Armen und im Nackenbereich festgestellt. Zunächst erklärte sich der Anstaltsarzt die Ausschläge bezüglich meines Diabetes. Nachdem eine ausgegebene Creme keine Wirkung zeigte, wurde ein Abstrich vom Wundsekret gemacht. Das Laborergebnis zeigte eine reichliche (+++) Anzahl an Staphylococcus aureus in den Wunden. Eine Behandlung erfolgte dann über 20 Tage mittels Doxycyclin 200mg Antibiotikum. Wo ich mir diesen Keim allerdings eingefangen hatte, ist unklar geblieben, jedoch bestand mein Verdacht, mich in den Sanitäranlagen infiziert zu haben. Meine Beurteilung zur ärztlichen Versorgung innerhalb der Justizvollzugsanstalten lautet: Knastärzte*innen sind mit wenigen Ausnahmen oft ehemalige Militär- oder gescheiterte Privatärzte*innen. Dementsprechend ist auch die Behandlung gegenüber den Strafgefangenen zu bewerten.

## Im Namen des Volkes …

Die Staatsanwaltschaft Stuttgart legte mir auf Grund ihrer Ermittlungen folgenden Sachverhalt zur Last (Auszug aus der Anklageschrift): Der Angeschuldigte verkaufte im Zeitraum vom 30.10.2019 bis 21.01.2020 über die Internetplattform eBay diverse Waren und täuschte dabei jeweils vor, willens und in der Lage zu sein, den angebotenen Gegenstand zu liefern. Im Vertrauen auf seine Leistungsbereitschaft überwiesen die Geschädigten den Kaufpreis jeweils auf das angegebene Konto, welche jeweils für den Angeschuldigten ausgegeben sind. Entsprechend seiner vorgefassten Absicht lieferte der Angeschuldigte die Ware auch nach Gelderhalt nicht aus, weshalb den Geschädigten jeweils ein entsprechender Schaden entstanden ist. Der Angeschuldigte wird daher beschuldigt, durch rechtlich selbstständige Handlungen jeweils gewerbsmäßig in der Absicht, sich oder einem Dritten einen rechtswidrigen Vermögensvorteil zu verschaffen, das Vermögen eines anderen dadurch beschädigt zu haben, dass er durch Vorspiegelung falscher oder durch Entstellung oder Unterdrückung wahrer Tatsachen einen Irrtum erregte oder unterhielt, strafbar als Betrug in 21 Fällen gemäß §§ 263 Abs. 1, Abs.3, 53, 73, 73 c, StGB. Auch meine Verteidigerin Lisanne Bühler, erhielt die Anklageschrift übersandt. Durch die Vorsitzende Richterin am Amtsgericht Ludwigsburg wurde ein Gutachten in Hinblick auf mein pathologisches Glücksspiels als Einfluss auf die vorgeworfenen Taten angeordnet. Es war nicht leicht, einen auf Glücksspiel eingestellten Gutachter zu finden. Durch meine Verteidigerin wurde ein Gutachter aus Tübingen, welcher sich schon mehrfach mit genau diesem Thema beschäftigt hatte, vorgeschlagen. Das Gericht stimmte der Durchführung eines Gutachtens durch den genannten Sachverständigen zu. Kurz vor Weihnachten reiste der Gutachter zu mir in die Justizvollzugsanstalt Ulm. Pünktlich um 08:30 Uhr wurde ich über die schlecht zu verstehende Sprechanlage abgerufen. Herr Dr. med. Stephan Bork von der Universitätsklinik Tübingen stellte sich mir als Suchtmediziner und forensischer Psychiater vor. Nach einer ausführlichen Aufklärung über den Gegenstand der Begutachtung (strafrechtliche Verantwortlichkeit), Primat der richterlichen Entscheidung, Freiwilligkeit der Angaben und fehlender Schweigepflicht dem Gericht gegenüber, willigte ich in die Begutachtung ein. Zunächst sprachen wir über die aktuelle Haftsituation. Anschließend zu meiner Biografie und Sozialanamnese. Ein wichtiger Teil der Begutachtung war mein Spielverhalten sowie die Delinquenz. Eine Woche später fand eine Fortsetzung der Begutachtung statt. Meine Verhaltensbeobachtung durch den Gutachter lautet: 32-jähriger Mann, wach, orientiert zu Ort und Zeit, Situation und Person. Im Gespräch vollständig adäquat, geordnet, freundlich, selbstkritisch bezüglich der langjährigen Wetttätigkeit und der Delinquenz. Die Straftaten werden vollständig eingeräumt, Hinweise für Bagatellisierung bzw. Externalisierung ergeben sich nicht. Der psychopathologische Untersuchungsbefund im engeren Sinne mit Aufmerksamkeit, Auffassungsgabe, inhaltlichem und formalen Denken, Wahrnehmung, Ich-Funktion und Mnestik erscheint ungestört. Der Affekt euthym, weder zum manischen, noch zum depressiven Pol hin ausgelenkt. Die Stimmung bei erstmaliger Inhaftierung situationsadäquat deprimiert, die Zukunftsperspektive ist aber erhalten. Aus der ambulanten Exploration ergibt sich kein Hinweis für eine Persönlichkeitsstörung im klinisch-psychiatrischen Sinne. Der Gutachter kam zu dem Ergebnis, dass der Schweregrad meines Glücksspiels als „mittel" einzustufen ist. Zustandsbegriff des § 63 StGB und fehlender Schuldminderung nicht möglich; die aus forensisch-psychiatrischer Sicht geeignete Maßregel der Unterbringung in einer forensisch-psychiatrischen Suchtabteilung (Maßregelvollzug nach § 64 StGB) kann nicht erfolgen, da pathologisches Spielen nach den derzeitigen normativen Vorstellungen den Hangbegriff des § 64 StGB (Alkohol bzw. andere berauschende Mittel zu sich nehmen…) nicht erfüllt. Zur Rezidiv Risiko-Reduktion erneuter Betrugshandlungen zur Geldbeschaffung wegen möglicher Rückfälligkeit in das langjährig vorbestehende Wettverhalten sollte daher nach Entlassung aus der Strafhaft eine reguläre Entwöhnungsbehandlung (Rehabilitationsleistung zu Lasten des Rentenversicherungsträgers) in einer entsprechenden Fachklinik mit Angebot für pathologisches Spielen erfolgen.

Das Amtsgericht Ludwigsburg hatte mittlerweile den Termin zur Hauptverhandlung auf den 08.03.2021 um 08:30 Uhr bestimmt. Wegen meiner vollzugsöffnenden Maßnahmen schlug meine Verteidigerin die alleinige Anreise zum Gerichtstermin der Anstaltsleitung vor. Diesem Antrag widersprach die Justizvollzugsanstalt mit der Begründung, dass der Strafgefangene den Termin bei Gericht nicht alleine wahrnehmen könne. Aufgrund des unklaren Ausgangs des offenen Verfahrens könne eine Flucht- bzw. Missbrauchsgefahr, anders als bei privaten vollzugsöffnenden Maßnahmen, nicht ausgeschlossen werden. Eine Woche zuvor war ich eigenständig beim Unfallarzt in der Ulmer Innenstadt gewesen, hier wäre eine Flucht jederzeit möglich gewesen. Viele Entscheidungen der Justizvollzugsanstalt waren nicht nachvollziehbar. Wie so oft berief man sich höchstwahrscheinlich auf Verwaltungsvorschriften aus dem „Mittelalter". Ich stellte mit Bedauern fest, dass, wenn es keine eindeutigen Vorschriften bzw. Arbeitsanweisungen für die ansässigen Bürokraten gab, waren diese bei einer Entscheidungsfindung gänzlich überfordert. Für die gesamte Belegschaft der Justizvollzugsanstalt würde sich sicherlich ein CRM-Training (Crew Ressource Management) bezahlbar machen. Im Rettungsdienst und in den Leitstellen wird mit Erfolg auf solche Trainings unter den Mitarbeiter*innen aufgebaut. Insbesondere die Zusammenarbeit und Absprache untereinander wird hierdurch deutlich gestärkt.

**„EMMA"**
**01.01.2011 – 05.03.2021**
Nach schwerer Krankheit bist Du von uns gegangen. Leider durfte ich mich auf Grund der COVID-Pandemie nicht mehr persönlich von Dir verabschieden.
Du warst stets eine treue Seele auch, wenn es mit Dir gelegentlich stressig war.
Ruhe in Frieden!
Dein Herrchen

Bereits eine Woche vor meinem angestandenen Hauptverhandlungstermin besuchte mich meine Verteidigerin in der Justizvollzugsanstalt. Denn auf Grund der Pandemie wurde mein Ausgang zu ihr in die Kanzlei erwartungsgemäß aus

Willkür abgelehnt. Miteinander besprachen wir die Verteidigungsstrategie für die Hauptverhandlung. Bereits im Jahr zuvor hatte ich mit dem Täter-Opfer-Ausgleich, aus der Haft heraus begonnen. Durch meinen in der Haft verdienten Hungerlohn hatte ich mit der Schadenregulierung gegenüber den Betrogenen begonnen. Einen Ausgang des Verfahrens konnte und wollte mir meine Verteidigerin nicht vorhersagen, da die Gesamtsituation komplex war. Als Zeugen waren drei Geschädigte, der ermittelnde Polizist sowie der Gutachter Dr. med. Bork durch das Gericht geladen. In unserem ausführlichen Vorbereitungsgespräch informierte ich meine Rechtsanwältin zugleich von meinem Vorhaben, ein Buch über mein Wettverhalten, die Haft und COVID-19 zu schreiben.

Eine Woche später stand meine Hauptverhandlung im Terminkalender. Pünktlich um 06:45 Uhr machte ich mich zusammen mit einem Bediensteten in der „grünen Mina" (Justiztransportbus) auf den Weg zum Amtsgericht Ludwigsburg. Die Fahrt verlief ohne Verzögerungen. Gegen 08:15 Uhr erreichten wir das Amtsgericht, welches nahe dem für Ludwigsburg bekannten blühenden Barock gelegen ist. Im ersten Obergeschoss waren die Türen des Gerichtsaals E bereits geöffnet. Im Zuschauerraum saßen einige Schüler*innen, um meine Verhandlung mitzuverfolgen. Mit ein paar Minuten Verzögerung begann dann auch schon meine Hauptverhandlung. Die Amtsrichterin Carolin Brenner nahm im Richterstuhl zwischen den beiden Schöffinnen platz. Durch die anwesende Staatsanwältin folgte die Anklagelesung. Die beiden mitanwesenden Schöffinnen hätten als die Mütter von Richterin und Staatsanwältin durchgehen können. Zu meiner Person und auch zu den

Tatvorwürfen äußerte ich mich vollumfänglich, zeigte Reue und räumte die Taten vollständig ohne zu zögern ein. Eine Zeugin meldete sich kurzfristig bei der Vorsitzenden Richterin wegen Krankheit ab. Die beiden weiteren geladenen Zeugen waren der Ladung gefolgt und wurden zum Sachverhalt angehört. Unter Berücksichtigung meines Geständnisses sowie der vorangegangenen Beantwortung aller an mich gestellten Fragen musste man die Zeugen nicht mehr großartig befragen. Der zuständige Sachbearbeiter des Polizeipostens meines Wohnorts, welcher indessen in ein anderes Polizeirevier wechselte, wurde zu seinen durchgeführten Ermittlungen befragt. Zuletzt wurde der Gutachter Dr. med. Bork als Sachverständiger angehört. Dr. med. Bork schilderte ausführlich unsere Gespräche und definierte detailliert das relativ unbekannte Krankheitsbild des pathologischen Glücksspiels. Die Vorsitzende Richterin konnte oder wollte es nicht nachvollziehen, geschweige denn verstehen, warum man von Sportwetten süchtig werden kann. Ihr Wortlaut hierzu: „Es Tippen auch viele andere und haben keine solchen Probleme wie Sie, Herr Kessler!“ Mein Anschein während der knapp viereinhalb Stunden andauernden Verhandlung war, dass das Gericht die Problematik und die Entstehung der Straftaten aufgrund des pathologischen Glücksspiels nicht verstanden und gleichermaßen auch im Urteil nicht berücksichtigt hatte. In der Urteilsverkündung wurde durch das Gericht eine weitere Freiheitsstrafe von 2 Jahren und 6 Monaten ausgesprochen. Ich musste erst einmal tief durchatmen, im Inneren war ich auf die von der Vorsitzenden Richterin Brenner lapidaren Aussagen sehr wütend und verärgert.

Durch meine Verteidigerin wurden fristgemäß innerhalb einer Woche Rechtsmittel gegen das verkündete Urteil eingelegt. Das Urteil war durch das eingelegte Rechtsmittel nicht rechtskräftig und es würde nun erneut in der nächsthöheren Instanz vor dem Landgericht Stuttgart verhandelt werden. „Es wird einige Zeit in Anspruch nehmen bis die Akten vom Amtsgericht dem Landgericht übersandt werden", betonte meine Verteidigerin.

Erschöpft und eingeknickt machte ich mich mit dem Bediensteten auf die Rückreise in Richtung Ulm.

Sechs Wochen nach der Verhandlung bekam ich das schriftliche Urteil des Amtsgerichts übersandt. Im aufschlussreichen Buch „Der Strafwandler", geschrieben von Rechtsanwalt Mario H. Seydel aus Berlin, wird u.a. über Urteilsentscheidungen bei den Amtsgerichten geschrieben. In Deutschland wird die Urteilsbildung allein der richterlichen Überzeugung überlassen (§ 261 Strafprozessordnung). Was dies bedeutet, ist für einen Laien nicht nachvollziehbar (für Strafverteidiger übrigens auch nicht). Gemeint ist wohl, der Richter kann urteilen, wie er will, solange er nur alle Beweismittel im Gerichtssaal wahrgenommen hat. Er kann auch gegen den „gesunden Menschenverstand" und gegebenenfalls gegen die „allgemeine Lebenserfahrung" entscheiden. Der Richter erscheint wie eine „Blackbox", deren Entscheidungsprozesse verborgen bleiben. Er kann nur nach seinen eigenen Erfahrungen urteilen, die sich nicht mit den Ihren (oder 90% der übrigen Bevölkerung) decken müssen. Bei der Entscheidungsfindung spielen genauso seine Vorurteile, Herkunft, Bildung, Alter und Klischees eine Rolle, wie bei allen Menschen. Sie dürfen also von einem Richter nicht mehr Urteilsvermögen erwarten als von den meisten anderen erwachsenen Mitmenschen. Der Amtsrichter ist in der Regel eine „Insel“. Er beginnt nach dem Studium und dem Referendariat seinen Beruf. Eine Ausbildung in Psychologie, Kommunikation oder Kriminalistik hat er nicht erhalten. Menschen kamen während seiner gesamten Ausbildung, wen überhaupt nur kurz im Referendariat vor. Von Professoren und Ausbildern ausgedachte Sachverhalte haben seine gesamte Ausbildung bestimmt. Er bewegt sich privat in seiner Gesellschaftsschicht und war meist noch nie den Unbilden der freien Wirtschaft ausgesetzt. Dieser Richter betritt irgendwann seinen Gerichtssaal und ist von diesem Zeitpunkt an der König seines kleinen Reiches. Er entscheidet, ob ein Zeuge lügt oder nicht. Er urteilt, ob die Angaben des Angeklagten nur eine „Schutzbehauptung“ sind. Und er ist frei, über jede Logik hinweg zu entscheiden. Alles misst er dann an dem, was er weiß (egal, ob richtig oder falsch). Seine Erfahrungen sind die Messlatte für seine Urteile. Für schwierige Fragen holt sich der Richter einen Sachverständigen, der ihm die Verantwortung seiner Entscheidung zu dieser Frage abnimmt. Viele Richter meinen, dass sie nach mehrjähriger Berufserfahrung genau sagen können, welcher Zeuge oder Angeklagte lügt und welcher die Wahrheit sagt. Untersuchungen zeigen, dass dies für Richter genauso wenig zutrifft wie für Polizisten, Staatsanwälte, Rechtsanwälte oder Otto Normalverbraucher. Dieses Ergebnis ist auch nicht verwunderlich, da alles lernen immer ein Prozess von Versuch und Irrtum sowie von positiver und negativer Rückkopplung (positiven und negativem Feedback) ist. Man kann also nur lernen, wenn man erkennt, ob man seine Aufgabe richtig oder falsch gemacht hat und danach sein Handeln korrigiert. Der Amtsrichter entscheidet nach seinem Dafürhalten (Bauchgefühl), wann der Zeuge oder der Angeklagte lügt. Er kann nicht erkennen, ob er mit dieser Annahme richtig lag oder nicht. Folglich kann er auch nicht lernen. Genauso wenig wie ein Schüler, der einsam im Klassenzimmer vor seinen Matheaufgaben sitzt und für sich entscheidet, dass 3+5=4 ist. Im Übrigen ist der Amtsrichter vorgeprägt durch das Aktenstudium. Seine Meinung steht quasi fest. Er geht, wenn er die Anklage zugelassen hat, davon aus, dass Ihre Verurteilung überwiegend wahrscheinlich ist, obwohl er nur den Sachverhalt aus der Sicht der Staatsanwaltschaft und Polizei kennt. In der Regel wird er Ihre Sachverhaltsdarstellung im Gerichtssaal für eine Schutzbehauptung halten, wenn sie nicht zu der Geschichte passt, die bereits in seinem Gehirn thront. Dieses vorausgeschickt, darf man von den Zweifeln, die den Entscheidungsprozess für den Angeklagten entscheiden, nicht zu viel verlangen. Sie betreten den Gerichtssaal und sind quasi schon verurteilt. Für Sie sprechen, wie im normalen Leben auch, Ihr Aussehen, Ihre Kleidung und Ihr Benehmen. Ihre Argumente müssen schon gewichtig sein, um beim Richter einen Zweifel auszulösen.

## Rechtswidrige Handlungen durch Bedienstete

Zu Beginn meiner Inhaftierung schilderten mir einige Strafgefangene, wie geltendes Recht durch die Bediensteten innerhalb der Anstalt missbraucht wird. Ich erwog mir immer, lass sie alle reden, das kann ja so alles nicht stimmen. Leider hatten sie recht. Vermehrt sah ich bei anderen die Vorgehensweise der Bediensteten der Justizvollzugsanstalt Ulm. So erreichte diese Vorgehensweise nach einigen Monaten auch mich. Als ich eines Mittags zum Mittagessen auf meinen Haftraum zurückkam, wurde ich von zwei Mitgefangenen darüber informiert, dass ein Bediensteter in meinem Haftraum gewesen sei. Eigentlich ist das auch ein normaler Vorgang, denn in regelmäßigen Abständen werden die Hafträume stichprobenartig durch Bedienstete kontrolliert. Ehe ich das „köstliche" Mittagessen verspeist hatte, stellte ich in meinem Kleiderschrank das Fehlen eines meiner Ordner fest. Im Ordner sind unter anderem Anwaltsschreiben, Arztbefunde, Bankunterlagen, Arbeitgeberunterlagen sowie Unterlagen zu meiner Spielsucht abgeheftet. Direkt nach meiner Feststellung machte ich mich auf den Weg zum Büro des mir zuvor genannten Bediensteten. Besagter öffnete mir auch prompt seine Bürotür. Ich sah sofort meinen aufgeschlagenen Ordner auf seinem Schreibtisch liegen. Auf meine Nachfrage, was er denn mit dem Ordner mache, bekam ich die Antwort, es werde ein Antrag in meiner Gefangenenpersonalakte vermisst, er schaue nach, ob sich dieser gesuchte Antrag in meinem Ordner befinde.

Anschließend teilte ich den Sachverhalt auch anderen Häftlingen mit. Nach einer gemeinsamen Recherche in verschiedenen Gesetzesbüchern war mein Entschluss, jenes Vorgehen des Bediensteten war rechtswidrig und ein Verstoß gegen geltendes Recht. Im Strafvollzugsgesetz ist der Umgang unter anderem mit Verteidigerpost, welche sich in diesem Ordner befand, ausdrücklich unter dem §§ 26, 29 Strafvollzugsgesetz normiert. „Eine inhaltliche Überprüfung und Kenntnis vom Verteidiger*in mitgeführten Schriftstücke und sonstigen Unterlagen ist nicht zulässig."

Am selbigen Abend bekam ich meinen Ordner bei der Postausgabe vollständig zurück. Anschließend schrieb ich eine Disziplinarbeschwerde über das Vorgehen des Bediensteten an den Anstaltsleiter Herrn Krummbein. Wie bereits von anderen Strafgefangenen bekannt war, kümmerte sich Herr Krummbein schon seit einiger Zeit nicht mehr um die Belange der Strafgefangenen, da er kurz vor seiner Pensionierung stand und alles in Ruhe, ohne nur eine Kleinigkeit zu tun, ausklingen ließ. Von Herrn Krummbein bekam ich auch unerwartet schnell die Antwort auf mein Disziplinarschreiben als „abgewiesen" zurück. In seiner Begründung nahm der Anstaltsleiter Herr Krummbein seinen Bediensteten regelrecht in Schutz. In seiner kurzen Stellungnahme legte er mir falsche Aussagen, welche ich nie getätigt oder geschrieben hatte, zur Last. So einfach ließ ich das aber nicht auf mir sitzen und fertigte eine weitere Beschwerde über das Verhalten und die Entscheidung des Herrn Krummbein an das zuständige Justizministerium Baden-Württemberg an. Das Ministerium ist als Aufsichtsbehörde für Herrn Krummbein zuständig. Auch meiner Verteidigerin übersandte ich sämtliche dazugehörigen Unterlagen und involvierte sie in den bisherigen Sachstand. Sehr verärgert war auch sie über die von mir berichtete Vorgehensweise des Herrn Krummbein. Meine Verteidigerin empfahl mir einen Antrag auf gerichtliche Entscheidung zur Feststellung einer rechtswidrigen Handlung durch den Bediensteten bzw. der Justizanstalt Ulm. Bezüglich der ausgedehnten Komplexität sowie der schon vorhandenen Rechtsprechungen aus anderen Fällen befugte ich meine Verteidigerin mit der Durchsetzung meiner Interessen. Bei der zuständigen Strafvollstreckungskammer am Landgericht Ulm stellte sie daraufhin den entsprechenden Antrag. Parallel informierte ich aus Eigeninitiative den Landesdatenschutzbeauftragten Baden-Württembergs über den Vorfall. Die Strafvollstreckungskammer am Landgericht Ulm beschloss, dass die Durchsicht meines Ordners, welcher unter anderem Verteidigerpost enthielt, rechtswidrig war und es sich dabei um einen einschneidenden Grundrechtseingriff handelte (LG Ulm, StVK 42/21, 16.04.2021).

Vom 24.01.2021 bis 26.01.2021 war die gesamte Häftlingstelefonanlage der Justizvollzugsanstalt Ulm gestört bzw. stand überhaupt nicht zur Verfügung. Daher konnte ich erst am 26.01.2021 wieder mit meiner Ehefrau telefonieren und erfahren, dass sie sich mit unserer Tochter wieder einmal wegen einer akuten Entzündung der Bauchspeicheldrüse, welche nun schon die dritte Episode war, seitdem ich in Haft war, im Krankenhaus befand. Sie versuchte die Anstalt zwar über die im Internet stehende Telefonnummer zu erreichen, jedoch kam hier nur eine Bandansage mit dem Hinweis auf die Geschäftszeiten. Sofort stellte ich einen Antrag auf Sonderausgang gemäß § 10 JVollzGB III an die Anstaltsleitung, um meine Tochter im Krankenhaus besuchen zu können. Laut der Station, auf welcher sie sich befand, sprach nichts gegen einen Besuch. Ein COVID-19-Schnelltest werde sowieso im Eingangsbereich der Klinik von jedem Besucher*in gemacht. Durch Herrn Krummbein wurde mein Antrag wie zu erwarten abgelehnt. Seine Ablehnung begründete er abgesehen von der Pandemiesituation damit, es handle sich um keine lebensbedrohliche Erkrankung bei meiner Tochter. Verärgert stellte ich mir die Frage, wie ein Anstaltsleiter eine akute Erkrankung ohne Medizinstudium als etwas nicht lebensbedrohliches einstufen kann. Durch verschiedene Literatur war mir bereits bekannt, es gibt zu einer solchen Situation eine Rechtsprechung. „Wichtiger Anlass ist auch eine längere andauernde, nicht lebensgefährliche Erkrankung einer Angehörigen (OLG Celle ZfStrVo 1986, 378)". Deshalb beantragte ich auch in diesem Fall eine gerichtliche Entscheidung bei der Strafvollstreckungskammer am Landgericht Ulm. Meine Tochter konnte das Krankenhaus erfreulicherweise schon wieder verlassen, dennoch hatte ich ein Interesse an der Feststellung, dass die Anstalt mit der Ablehnung des Sonderausgangs rechtswidrig gehandelt hatte. Beschluss der Strafvollstreckungskammer am Landgericht Ulm (StVK 46/21, 09.03.2021): Auf Antrag des Gefangenen wird festgestellt, dass die Versagung von Sonderausgang durch Verfügung der Antragsgegnerin vom 27.01.2021 rechtswidrig war. Der Antrag auf gerichtliche Entscheidung hat Erfolg. Der Antrag ist zulässig Die Angelegenheit ist zwar mittlerweile erledigt, der Verurteilte hat allerdings ein Interesse an der Feststellung, da aus Sicht der Kammer im Hinblick auf die gesundheitliche Erkrankung der Tochter eine Wiederholungsgefahr vorliegt. Der Antrag ist auch begründet. Als wichtige Anlässe im Sinne des § 10 JVollzGB III sind familiäre, berufliche oder andere Ereignisse zu fassen, die in besonderer Weise entweder die private Sphäre des Gefangenen berühren oder für seine Resozialisierung und Wiedereingliederung von besonderer Bedeutung sind. Die Angelegenheit muss für den Gefangenen von erheblicher Bedeutung sein. Es handelt sich bei dem Merkmal des wichtigen Anlasses um einen unbestimmten Rechtsbegriff, der im vollen Umfang der gerichtlichen Nachprüfung unterliegt (vgl. Böhm, Kommentar zum JVollzGB III, 14. Edition, Randnummer 4 m.w.N. zitiert nach (beck-online). Die Anstalt ist hierbei verpflichtet, die Feststellungen zu ermitteln, die dem Gericht die Prüfung des Vorliegens eines wichtigen Grundes ermöglichen. Vorliegend wäre die Vollzugsanstalt daher gehalten gewesen, sich über die Schwere der Krankheit der Tochter zu erkundigen. Letztendlich lassen die Ausführungen in der angefochtenen Entscheidung auch keine Ermessensausübung erkennen. Die Entscheidung stellt (nur) darauf ab, dass keine lebensgefährliche Krankheit vorliegt. Eine Abwägung zwischen den familiären Interessen, dem Resozialisierungsinteresse sowie der (ungeklärten) Schwere der Krankheit wurde nicht vorgenommen. Der Antrag auf gerichtliche Entscheidung ist daher begründet.

## Sind alle Sexualstraftäter Tatleugner?

Im weiteren Haftverlauf lernte ich verschiedene Charaktere kennen. Bei manchem Verhalten überlegte ich mir regelmäßig, wie überleben diese Kreaturen in der Freiheit? Sogar Günter war derselben Meinung und Auffassung wie ich. Ich kann behaupten, mindestens jeder dritte Strafgefangene in meinem Umfeld war wegen einer Sexualstraftat eingesperrt. Eine äußerst bittere Feststellung. Ich beschränkte meinen Kontakt mit diesen Strafgefangenen auf das Nötigste, aber dies war unter anderem während der Arbeit gar nicht so leicht.

So erging es mir mit Horst, er kam als Selbststeller in die Anstalt und war benachbart zu Günters und meinem Haftraum untergebracht. Mein Erster Eindruck von Horst: ein „Pädophiler“! Günter widersprach meiner Einschätzung allerdings, doch mein Gefühl täuschte mich eigentlich nur in seltenen Fällen. Nach seiner Eingewöhnungsphase kam Horst dann häufiger zu uns in den Haftraum, wir tranken zusammen Kaffee und schauten am Abend gemeinsam Fernsehen. Horst war ein netter, ruhiger, aus dem Allgäu stammender Kerl. Er war bis zu seiner Inhaftierung als Handwerker angestellt gewesen. Horst war zum ersten Mal in Haft, seine Haftstrafe betrug allerdings über 4,5 Jahre. Als ich mit Günter einmal ungestört vom ständigen Quengeln von Wolfgang in unserem Haftraum sprechen konnte, meinte Günter zu mir: „Horst ist wegen schwerer Körperverletzung verurteilt worden.“ Ich nahm Günter diese Aussage aber nicht ab, mein Bauchgefühl rückte von der Pädophilie weiterhin nicht ab. In einem meiner Regelausgänge recherchierte ich während der Bahnfahrt im Internet. Ich konnte feststellen, mein erster Eindruck hatte mich nicht getäuscht. Der erste Treffer in der Suchmaschine bestätigte mir, „Horst F. wegen Missbrauch an Stieftochter verurteilt“. Auch ein Fernsehsender berichtete damals aus dem Gerichtssaal. Das entsprechende Video der Berichterstattung konnte ich online einsehen. Was ich an Horst allerdings unabhängig von den grausamen und widerlichen verurteilten Straftaten bemerkenswert fand, er setzte sich für eine Tataufarbeitung von Beginn seiner Haftzeit an ein. Horst nahm wöchentlich an einer Gruppensitzung der externen Sexualtherapeutin in den Räumen der Anstalt teil. Auch einer Verlegung in eine andere Justizvollzugsanstalt zur therapeutischen Aufarbeitung von solchen Taten stimmte Horst zu. Es gab leider auch genau das Gegenteil von Horst. Nicht nur bei Sexualstraftaten, sondern auch bei anderen Taten, sind sehr viele der Strafgefangenen fest davon überzeugt, unschuldig inhaftiert zu sein. Das Absonderliche hierbei ist aber, dass genau diese Strafgefangenen teilweise schon mehrere Freiheitsstrafen auf dem Kerbholz hatten. Es gab Strafgefangene in den von mir gesehenen Anstalten, welche seit ihrer Jugend immer wieder mit dem Gesetz in Konflikt kamen. Die Ursachen waren für mich nur schwer erkennbar. Auffallend war jedoch, dass die genannten Strafgefangenen überwiegend keinerlei Schulbildung bzw. eine abgeschlossene Berufsausbildung in der Tasche hatten. Oftmals berichteten sie mir in vertraulichen Gesprächen von einem instabilen Elternhaus. Hier war bereits in vielen Fällen schon der eigene Vater früh straffällig geworden.

Ich erinnere mich an Peter, einen kleinwüchsigen, Mitte 40-jährigen kameradschaftlichen Gesellen. Zusammen mit seinem Bruder hatte Peter es auf den Diebstahl von Edelmetallen abgesehen. Überwiegend stahl das Duo Kupfer, unter anderem von Baustellen aber auch Dachrinnen montierten die beiden an Neubauten ungestört ab. Das Diebesgut veräußerten die beiden nach den Taten, bei verschiedenen Schrotthändlern im Großraum Stuttgart und Ulm. Peter war nicht zum ersten Mal inhaftiert, berichtete er mir. Während seiner ersten Haftstrafe war er zusammen mit seinem eigenen Vater inhaftiert gewesen, allerdings wegen unterschiedlichen Straftäter. Peter war an der Drehbank in der Schlosserei eingesetzt, auf die eigentliche Arbeit legte er nur wenig Wert. Viel mehr Wert legte er auf die selbst von ihm sogenannte „Heimarbeit", welche er während der Arbeitszeit in der Schlosserei erledigte. Er fertigte auf Bestellung anderer Strafgefangener unter anderem Ringe aus Edelstahl, Aschenbecher oder in Kooperation mit Strafgefangenen aus der Schreinerei Halterungen für die Fernseher an. Man bezahlte ihn dafür in den meisten Fällen bis zu 5 Euro pro Bestellung. Das benötigte Material sowie das passende Werkzeug nutzte er auf „Staatskosten". Eines Nachmittags wurden Peter von seinem Schlossermeister Bildaufnahmen aus seinem Werkzeugwagen gezeigt. Darauf zu sehen waren unter anderem von anderen Strafgefangenen bestellte Aschenbecher. Gegen Peter wurde vom Standardverfahren in der Justiz Gebrauch gemacht. Zunächst bekam er eine Meldung und wurde bis zu einer Entscheidung von der Arbeit unentgeltlich freigestellt. Nachdem er sich bei einem Bediensteten in einem Verhör zu den Vorwürfen geäußert hatte, vergingen einige Tage bis zur Entscheidung. Zwischenzeitlich wurde sein Einzelhaftraum gründlich auf den Kopf gestellt, man fand bei der

Durchsuchung weitere Materialien unter anderem aus der Schlosserei. Merkwürdigerweise befanden sich auch zahlreiche Vesperbretter, Handtücher oder verpackte neue Socken in seinem Schrank. Wegen letzteren erhielt er weitere Meldungen. Die Entscheidung der Anstaltsleitung stand fest, Peter wurde aus dem offenen Vollzug abgelöst und in eine andere geschlossene Justizvollzugsanstalt verlegt. Einige Monate später musste er sich unter anderem wegen Diebstahl innerhalb der Justizvollzugsanstalt Ulm vor Gericht verantworten. Sein Verfahren wurde jedoch vom Gericht eingestellt.

Nun aber zurück zu den Sexualstraftätern. Ein weiteres Beispiel dafür ist der 40-jährige aus der Türkei stammende Cem. Er wurde zu einer Freiheitsstrafe von über 4 Jahren wegen des sexuellen Missbrauchs eines sechsjährigen Mädchens verurteilt. Man merkte, dass er geistlich nicht sonderlich auf der Höhe war. In seinem Haftraum schaute er sich ausschließlich Kinderserien im Fernsehen an. Dies war im Übrigen ein Merkmal von vielen Sexualstraftätern, welches ich während meines Haftverlaufes feststellen konnte. Sehr häufig schauten die „Pädos" Kinderserien. Von der Arbeitspflicht wurde Cem mangels Motivation und Leistung von montags bis donnerstags freigestellt. Nur freitags musste Cem zum Putzen der Schreinerei antreten. Cem war ein klassischer Tatleugner, er sei unschuldig und habe nichts Schlimmes getan. Auch gegenüber der Bediensteten leugnete er die Tat. Eine Therapie zur Aufarbeitung seiner Straftat hatte er zwar begonnen, Cem wurde aber bereits kurze Zeit später nach Ulm zurückverlegt. Er hatte sich demnach auch während der Therapie auf seine Unschuld berufen. Cem war aber fest davon überzeugt, die

Haftstrafe nach Ablauf der Hälfte beenden zu können. Tatleugner werden allerdings in 99% der Fälle bis zur Endstrafe berechtigterweise in der Justizvollzugsanstalt verharren.

Dann gab es da noch Tom, auch er war wegen Sexualstraftaten verurteilt worden. Seine Strafe betrug kraft Urteils zwei Jahre und zehn Monate. Während der Arbeit im Unternehmerbetrieb lernte ich ihn kennen. Auch er war fest davon überzeugt, unschuldig zu sein. Er habe nichts gemacht, die Vorwürfe gegen ihn wären gelogen gewesen. Eine Aufarbeitung der Taten sah er nicht ein. Tom hoffte aber auch wie Cem auf eine frühzeitige Entlassung zur halben Strafe. Er litt unter Schizophrenie und hatte auch schon mehrere Suizidversuche hinter sich. Seine vom Arzt angeordneten Tabletten nahm er nach Lust und Laune. Auch Günter und mir fiel sein Verhalten des Öfteren auf, denn sobald die Wirkung seiner Medikamente nachließ, redete er ununterbrochen von üblen perversen und gleichermaßen ekelhaften Sexualpraktiken. Sein Verhalten war widerlich und abschreckend zugleich. Als ich ihn des Öfteren zum Aufhören ermahnte, machte er allerdings immer wieder mit seinen geschmacklosen Äußerungen weiter. Erst nach ein paar Monaten begann er mit der Aufarbeitung seiner Taten. Tom nahm an Gesprächen bei einer Psychologin innerhalb der Justizvollzugsanstalt teil. Leider war der psychologische Dienst der Anstalt auf Grund einer starken Nachfrage grenzenlos überlastet. Die externe Sexualtherapeutin nahm Tom wegen seiner Tatleugnung allerdings nicht in die wöchentliche Gruppensitzung mit auf. Wenn man wie ich gezwungenermaßen das sexuelle Verhalten dieser Tätergruppierungen verbal miterleben musste, dann bekommen leider auch bekannte klassische Werbeformate plötzlich eine ganz andere erschreckende Bedeutung. Ein gutes Beispiel hierfür ist die Werbung eines bekannten Fruchtgummiherstellers „... macht Kinder froh und Erwachsene eben so"... Vor meiner Inhaftierung machte ich mir über solche Dinge nie ernsthafte Gedanken. Die überwiegende Anzahl der Sexualstraftäter, die ich erlebt hatte, sagten gegenüber anderen Strafgefangenen nicht, warum sie eine Haftstrafe verbüßen mussten. Durch solch ein schüchternes Verhalten entstanden schnell Gerüchte unter den anderen Strafgefangenen zu den verschiedenen Tätern. Ein exaktes Beispiel über solch ein Verhalten ist Oliver. Auf Grund seiner ehrenamtlichen Tätigkeit in einer freiwilligen Feuerwehr kam ich mit Oliver während des Hofgangs ins Gespräch. Oliver war Neuling in der Justizvollzugsanstalt Ulm. Seine Verurteilung erhielt Oliver auf Grund von Steuerhinterziehung, erklärte er mir bei einigen gemeinsamen Runden im Hof. Da war es aber plötzlich wieder, mein Bauchgefühl. Ich nahm ihm diese Geschichte nicht ab, da er sich immer weiter widersprüchlich verhielt. Als Oliver nach einigen Monaten seinen ersten Vollzugsplan in den Händen hielt, wirkte er fassungslos, da er keine vollzugsöffnenden Maßnahmen erhalten hatte. Man muss wissen, ein wegen einer Sexualstraftat verurteilter Strafgefangener bekommt bei der ersten Vollzugsplankonferenz keine vollzugsöffnenden Maßnahmen gewährt. In 99% der Fälle wird eine Wiedervorlage der Konferenz in sechs Monaten angestrebt. Hierdurch beobachtet die Anstalt den Strafgefangenen weiterhin bei seiner Entwicklung und seinem Verhalten im Vollzug. Denn am Ende trägt die Anstalt die Verantwortung für den Strafgefangenen, sollte es bei einem zu früh genehmigten zum

Beispiel Regelausgang zu weiteren Straftaten kommen, muss sich die Anstalt dazu der Öffentlichkeit erklären. Merke: Das schlimmste für die Justiz ist eine negative Presse! Auch Wolfgang fiel meiner Ansicht nach in das beschriebene Raster. Günters erster Eindruck war, dass unser Zimmergenosse Wolfgang ein „Mantelaufmacher" (Exhibitionist) sein könnte. Mein Eindruck war aber eher in Richtung eines Pädophilen. Irgendetwas stimmte mit Wolfgang definitiv nicht, denn mehrfach prahlte er von seiner Entlassung. Zuerst zur Hälfte, dann zum Zweidritteltermin. Letztendlich wurden seine Vorhaben in sämtlichen Anhörungen vor der Strafvollstreckungskammer am Landgericht Ulm abgelehnt. Höchstwahrscheinlich hatte uns Wolfgang hinsichtlich seiner begangenen Tat monatelang angelogen oder er war eventuell schon mehrfach zuvor in Haft gewesen. Günter und ich waren uns einig, so ein alter Mann der „Endstrafe" machen muss, hat nicht nur Geld aus einer Vereinskasse veruntreut, so, wie es Wolfgang uns immer wieder glaubhaft machen wollte.

Ich fand es scheußlich, wie viele Sexualstraftäter es in unserer Gegenwart gab. Als Vater einer Tochter hatte ich hierbei ein sehr schlechtes Bauchgefühl inne. Vermutlich wird ein Großteil genau dieser Tatleugner, so schlimm die Vorstellung alleine ist, rückfällig werden. Das Vollzugsziel der Resozialisierung wird höchstwahrscheinlich in nur sehr seltenen Fällen oder gar nie erreicht werden können. Es fehlt definitiv am Willen und der Einsicht der begangenen Straftaten. Es hat mich mehrfach wütend gemacht, wenn mein Gegenüber sich als unschuldig bezeichnete. Ich bekam mich auch mehrfach mit Tom verbal in die Haare. Ich nannte ihn aus der Wut heraus „Pädo", natürlich konterte er jedes Mal aufs Neue mit meinem Spitznamen, welchen ich mittlerweile auf Grund meiner vorangegangenen Spielsucht von anderen Strafgefangenen bekommen hatte: „Tipico“. Ich hatte versucht, Tom immer wieder zu erklären, ohne ein Gerichtsurteil wäre er nicht inhaftiert worden. Jeder von uns hat Fehler gemacht und sollte auch zu den Fehlern bzw. den begangenen Straftaten stehen. Ohne Beweise würde man nicht einfach verurteilt werden. Es gibt nur sehr wenige Justizirrtümer, wie sich Günter aus Spaß regelmäßig nannte.

## Was ist eigentlich Glücksspielsucht und wie funktioniert das knastinterne Glücksspiel?

In Psychologie und Psychiatrie wird die Spielsucht als zwanghaftes oder krankhaftes Spielen bezeichnet. Die Glücksspielsucht wird dadurch geprägt, dass der Spieler es nicht schafft, der Versuchung, sich an Glücksspielen zu beteiligen, zu widerstehen. Ähnlich wie bei anderen an einer Sucht erkrankten Menschen dreht sich bei Glücksspielern das Denken meist um dieses Thema. Obwohl dem Spieler bewusst ist, dass seine Handlungen schwere Folgen im privaten, finanziellen und beruflichen Bereich haben können, ist er nicht in der Lage, sein Verhalten zu ändern. Nach offiziellen Schätzungen sind in Deutschland etwa 100.000 bis 300.000 Spieler von der Glücksspielsucht betroffen, die meisten davon sind Männer. Ein Spielsüchtiger verbringt regelmäßig viele Stunden vor dem Computer bei Online-Spielen, am Spielautomaten in einer Spielhalle oder im Spielcasino. Beim Spielen verlieren Betroffene häufig ihre gesamten Ersparnisse und darüber hinaus auch Familie und Freunde. Das Verhängnisvolle an der Spielsucht ist die Abhängigkeit. Den Betroffenen gelingt es nicht, sich selbst von der Sucht zu befreien und auf das Spielen zu verzichten. Verhaltenssüchte wie die Spielsucht führen zu Kontrollverlust, sodass der Süchtige aus einem inneren Zwang heraus handelt und immer wieder spielen muss. Zu den Folgen der Spielsucht zählt neben hohen Schulden auch der Verlust sozialer Kontakte. Zahlreiche Betroffene vernachlässigen sogar ihren Beruf und riskieren dadurch ihren Arbeitsplatz. Von den Krankenkassen wird die Glücksspielsucht als eigenständige Krankheit anerkannt. Das sogenannte pathologische Glücksspielen (pathological gambling) zählt zu den häufigsten Suchterkrankungen. Die meisten Glücksspieler, die unter einer krankhaften Sucht leiden, spielen in Online-Casinos, Spielhallen und Spielbanken. Lottospieler hingegen leiden nur in seltenen Fällen unter einer Spielsucht. Die Ursachen der Spielsucht sind vielfältig. In vielen Fällen führt eine Kombination unterschiedlicher Auslöser zur Spielsucht. Langeweile, der Wunsch nach Ablenkung, die Sehnsucht nach Zuneigung und das Streben nach Erfolg zählen zu den Gründen, die eine Glücksspielsucht begünstigen können. Ängste, Schuldgefühle und Depressionen erhöhen das Risiko für die Entwicklung einer Sucht. Neben erblichen Faktoren kann auch das persönliche Umfeld eines Menschen dazu beitragen, dass Betroffene eine Spielsucht entwickeln. Die Glücksspielsucht tritt unabhängig von Alter, Geschlecht und Lebenssituation auf und entwickelt sich sowohl bei Männern, Frauen und Jugendlichen. Das Suchtverhalten entwickelt sich nur langsam, sodass die Spielsucht häufig erst dann erkannt wird, wenn sich die Erkrankung bereits manifestiert hat. Der Anfangsprozess kann sich dabei über mehrere Jahre erstrecken. Zunächst wird ausschließlich zum Vergnügen gespielt. Nach und nach erhöhen die Betroffenen ihre finanziellen Einsätze. Auf diese Weise beginnt nach circa zwei Jahren die Phase des exzessiven Spielens. Zu diesem Zeitpunkt haben viele Spieler die Kontrolle über ihr Verhalten bereits verloren. Sie spielen aus einem inneren Zwang und leben quasi nur noch für das Glücksspiel. In der Regel vergeht eine geraume Zeit, bis den Betroffenen bewusst wird, dass sie Hilfe benötigen. Von Ärzten und Psychiatern wird die Glücksspielsucht in unterschiedliche Phasen eingeteilt, beginnend mit dem Anfangsstadium, gefolgt vom Gewöhnungsstadium bis zum Suchtstadium. Jede Phase ist durch spezifische Symptome gekennzeichnet. Die Symptome entwickeln sich analog zum Phasenverlauf und sind zunächst unspezifisch und wenig ausgeprägt. Die Krankheit ist im Frühstadium deshalb nicht leicht zu erkennen. Manche Symptome werden missinterpretiert, da sie auch bei anderen psychischen Störungen auftreten können. Ein sicheres Indiz für die Glücksspielsucht ist das euphorische Verhalten nach einem Gewinn, während Verluste ein gereiztes Auftreten nach sich ziehen. Immer häufiger versuchen Spielsüchtige ihre Sucht durch spontane Abhebungen an Geldautomaten zu befriedigen. Um verlorenes Geld wieder zurückzugewinnen, wird so lange gespielt, bis ein Spiel erfolgreich beendet werden kann. Dabei nehmen die Betroffenen auch in Kauf, dass sie bis zum nächsten Spielsieg bereits hohe Beträge verloren haben. Hektisches und unkonzentriertes Verhalten sind typische Symptome der Spielsucht, die im persönlichen und beruflichen Umfeld des Spielers häufig nicht wahrgenommen werden. Abwesenheitszeiten von zu Hause oder vom Arbeitsplatz werden häufig durch Lügen erklärt. Die Betroffenen versuchen zunächst ihre Spielsucht zu verheimlichen. Mit dem Fortschreiten der Erkrankung wird der Tagesablauf aufgrund des unkontrollierbaren Spielwunsches immer mehr beeinträchtigt. Das Selbstwertgefühl der Betroffenen verändert sich. Abhängig von Temperament und Persönlichkeitsstruktur kommt es entweder zu Aggressionen oder zu depressiven Verstimmungen. Zahlreiche Spielsüchtige vernachlässigen ihre Körperhygiene und nehmen sich keine Zeit mehr für regelmäßige Mahlzeiten. Soziale Kontakte werden auf ein Minimum reduziert und der Spielsüchtige verliert Freunde und Bekannte. Falls die eigenen finanziellen Mittel nicht ausreichen, greifen viele Glücksspielsüchtige auf illegale Beschaffungsmaßnahmen zurück, leihen sich Geld oder nehmen Kredite auf. In vielen Fällen legten Betroffene ihren Arbeitgebern fingierte Krankmeldungen vor, um ihr Fernbleiben vom Arbeitsplatz zu entschuldigen, da sie während der Arbeitszeit an ihrem Computer beim Glücksspiel saßen. Partnerschaftliche Beziehungen werden durch die Spielsucht extrem belastet und können zerbrechen. In der Endphase der Krankheit können eine hohe Verschuldung und die damit verbundene nach eigener Einschätzung ausweglose Situation zu Suizidgedanken führen. Die Spielsucht beginnt mit dem Anfangsstadium, in dem der Betroffene nur gelegentlich spielt. Online-Automatenspiele, Video-Poker und Slots sorgen für Nervenkitzel. Kleine Gewinne werden als persönliche Erfolge gewertet. Für zahlreiche Betroffene ist das Glücksspiel Zerstreuung und Ablenkung von den täglichen Problemen. Zunächst wird nur in der Freizeit gespielt, während die Spieler weiterhin ihren Verpflichtungen nachgehen. In dieser Phase wird von Unterhaltungs- und Gelegenheitsspielern gesprochen. Das Glücksspiel birgt jedoch ein gefährliches Potenzial. Aus Freizeitspielern können leicht Spielsüchtige werden. Die Übergänge sind fließend, da die mit den Glücksspielen verbundenen Risiken von den meisten Spielern nicht rechtzeitig erkannt werden. Eine starke Verlockung stellen die ersten größeren Gewinne dar. Wenn dieser Versuchung nachgegeben und die tägliche Spieldauer erhöht wird, steigt die Gefahr, dass sich eine Spielsucht entwickelt. Die Anfangsphase geht nach einiger Zeit in das Gewöhnungsstadium über, in dem der Spieler die Kontrolle über seine Einsätze verliert. In dieser Phase entwickelt sich die Spielsucht zur täglichen Gewohnheit, die der Spieler zur Ablenkung benötigt. Gewinne führen zu starken Glücksgefühlen, sodass der Betroffene nicht mehr mit dem Spielen aufhören kann. Da Glücksspiele jedoch durch einen Zufallsgenerator gesteuert werden und damit nicht beeinflussbar sind, verlieren Gewohnheitsspieler regelmäßig hohe Beträge. Spielsüchtige, die gerade Geld verloren haben, sind nicht in der Lage, mit dem Spielen aufzuhören. Durch weitere Einsätze soll der Verlust wieder ausgeglichen werden. Dabei bemerken die meisten Spieler ihren Kontrollverlust nicht. Dieses Verhalten wird von Experten auch als „magisches Denken“ bezeichnet. Die Betroffenen sind davon überzeugt, der Erfolg beruhe nicht auf einem Zufallstreffer, sondern auf ihrem persönlichen Verhalten. Zahlreiche Online-Spieler, auch diejenigen, die noch nicht unter Spielsucht leiden, glauben, mit der richtigen Spielstrategie Einfluss auf den Spielerfolg zu haben. Dieser weit verbreitete Irrtum zählt zu den wichtigsten Ursachen der Glücksspielsucht. Viele Spieler sind dadurch vom Freizeitspieler zum Problemspieler geworden. Nach einem Verlust nimmt das Selbstwertgefühl ab und die Betroffenen erleben eine tiefe Niedergeschlagenheit. Anspannung und Reizbarkeit vor jeder Spielrunde prägen diese Krankheitsphase, die mit einem zunehmenden Realitätsverlust einhergeht. Da eine Spielsucht selten aufgrund einer einzelnen Ursache entsteht, sind auch die Risikofaktoren, die zu ungesundem Spielverhalten führen, vielfältig. Wissenschaftler vermuten eine Wechselwirkung zwischen biologischen, genetischen und psychosozialen Einflüssen, die in ungünstigen Fällen zur Glücksspielsucht führen können. Für genetische Faktoren spricht das gehäufte Auftreten der Sucht innerhalb der Familie. Sobald ein Elternteil unter Spielsucht leidet, beträgt das Risiko für die Kinder, ebenfalls daran zu erkranken, rund 20 Prozent. Falls ein eineiiger Zwilling spielsüchtig ist, wird der andere mit 23-prozentiger Wahrscheinlichkeit ebenfalls zum Risikospieler. Allerdings sind die Gene alleine keinesfalls verantwortlich für die Glücksspielsucht, sondern können lediglich die Anfälligkeit (Vulnerabilität) leicht erhöhen.

Damit sich die Spielsucht manifestiert, müssen andere Faktoren hinzukommen. Bei Glücksspielsüchtigen finden sich auffallend viele psychosoziale Faktoren, die das Suchtverhalten begünstigen oder auslösen können. Aufgrund negativer Erfahrungen in der Kindheit haben viel Süchtige nur ein geringes Selbstwertgefühl. Zu den psychischen Risikofaktoren zählen traumatische Erlebnisse, die nicht durch eine Therapie bewältigt werden konnten. Bei ihrer Behandlung berichteten zahlreiche Spielsüchtige über eine gestörte Vater-Kind-Beziehung. Kinder und Jugendliche, die von ihren Eltern nicht genügend Aufmerksamkeit bekommen oder kein Vertrauen zum Elternhaus aufbauen können, entwickeln als Erwachsene häufiger psychische Störungen in Form von Süchten. Auch Schwierigkeiten, Emotionen angemessen zu äußern, stellen eine Basis zur Entwicklung von Suchtstörungen dar. Die Spielsucht gleicht in ihren Verdrängungsmechanismen der Alkohol- und Drogensucht und ist für die Betroffenen eine Möglichkeit, sich von realen Problemen abzulenken. Ein weiteres Problem ist die hohe gesellschaftliche Akzeptanz des Glücksspiels. Online-Spiele und Sportwetten werden öffentlich beworben und dadurch indirekt die Spielsucht gefördert. Glücksspiele im Internet sind rund um die Uhr verfügbar, sodass das Risiko, zum Spielsüchtigen zu werden, zusätzlich erhöht wird. Biologische Faktoren scheinen bei der Entwicklung der Spielsucht ebenfalls eine Rolle zu spielen. Das Belohnungssystem des Gehirns reagiert auf unterschiedliche Reize mit der Ausschüttung von Glückshormonen. Durch Konditionierung beim Glücksspiel lernt das Gehirn, Online- und Automatenspiele mit positiven Emotionen zu verbinden. An den Vorgängen im Gehirn ist der Botenstoff Dopamin maßgeblich beteiligt. Beim Spielen von Glücksspielen, Spielautomaten und bei Sportwetten kommt es zu einer vermehrten Ausschüttung von Dopamin. Allerdings nimmt die positive Wirkung von Dopamin bei übermäßigem Glücksspiel wieder ab. Der Organismus, der sich an den Botenstoff gewöhnt hat, reagiert mit der Zeit nicht mehr so stark auf die damit verbundenen Reize. Spielsüchtige, die das Belohnungsgefühl erleben wollten, sehen sich daher gezwungen, ihre Spielzeiten zu verlängern oder höhere Geldsummen einzusetzen. Glücksspiele besitzen ein hohes Suchtpotenzial. Das Suchtrisiko wird durch den Aufbau der Spiele sowie deren ständige Verfügbarkeit zusätzlich gesteigert. Aufgrund des raschen Spielverlaufs und der Belohnung durch Freispiele und andere Boni erhält der Spieler einen gewissen Kick. Online- und Automatenspiele erwecken bei vielen Spielern die Illusion, dass die Spiele einfach gesteuert werden können. Der Verlust eines Spiels verleitet die meisten Spieler zu einem erneuten Spiel, vor allem, wenn dies durch eine Freispielrunde kostenlos möglich ist. Auch die häufig zum Spiel verwendeten Punkte oder Jetons verführen zu weiteren Spielen, da der Gegenwert in Echtgeld oft falsch eingeschätzt wird. Die Spielsucht wird durch die ständige Verfügbarkeit von Glücksspielen begünstigt. Glücksspielangebote im Internet trugen erheblich zu einer Verbreitung der Glücksspielsucht bei. Nachdem die meisten Casino-Betreiber ihr Spielangebot Smartphone-optimiert haben, kann auch auf dem Handy, Tablet oder Laptop jederzeit gespielt werden. Nach eingehender Untersuchung und der Festlegung der geeigneten Therapie erfolgt eine Einschätzung des Krankheitsverlaufs und eine Prognose. Die Spielsucht ist eine Krankheit mit einem individuell sehr verschiedenen Verlauf. Der Krankheitsverlauf ist von unterschiedlichen Faktoren, wie dem Alter und dem Geschlecht abhängig. Im Unterschied zu Frauen sind Männer bereits als Jugendliche wesentlich mehr gefährdet, an einer Spielsucht zu erkranken. Die Prognose hängt darüber hinaus von der Motivation des Betroffenen, den Behandlungsmöglichkeiten und den Folgen der Abhängigkeit ab. Beim Vorliegen zusätzlicher Süchte oder psychische Störungen fällt die Prognose meist ungünstiger aus. Einen positiven Einfluss auf die weitere Entwicklung hat die Unterstützung, die der Betroffene von Familie und Freunden erhält. Je früher die Glücksspielsucht behandelt wird, desto höher sind die Chancen, die Krankheit zu überwinden. Einige der Strafgefangenen vergnügten sich in der Freizeit mit Pokerspielen oder Sportwetten. Ich selbst lehnte eine Teilnahme von Anfang an ab. Die Wetteinsätze variierten, mal war es eine Tafel Schokolade teilweise Bargeld oder aber ein kompletter Arbeitslohn gewesen. In der geschlossenen Anstalt in Bruchsal, in welcher es offiziell kein Bargeld gab, müssen die Verlierer sodann regelmäßig über ihren Gefangenenbesuch z.B. Handys oder Drogen in die Anstalt einbringen lassen. Einzelne Gruppierungen gehen sogar soweit, durch ihre Komplizen außerhalb der Haft die Spielschulden bei Angehörigen der Verlierer eintreiben zu lassen. Offiziell waren laut Hausordnung der Justizvollzugsanstalt Ulm nur Geschäfte bis maximal 5,00 Euro unter den Strafgefangenen zulässig. Durchaus wurden hingegen in der Überzahl weitaus höhere Summen unter den Spielern verzockt. Manche Strafgefangenen ließen sich durch Angehörige Sportwetten platzieren, die zu spielenden Tipps wurden vorab per Telefon bekannt gemacht. Etliche der Knastspieler hatten bei anderen Strafgefangenen auf Grund ihres teilweise kranken Spielverhaltens große Schuldenberge angehäuft. Bedauerlicherweise kann zum Beispiel eine Drogensucht dazu führen, dass diese stoffgebundene Sucht durch die Teilnahme am Glücksspiel während des Freiheitsentzugs kompensiert wird. Das

Kompensieren nennt man in der Fachsprache, eine Verlagerung der ursprünglichen Suchterkrankung. Für mich war es erstaunlich zu sehen, dass diejenigen Gefangenen, welche ein Suchtproblem hatten regelmäßig an diesen finanziellen Spielerunden teilgenommen haben. Ferner waren durch die Knastspieler dann bei der externen Suchtberatung die wenigen Termine für diejenigen belegt, welche ein Ziel der Therapie vor Augen hatten. Zahlreiche Drogenkonsumenten*innen nutzten schon während deren Gerichtsverfahren bzw. nach dem Haftantritt die Möglichkeit auf den § 35 Betäubungsmittelgesetz, um eine frühzeitige Aussetzung der Strafe zur Bewährung zu erhalten. Für diese stoffgebundenen Abhängigen ist der „Fahrplan" detailliert im Strafgesetzbuch verankert. Trotz der Anerkennung des pathologischen Glücksspiels als offizielle Suchtkrankheit findet sie bedauerlicherweise in unserem Strafrecht keinerlei Berücksichtigung. Es kann durchaus möglich sein, dass ein rückfälliger Drogenkonsument*in erneut inhaftiert wird und dadurch mehrmals einen Therapieplatz nach Anwendung der genannten Paragrafen belegt. Ich lernte einen Mithäftling kennen welcher sich schon dreimal solch einer Therapie unterzogen hatte, aber immer wieder rückfällig geworden war. Jedes Mal aufs Neue wurde bei ihm gemäß den §§ 35,36 Betäubungsmittelgesetz verfahren. Die Drogenkonsumenten*innen haben hier eindeutig eine Lobby. Für diese Gruppe Abhängiger gilt es eine Therapiemöglichkeit bereits schon während der Haftstrafe nutzen zu können. Für mich war eine stationäre Rehabilitation frühestens nach meiner Entlassung aus der Strafhaft möglich.

## Der Versuch des Kontaktaufbaus zu meiner Mutter

Sehr lange habe ich mir während meiner Haftzeit Gedanken darüber gemacht, ob ich mich bei meiner nun schon seit weit über zehn Jahren nicht mehr gesehenen Mutter melden soll. Ich entschloss mich dazu, einen Brief an sie zu schreiben. Anfangs klärte ich sie über meine aktuelle Situation und auch den Grund dafür auf. Natürlich teilte ich ihr auch die erfreuliche Nachricht über ihre Enkelin mit. Ich stellte mir aber auch die Fragen, lebt sie denn überhaupt noch? Wo befindet sich mittlerweile ihr Lebensmittelpunkt? Glücklicherweise konnte ich mich noch an die Wohnanschrift meiner Großmutter mütterlicherseits erinnern. Den fertigen Brief verschickte ich dann an die mir noch bekannte Adresse in Stuttgart – Obertürkheim. Einige Wochen vergingen und ich rechnete schon nicht mehr mit einer Antwort auf meinen mehrseitigen Brief. Eines Abends bei der Postausgabe erhielt ich doch tatsächlich einen Brief von meiner Mutter. Als Absender hatte sie allerdings nur „Mama" auf der Rückseite des Briefumschlags geschrieben. Gespannt auf den Inhalt öffnete ich den verklebten Umschlag. Die Schrift meiner Mutter erkannte ich sofort wieder, es hatte sich daran ersichtlich erweise in den vergangenen Jahren nichts geändert. In den ersten Zeilen bedankte sie sich für meinen Brief. Sie schilderte nur kurz und knapp, wie es ihr während der herrschenden COVID-19 Pandemie erging. Zu diesem Zeitpunkt arbeitete meine Mutter im Schichtdienst in einer Firmenkantine. Nach der Insolvenz einer großen deutschen Drogeriemarktkette musste sich meine Mutter nach einer neuen Arbeitsstelle umschauen. Wohnhaft war sie mittlerweile im Ortsteil Stuttgart-Vaihingen.

Leider schrieb meine Mutter ihre Wohnadresse nicht mit in den Brief. Für meine nach der Entlassung aus der Haft anstehende Therapie, wünschte sie mir alles Gute. Sie berichtete mir auch darüber, dass sie eine Entzugstherapie nach der Scheidung angetreten hatte, weitere Details schrieb sie dazu aber nicht. Am Ende kam noch der Hinweis, ich solle bitte keine Post an die Großmutter senden. Das konnte natürlich mehrere Gründe haben, dachte ich mir. Vielleicht war die Großmutter wegen ihres Alters nicht mehr fit oder aber die beiden hatten auch nur noch wenig Kontakt miteinander bzw. ein zerstrittenes Verhältnis. Ich antwortete meiner Mutter noch am selben Abend und wollte darin natürlich auch mehr über ihre Situation und ihr Umfeld erfahren. Wiederum versandt ich den Brief gezwungenermaßen an die Wohnanschrift meiner Großmutter. Bis zu meinem Geburtstag, an welchem ich von meiner Mutter eine Glückwunschkarte und endlich auch ihre Adresse geschickt bekam, hörte ich von ihr allerdings nichts mehr. Auch auf meine Weihnachtspost erhielt ich nie mehr eine Antwort. Zu Ostern sandte ich nochmals eine Karte an die mir bekannte Adresse meiner Mutter. Dieser Brief kam mit dem Vermerk, dass die Person an dieser Anschrift nicht ausfindig gemacht werden konnte, zu mir zurück.

Seltsamerweise meldete sich dann aber meine seit Jahren nicht mehr gesehene Schwester bei meiner Großmutter. Eines Nachmittags klingelte meine Schwester unerwartet bei ihr und wollte sich mit ihr über das Leben und die vergangene Zeit unterhalten. Sie offenbarte meiner Großmutter unter anderem eine psychische Erkrankung und dass sie ihren Erbanteil nach dem Tod meines Vaters bis auf einen kleinen Anteil in einem Casino verzockt hatte. Da die Wohnung von meiner Familie mehr Platz bot, entschlossen sich meine Großmutter und meine Schwester kurzerhand dazu, zusammen bei uns mit meiner Frau und Tochter Kaffee zu trinken. Zum ersten Mal lernte meine Schwester meine Tochter kennen, denn schließlich ist meine Schwester ja auch ihre Tante. Die beiden schlossen sofort Freundschaft, berichtete mir mein Schatz bei unserem täglichen Telefonat am Abend. Meine Tochter lud meine Schwester auch kurzerhand zu ihrem vierten Geburtstag ein. Jedoch sagte meine Schwester kurzfristig ab. Ein Geburtstagsgeschenk übergab sie ihr ein paar Tage vor ihrem vierten Geburtstag dennoch persönlich. Meiner Großmutter und meiner Frau schilderte sie die Dinge vergangener Zeiten und sagte, sie habe vieles falsch gemacht, auch wegen Freunden, welchen sie hätte nicht vertrauen dürfen. Mittlerweile habe sie Fuß gefasst und angeblich an einer mehrjährigen Therapie teilgenommen. Mit ihrem aktuellen Freund wohnte sie zusammen in einer kleinen Wohnung ebenfalls im Landkreis Ludwigsburg. Eine Berufsausbildung hatte meine Schwester aber in der gesamten vergangenen Zeit nie wieder angestrebt. Eine Arbeitsstelle hatte sie in einer Postagentur gefunden. Ihren Erzählungen zufolge war meine Schwester in dieser kleinen Filiale auf sich alleine gestellt. Außer meiner Schwester gab es wohl keine weiteren Beschäftigten. Die Postagentur verwaltete sie im Auftrag ihres Vorgesetzten alleine. Nachdem meine Schwester sich per Brief bei mir in der Justizvollzugsanstalt gemeldet hatte, telefonierte ich ab und zu mit ihr. Regelmäßig besuchte meine Schwester nun auch wieder unsere Großmutter. Erstaunlicherweise rief sie auch täglich bei ihr an, um sich mit ihr zu unterhalten. Das berichtete mir meine Großmutter bei unseren regelmäßigen Telefonaten. Da auf Grund der COVID-19-Pandemie und der geltenden Beschlüsse alle Friseursalons über einen sehr langen Zeitraum geschlossen waren, kam meine Schwester regelmäßig zum Haare färben bei ihr vorbei. Ende Februar 2021 berichtete mir meine Schwester am Telefon, dass ihr in der Postagentur gekündigt wurde. Den Grund dafür nannte sie mir aber nicht und lenkte sehr schnell von diesem Thema ab. Sie sei aber auf der Suche nach einem neuen Arbeitsplatz. Meine Schwester verwies aber auch im selben Atemzug auf die Schwierigkeit bei der Jobsuche wegen der noch immer andauernden COVID-19-Pandemie. Mein erster Gedanke nach diesem Telefonat war, dass sie hoffentlich nicht erneut in die falschen Freundeskreise abrutschte und deshalb in irgendeiner Weise rückfällig wird. In der Folge, dass ich mich ein paar Wochen nicht mehr telefonisch bei meiner Schwester gemeldet hatte, meldete sie sich daraufhin per Handytextnachricht bei meinem Schatz. In einem unverschämten Ton belehrte sie meine Frau, es wäre meine Pflicht als Bruder, sich regelmäßig bei ihr zu melden. Als mein Schatz mir den Sachverhalt schilderte, fand ich es bemerkenswert festzustellen, dass ich meiner Schwester in den vergangenen Jahren auch nicht wichtig gewesen war. Um die nun völlig umsonst angespannte Situation klären zu können, rief ich meine Schwester kurzerhand an. Auch mir machte sie dieselben Vorwürfe wie schon beim Chat mit meiner Frau. Sie möchte doch bitte auch immer mit den Neuigkeiten von mir informiert bleiben, sagte sie mir mit strengem Ton. Ich erklärte ihr in einem normalen Ton, dass es bei mir auch einige Wochen lang einmal keine Neuigkeiten geben kann, schließlich befand ich mich immer noch im Knast. „Die Mühlen der Justiz mahlen, aber sie mahlen sehr langsam“, fügte ich dem Gespräch hinzu. Ein ruhiges, sachliches Gespräch wie es unter Erwachsenen eigentlich selbstverständlich ist, konnte ich mit ihr nicht führen. Meine Schwester wurde in ihrem Ton und in ihrer Wortwahl zunehmend aggressiver. Ich versuchte, das Gespräch wieder auf eine normale Tonlage zu führen, allerdings ohne jeglichen Erfolg. Diese Umgangsart erinnerte mich sofort wieder an die früheren Zeiten, als sie sich in den zuvor benannten falschen Personenkreisen aufhielt. Nachdem sie mir dann noch mit folgendem Satz drohte, „Daniel ich kann auch nach Ulm kommen und Dir die Fresse polieren!“, beendete ich das Gespräch kommentarlos und legte den Hörer auf. Zunächst musste ich erst einmal realisieren, was gerade passiert war. Da kein weiterer Strafgefangener auf das Telefon wartete, rief ich umgehend meine Großmutter an und berichtete ihr über das vorangegangene Telefonat zwischen meiner Schwester und mir. Am Abend informierte ich auch meine Frau über das Gespräch mit meiner Schwester. Mein Schatz schilderte mir, dass meine Schwester bereits sämtliche Kontaktmöglichkeiten zu ihr und mir gesperrt hatte. Als ich einige Tage später mit meiner Großmutter telefonierte, hatte sich meine Schwester zwischenzeitlich natürlich auch bei ihr schon ausgeheult. Wie ich es mir schon dachte, mit falschen, gelogenen und anderen Tatsachen zu unserem eigentlichen Telefonat. Im Vergleich zur Vergangenheit hatte sich diesbezüglich bei meiner Schwester nichts verändert.

*Menschen, die sich nicht zu ihrer Vergangenheit bekennen mögen, mogeln sich durch die Gegenwart.*
*Reinhold Ruthe*

## Präventionsarbeit nach der Haftentlassung

Zur Aufarbeitung meiner Finanzen wandte ich mich zunächst an eine Ulmer Kanzlei, welche mit einer kostenlosen Entschuldung für Strafgefangene Werbung machte. Innerhalb von wenigen Tagen besuchte mich der Insolvenzberater in der Justizvollzugsanstalt, mein erster Eindruck war: „eine komische Persönlichkeit“. Zunächst warb er damit, alles sei als Strafgefangener kostenfrei, auch seine regelmäßigen Reisen durch Deutschlands Knäste, erklärte er mir. Auf einem Blatt Papier zeichnete er wild gestikulierend den Fahrplan zur Schuldensanierung auf. Ich sollte zunächst eine Schufa-Auskunft beantragen diese dann zusammen mit allen Gläubigerunterlagen, welche mir vorlagen, zu ihm senden. Einige Zeit verging, bis ich einen Brief von ihm erhielt. Darin schrieb er, es wurde vom Amtsgericht die von ihm beantragte Beratungshilfe abgelehnt. Mit dieser Beratungshilfe rechne er sonst das ganze ab. Ich könne ihm aber sofort 750 Euro zzgl. MwSt. überweisen dann werde er meinen Fall weiterverfolgen. Die Sache kam mir äußerst unseriös vor und ich bat daher um die Rücksendung meiner Unterlagen.

Durch einen Mithäftling wurde ich auf den Verein zur Entschuldung Straffälliger e.V. aufmerksam gemacht. Nachdem ich die Visitenkarte des Vereinsvorstands erhalten hatte, schrieb ich einen Brief mit meinen Anliegen an den Verein. Der Vorstand und Rechtsanwalt für Insolvenzrecht, Alexander Barauke, meldete sich mit einem Besuchstermin in der Anstalt an. Ich schilderte ihm kurz die Sachlage, insbesondere mit dem zuerst beauftragten Insolvenzberater. Er schmunzelte, dies sei ein ehemaliger Mitarbeiter von seiner Kanzlei, auf Grund von Unstimmigkeiten trennten sich die Wege der beiden aber schnell wieder. Herr Barauke zeichnete mir die Möglichkeiten einer Insolvenz für mich verständlich auf. In Ruhe werde er sich meine Unterlagen anschauen und mich dann mit der für mich besten Lösung konfrontieren.

Einige Zeit ging ins Land eine Kostenzusage erhielt der Verein wohl plötzlich doch vom zuständigen Gericht übersandt. Eventuell lag es auch daran, dass Herr Barauke mir empfahl, meinen Wohnsitz auf die Adresse der Justizvollzugsanstalt Ulm umzumelden. Das Ulmer Gericht sei im Hinblick solcher Beratungshilfen sehr kulant eingestellt, fügte er dem Ganzen noch hinzu. Nachdem die zahlreichen Unterlagen durch den Verein aufgearbeitet waren, erhielt ich ein Gläubiger- und Forderungsverzeichnis von ihm. Ich staunte nicht schlecht: Weit aus über 300 Gläubiger waren darin aufgelistet. Bevor eine Insolvenz durch ein Gericht eröffnet wird, werden alle gelisteten Gläubiger einzeln angeschrieben und nach der noch aktuellen Forderungshöhe gefragt. Forderungen, welche aber durch strafbare Handlungen entstanden sind, fallen nicht in Die Insolvenz und sind auch nach einer erfolgten Restschuldbefreiung noch weiterhin vorhanden und vollstreckbar. Durch den Verein Entschuldung Straffälliger e.V. wurde mir empfohlen. die Insolvenz einzuleiten. Mit meiner Unterschrift beauftragte ich den Verein die weiteren Schritte auszuführen.

Während einem der gewährten Regelausgänge eröffnete ich mir online ein Girokonto. Dieses Girokonto ließ ich gleich als Pfändungsschutzkonto einrichten. Daher konnte auf diesem Bankkonto in Zukunft auch nur gepfändet werden, was über dem monatlichen Freibetrag an Guthaben vorhanden war. Sobald aber eine Insolvenz besteht, darf auch auf diesem Girokonto nicht mehr gepfändet werden. Die restlichen Bankverbindungen, welche ich vor der Haft unter anderem für die Straftaten nutzte, habe ich gekündigt.

Während meiner Aufarbeitung hatte ich mir auch Gedanken zur Prävention gemacht. Denn für das pathologische Glücksspiel gab es bisher nur wenig Aufklärung bzw. Erklärungen zu finden. Andere Suchtkrankheiten, zum Beispiel eine Alkohol- oder Drogensucht sind weit voraus und diesbezüglich mittlerweile sehr gut aufgestellt. Die bundesweit erste Aufklärungskampagne zum Thema Glücksspielsucht hat das nordrhein-westfälische Gesundheitsministerium im Jahr 2004 unter dem Motto „Ich mach das Spiel nicht mit" gestartet. Die Kampagne umfasste Postkarten, Flyer, Plakate und einen Kinospot. Flankierend wurde eine Hotline geschaltet, die bis heute fortbesteht. Nach Inkrafttreten des Glücksspielstaatsvertrages im Jahre 2008 wurden auf Bundesebene mit „Check Dein Spiel" und „Spielen mit Verantwortung" (BZgA 2009) und in den meisten Bundesländern auch vergleichbare Kampagnen entwickelt. Beispielsweise trägt die Kampagne in Berlin den Namen „Stopp! Faules Spiel!", in Hamburg lautet der Slogan „Automatisch verloren, Glücksspiel geht an die Substanz!" Die Kampagne der Landesstelle Glücksspielsucht in Bayern, „Verspiel nicht Dein Leben", hat es bei den Effie Awards 2011 sogar unter die Finalisten geschafft. Insbesondere der TV-Spot zur Kampagne gilt auch unter Suchtfachleuten als äußerst gelungen. Die Folgen einer Glücksspielsucht können kaum eindrucksvoller dargestellt werden. Gezeigt wird zunächst eine typische Familienidylle: Haus im Grünen mit Frau, spielende Kinder, Hund, Garage und Auto. Plötzlich beginnen sich drei Teile des Bildes wie ein Geldspielautomat zu drehen. Als sie zum Stillstand kommen, sind Auto und Garage weg. Nach dem nächsten Dreh ist das Haus verschwunden. Der Vorgang wiederholt sich, bis nur noch die grüne Wiese zu sehen ist. Selbst der Hund ist verschwunden. Die attraktive Kampagne übertraf alle gesetzten Ziele. Die Zahl der Besuche der Kampagnen-Website lag zum Beispiel deutlich über dem Ziel der Verzehnfachung und über das Kontakt-Tool der Homepage konnten im Untersuchungszeitraum 5.000 Anfragen an die regionalen Beratungsstellen vermittelt werden, aus denen 2.100 Beratungsgespräche entstanden. (www.verspiel-nicht-dein-leben.de) diese fantastische Kampagne spiegelt genau auch auf mein Erlebtes wider. Ich möchte insbesondere bereits die Gruppe der Heranwachsenden mit Präventionsarbeit zum Glücksspielthema erreichen. Es soll den Jugendlichen bewusst werden, wie schnell man straffällig werden kann, um seine Sucht zu befriedigen, und insbesondere wie das Ganze letztendlich enden kann. Ich wünsche niemandem auf dieser Welt selbiges, wie es mir widerfahren ist. Soweit muss es definitiv nicht kommen! Ich möchte unbedingt auch auf die zahlreichen Werbemaßnahmen der einzelnen Wettanbieter aufmerksam machen. Anhand von verschiedenen Beispielen möchte ich aufzeigen, wie rasant man durch Lockangebote in den Kreislauf hineingezogen werden kann. Eine der bekanntesten Methoden der Buchmacher ist folgende Art, um Neukunden zu gewinnen. „Zahle 50 Euro ein und spiele für 100 Euro“, hört sich doch gewinnbringend an? Diese teils unseriösen Angebote richten sich überwiegend an unerfahrene Neukunden. Viele der Einzahler*innen wissen nämlich nicht, dass sich die ganzen Bonussysteme an wirre und komplexe Umsatzbedingungen anknüpfen. Erfahrungsgemäß muss man zunächst die Summe von den zur Verfügung stehenden zum Beispiel 100 Euro oder aber den daraus schon gewonnenen Betrag erneut mehrfach in Wettscheinen umsetzen, um letztendlich den tatsächlichen Gewinn erhalten zu können. Allesamt haben die Anbieter solche Klauseln in ihren Bedingungen versteckt. Selbiges gilt auch für die von den Buchmachern häufig zur Verfügung gestellten Freiwetten. Auffällig geworden ist mir das System, welches dahintersteckt, zugegebenermaßen leider erst, als es schon zu spät war. Die Buchmacher beobachten mittels programmierter Algorithmen das Wettverhalten ihrer Kunden*innen. Je nach Umfang der einbezahlten Geldbeträge werden dann zu einem späteren Zeitpunkt die Freiwetten zur Verfügung gestellt. In meinem Fall wurden die Freiwetten vorwiegend wöchentlich an Freitagen für zunächst 5 Euro freigeschaltet. Als sich meine Einzahlungen deutlich steigerten, wurden dann auch Beträge bis zu 15 Euro zur Verfügung gestellt. Auch in welchen Sportarten meine Wetten überwiegend platziert waren, konnten die Buchmacher ohne große Mühe herausfinden. Da ich überwiegend auf Fußballereignisse getippt hatte, wurden mir kurzerhand dann auch einige Freiwetten, welche nur auf bestimmten Partien gültig waren, angeboten. Die Buchmacher versuchen mit verschiedenen Lockangeboten an Geld durch erneute Einzahlungen zu gelangen. Ich musste feststellen man bekommt von den Buchmachern außer einem eventuellen kostenlosen Getränk, wie es in meinem wohnortnahen Wettbüro der Fall war, nichts geschenkt. Die Gewinner sind die Buchmacher.

Ich erwarte von unserer Politik, dass das pathologische Glücksspiel irgendwann einmal auch in unserem Strafrecht Anerkennung finden wird. Durch eine Verankerung im Strafrecht ähnlich wie zum Beispiel beim §35 Betäubungsmittelgesetz wäre dann eine klare Struktur hinsichtlich einer Rehabilitationsmaßnahme festgeschrieben und der Ablauf der weiteren Strafaussetzung planbar. Wie aber die Politik zu der Situation steht, ist fraglich, denn durch die Buchmacher werden in Deutschland auch Steuergelder aus den Glücksspiel Angeboten abgeführt. Der Staat möchte sich diese lukrative Einnahmequelle sicherlich nicht nehmen lassen.

Meine Inhaftierung kam, so blöd es klingen mag, für mich genau zum richtigen Zeitpunkt, auch wenn es aber zu diesem Zeitpunkt schon längst zu spät gewesen ist, um das Ruder noch herumzureisen. Diese Zeit alleine und ohne meine Liebsten in den verschiedenen Justizvollzugsanstalten verbracht zu haben, hat mir meine Augen geöffnet. Ich habe begonnen, selbst an meinen Problemen zu arbeiten, aber es hat mir auch klar gemacht, zu welchem Ausmaß an Schäden es in materieller, aber auch menschlicher Form durch meine Suchterkrankung gekommen war. Insbesondere wie ich mit der von mir lange verschwiegenen Erkrankung meine geliebte kleine Familie, Angehörige. Aber auch die von mir betrogenen Personen finanziell bzw. existenziell gefährdet habe. Man muss in Deutschland und in der Welt mit einer noch ausführlicheren detaillierteren Präventionsarbeit fortfahren, bevor es bei anderen Spieler*innen zu spät ist!

*Die Abstinenz ist so unproblematisch wie ein Fahrzeug. Problematisch sind nur die Lenker, die Fahrgäste und die Straßen.*

nach Franz Kafka, bei dem es „Liebe“ statt „Abstinenz“ heißt.

## Zum Schluss …

Game Over, das Spiel war mit dem Abschließen meiner Zellentür endlich aus und vorbei gewesen. Was ich aber innerhalb der Justiz alles erlebt habe, macht mich fassungslos und wütend zugleich. Wir nennen uns einen Rechtsstaat? Wer soll das den bitte sein? Es war traurig mitanzusehen, dass es den Justizvollzugsanstalten alleinig um den zu erzielenden Gewinn mittels billiger Arbeitskräfte = Strafgefangene geht. Alte baufällige, marode Gebäude wie ich es unter anderem in der Justizvollzugsanstalt in Ulm erlebt habe, glichen einem Arbeitswohnlager für Männer. Dreckige ekelerregende Sanitäranlagen rundeten das Gesamtpaket ab. Ich wurde von Bediensteten belogen und auch mit falschen Informationen versorgt. Ich erlebte einen Anstaltsleiter welcher sich auf Grund seiner absehbaren Pension um nichts mehr kümmerte und auch seine Stellvertreter*innen folgten strikt seinen Anweisungen. Anträge und Anliegen der Strafgefangenen wurden überwiegend abgelehnt oder unverständlich teilweise sogar rechtswidrig beantwortet. Das Vollzugsziel sollte eigentlich die Resozialisierung jedes einzelnen Strafgefangenen sein. In meinem Erlebten wurde man allerdings, wenn man nicht selbst mit sich arbeitet, zunächst durch die Justiz a-sozialisiert und dann Schritt für Schritt nach den Vorstellungen der Anstalt resozialisiert.

Über mein Berufungsverfahren und die noch offenen gerichtlichen Entscheidungen sowie meinem weiteren Haftverlauf und meiner angestrebten stationären Therapie berichte ich in einem späteren weiteren Buch ausführlich.

**Literatur**

Wege durch den Knast Redaktionskollektiv c/o Assoziation A Gneisenaustr. 2a 10961 Berlin

Infoflyer der Bundeszentrale für gesundheitliche Aufklärung (BZgA) Maarweg 149-161, 50825 Köln

Der Strafwandler von Rechtsanwalt Mario H. Seydel
1. Auflage 2019, S. 175

StGB Strafgesetzbuch, 57. Auflage 2019, Beck-Texte im dtv

StPO Strafprozessordnung, 54. Auflage 2018, Beck-Texte im dtv

StVollzG Strafvollzugsgesetze Bund und Länder, 22. Auflage 2019, Beck-Texte im dtv

Rechtskräftige Beschlüsse der Strafvollstreckungskammer am Landgericht Ulm.

Rechtskräftige Urteile des Amtsgerichts Ludwigsburg.

Patientenaufklärungsbogen zum Moderna mRNA – Impfstoff.

Forensisches Gutachten von Dr. med. Stephan Bork, Universitätsklinikum Tübingen.

**Soziale Medien**

In den sozialen Medien findet man mich über meinen Benutzernamen: dke0409 oder über die abgebildeten QR-Codes.

E-Mail-Kontakt zum Autor: daniel@230120.de

## Hilfe für Betroffene und Angehörige

Spielsüchtige finden in Deutschland ein vielseitiges Therapieangebot. Glücksspielsucht Hilfe erhalten Betroffene von der Bundeszentrale für gesundheitliche Aufklärung, die über eine kostenfreie Rufnummer verfügt. Unter 0800 – 1 37 27 00 können sich Spielsüchtige auch anonym melden.

Spieler, die regelmäßig an Glücksspielen teilnehmen und nicht sicher sind, ob bereits ein Suchtverhalten vorliegt, können ihren Umgang mit Online-Spielen durch einen interaktiven Selbsttest wie „Check Dein Spiel", einem kostenlosen Informationsangebot der BZgA, testen.

Schuldnerberatungsstellen bieten Unterstützung an, wenn die finanzielle Situation von Glücksspielsüchtigen und ihren Angehörigen zur existenziellen Bedrohung wird. Spielschulden betreffen meist die ganze Familie. Die Schuldnerberatungsstelle am Wohnort (Rufnummer im Telefonbuch) oder unter www.schuldnerberatungen.org hilft Betroffenen, die in finanziellen Schwierigkeiten sind, Lösungen für die Finanzprobleme zu finden. Darüber hinaus entwickeln die Mitarbeiter der Schuldnerberatung gemeinsam mit den Beteiligten ein realistisches Konzept für den Schuldenabbau. Selbsthilfegruppen wie Anonyme Spieler, www.anonyme-spieler.org verfügen über Hotlines und ambulante Beratungsangebote. Außerdem werden im Rahmen der Glücksspielsucht Hilfe stationäre Behandlungseinrichtungen und Rehabilitationsmaßnahmen vermittelt.